NO SAINTS OR ANGELS

没有圣人,没有天使

Ivan Klima

[捷克] 伊凡·克里玛 / 著

朱力安 / 译

南方出版传媒
花城出版社
中国·广州

图书在版编目（CIP）数据

没有圣人，没有天使 /（捷克）克里玛著；朱力安译.-- 广州：花城出版社，2014.10（2020.7重印）
（蓝色东欧 / 高兴主编. 第2辑）
ISBN 978-7-5360-7317-3

Ⅰ. ①没… Ⅱ. ①克… ②朱… Ⅲ. ①长篇小说－捷克－现代 Ⅳ. ①I524.45

中国版本图书馆CIP数据核字(2014)第247707号

合同版权登记号：图字 19－2011－086 号

NO SAINTS OR ANGELS
IVAN KLÍMA
Copyright：ⓒ Ivan Klíma
All rights reserved

出 版 人：	肖延兵
丛书策划：	肖建国　朱燕玲　孙虹
出版统筹：	李倩倩
责任编辑：	杜小烨
技术编辑：	薛伟民　凌春梅
装帧设计：	棱角视觉 ANGULAR VISION

书　　名	没有圣人，没有天使 MEI YOU SHENG REN MEI YOU TIAN SHI
出版发行	花城出版社 （广州市环市东路水荫路11号）
经　　销	全国新华书店
印　　刷	恒美印务（广州）有限公司 （广州南沙经济技术开发区环市大道南路334号）
开　　本	880 毫米×1230 毫米　32 开
印　　张	8.125　2插页
字　　数	210,000 字
版　　次	2014 年 10 月第 1 版　2020 年 7 月第 2 次印刷
定　　价	48.00 元

本书中文专有出版权归花城出版社独家所有，非经本社同意不得连载、摘编或复制。
如发现印装质量问题，请直接与印刷厂联系调换。
购书热线：020－37604658　37602954
欢迎登陆花城出版社网站：http://www.fcph.com.cn

没有圣人，没有天使

目　　录
CONTENTS

记忆，阅读，另一种目光（总序）/ 高兴 / 1

书缘（中译本前言）/ 朱力安 / 1

第一章　/　1

第二章　/　42

第三章　/　76

第四章　/　113

第五章　/　149

第六章　/　186

第七章　/　207

记忆,阅读,另一种目光

——

(总序)

高兴

昆德拉说过:"人的一生注定扎根于前十年中。"我想稍稍修改一下他的说法:"人的一生注定扎根于童年和少年中。"童年和少年确定内心的基调,影响一生的基本走向。

不得不承认,二十世纪五六十年代出生的人都有着不同程度的俄罗斯情结和东欧情结。这与我们的成长有关,与我们的童年、少年和青春岁月有关。而那段岁月中,电影,尤其是露天电影又有着怎样重要的影响。那时,少有的几部外国电影便是最最好看的电影,它们大多来自东欧国家,几乎吸引了所有人的目光,是我们童年的节日。在某种意义上,甚至可以说,它们还是我们的艺术启蒙和人生启蒙,构成童年最温馨、最美好和最结实的部分。

还有电影中的台词和暗号。你怎能忘记那些台词和暗号。它们已成为我们青春的经典。最最难忘的是《瓦尔特保卫萨拉热窝》。"'空气在颤抖,仿佛天空在燃烧。''是啊,暴风雨来了。'""看,这座城市,它就是瓦尔特。"简直就是诗歌。是我们接触到的最初的诗歌。那么悲壮有力的诗歌。真正有震撼力的诗歌。诗歌,就这样和英雄主义和浪漫主义,紧紧地连接在了一道。

还有那些柔情的诗歌。裴多菲,爱明内斯库,密支凯维奇。要知道,在二十世纪七八十年代,读到他们的诗句,绝对会有触电般的感觉。而所有这一切,似乎就浓缩成了几粒种子,在内心深处生根,发芽,成长为东欧情结之树。

然而,时过境迁,我们需要重新打量"东欧"以及"东欧文学"这一概念。严格来说,"东欧"是个政治概念,也是个历史概念。过去,它主要指波兰、捷克斯洛伐克、匈牙利、罗马尼亚、保加利亚、南斯拉夫、阿尔巴尼亚七个国家。因此,在当时,"东欧文学"也就是指上述七个国家的文学。这七个国家,加上原先的东德,都曾经是以苏联为首的华沙条约组织的成员。

一九八九年底,东欧发生剧变。此后,苏联解体,华沙条约组织解散,捷克和斯洛伐克分离,南斯拉夫各共和国相继独立,所有这些都在不断改变着"东欧"这一概念。而实际情况是,波兰、捷克、匈牙利、罗马尼亚等国家甚至都不再愿意被称为东欧国家,它们更愿意被称为中欧或中南欧国家。同样,不少上述国家的作家也竭力抵制和否定这一概念。在他们看来,东欧是个高度政治化、笼统化的概念,对文学定位和评判,不太有利。这是一种微妙的姿态。在这种姿态中,民族自尊心也发挥着不可估量的作用。

但在中国,"东欧"和"东欧文学"这一概念早已深入人心,有广泛的群众和读者基础,有一定的号召力和亲和力。因此,继续使用"东欧"和"东欧文学"这一概念,我觉得无可厚非,有利于研究、译介和推广这些特定国家的文学作品。事实上,欧美一些大学、研究中心也还在继续使用这一概念。只不过,今日,当我们提到这一概念,涉及的就不仅仅是七个国家,而应该包含更多的国家:立陶宛、摩尔多瓦等独联体国家,还有波黑、克罗地亚、斯洛文尼亚、塞尔维亚、黑山等从南斯拉夫联盟独立出来的国家。我们之所以还能把它们作为一个整体来谈论,是因为它们有着太多的共同点:都是欧洲弱小国家,历史上都曾不断遭受侵略、瓜分、吞并和异族统治,都曾把民族复兴当作最高目标,都是到了十九世纪末二十世纪初才相继获得独立,或得到统一,第二次世界大战后都走过一段相同或相似的社会主义道路,一九八九年后又相继推翻了共产党政权,走上了资本主义发展道路。之后,又几乎都把加入北约、进入欧盟当作国家政策的重中之重。这二十年来,发展得都不太顺当,作家和文学都陷入不同程度的困境。用饱经风雨、饱经磨难来形容这些国家,十分恰当。

换一个角度,侵略,瓜分,异族统治,动荡,迁徙,这一切同时也意味着方方面面的影响和交融。甚至可以说,影响和交融,是东欧文化和文学的两个关键词。看一看布拉格吧。生长在布拉格的捷克著名小说家伊凡·克里玛,在谈到自己的城市时,有一种掩饰不住的骄傲:"这是一个神秘的和令人兴奋的城市,有着数十年甚至几个世纪生活在一起的三种文化优异的和富有刺激性的混合,从而创造了一种激发人们创造的空气,即捷克、德国和犹太文化。"①

克里玛又借用被他称作"说德语的布拉格人"乌兹迪尔的笔为我们描绘了一个形象的、感性的、有声有色的布拉格。这是一个具有超民族性的神秘的世界。在这里,你很容易成为一个世界主义者。这里有幽静的小巷、热闹的夜总会、露天舞台、剧院和形形色色的小餐馆、小店铺、小咖啡屋和小酒店。还有无数学生社团和文艺沙龙。自然也有五花八门的妓院和赌场。布拉格是敞开的,是包容的,是休闲的,是艺术的,是世俗的,有时还是颓废的。

---

① 见伊凡·克里玛《布拉格精神》第44页,崔卫平译,作家出版社1998年版。

布拉格也是一个有着无数伤口的城市。战争、暴力、流亡、占领、起义、颠覆、出卖和解放充满了这个城市的历史。饱经磨难和沧桑,却依然存在,且魅力不减,用克里玛的话说,那是因为它非常结实,有罕见的从灾难中重新恢复的能力,有不屈不挠同时又灵活善变的精神。如果要用一个词来形容布拉格的话,克里玛觉得就是:悖谬。悖谬是布拉格的精神。

或许悖谬恰恰是艺术的福音,是艺术的全部深刻所在。要不然从这里怎会走出如此众多的杰出人物:德沃夏克、雅那切克、斯美塔那、哈谢克、卡夫卡、布洛德、里尔克、塞弗尔特、等等、等等。这一大串的名字就足以让我们对这座中欧古城表示敬意。

布拉格如此,萨拉热窝、华沙、布加勒斯特、克拉科夫、布达佩斯等众多东欧城市,均如此。走进这些城市,你都会看到一道道影响和交融的影子。

在影响和交融中,确立并发出自己的声音,十分重要。不少东欧作家为此做出了开拓性和创造性的贡献。我们不妨将哈谢克和贡布罗维奇当作两个案例,稍加分析。

说到捷克作家哈谢克,我们会想起他的代表作《好兵帅克》。以往,谈论这部作品,人们往往仅仅停留于政治性评价。这不够全面,也容易流于庸俗。《好兵帅克》几乎没有什么中心情节,有的只是一堆零碎的琐事,有的只是帅克闹出的一个又一个的乱子,有的只是幽默和讽刺。可以说,幽默和讽刺是哈谢克的基本语调。正是在幽默和讽刺中,战争变成了一个喜剧大舞台,帅克变成了一个喜剧大明星,一个典型的"反英雄"。看得出,哈谢克在写帅克的时候,并没有考虑什么文学的严肃性。很大程度上,他恰恰要打破文学的严肃性和神圣感。他就想让大家哈哈一笑。至于笑过之后的感悟,那就是读者自己的事情了。这种轻松的姿态反而让他彻底放开了。借用帅克这一人物,哈谢克把皇帝、奥匈帝国、密探、将军、走狗等等统统给骂了。他骂得很过瘾,很解气,很痛快。读者,尤其是捷克读者,读得也很过瘾，很解气，很痛快。幽默和讽刺于是又变成了一件有力的武器，特别适用于捷克这么一个弱小的民族。哈谢克最大的贡献也正在于此：为捷克民族和捷克文学找到了一种声音，确立了一种传统。

而波兰作家贡布罗维奇与哈谢克不同，恰恰是以反传统而引起世人瞩目的。他坚决主张让文学独立自主。在二十世纪三四十年代，贡布罗维奇的作品在波兰文坛显得格外怪异离谱，他的文字往往夸张扭曲，人物常常是漫画式的，他们随时都受到外界的侵扰和威胁，内心充满了不安和恐惧，像一群长不大的孩子。作家并不依靠完整的故事情节，而是主要通过人物荒诞怪僻的行为，表现社会的混乱、荒谬和丑恶，表现外部世界对人性的影响和摧残，表现人类的无奈和异化以及人际关系的异常和紧张。长篇小说《费尔迪杜凯》就充分体现出了他的艺术个性和创作特色。

捷克的赫拉巴尔、昆德拉、克里玛、霍朗，波兰的米沃什、赫贝特、希姆博尔斯卡，罗马尼亚的埃里亚德、索雷斯库、齐奥朗，匈牙利的凯尔泰斯、艾什特哈兹，塞尔维亚的帕维奇、波帕，阿尔巴尼亚的卡达莱……如此具有独特风格和魅力的当代东欧作家实在是不胜枚举。

某种程度上，东欧曾经高度政治化的现实，以及多灾多难的痛苦经历，恰好为文学和文学家提供了特别的土壤。没有捷克经历，昆德拉不可能成为现在的昆德拉，不可能写出《可笑的爱》、《玩笑》、《不朽》和《难以承受的存在之轻》这样独特的杰作。没有波兰经历，米沃什也不可能成为我们所熟悉的将道德感同诗意紧密融合的诗歌大师。但另一方面，需要注意的是，由于语言的局限以及话语权的控制，东欧文学也极易被涂上浓郁的意识形态色彩。应该承认，恰恰是意识形态色彩成全了不少作家的声名。昆德拉如此。卡达莱如此。马内阿如此。赫尔塔·米勒亦如此。我们在阅读和研究这些作家时，需要格外地警惕。过分地强调政治性，有可能会忽略他们的艺术性和丰富性。而过分地强调艺术性，又有可能会看不到他们的政治性和复杂性。如何客观地、准确地认识和评价他们，同样需要我们的敏感和平衡。

一个美国作家，一个英国作家，或一个法国作家，在写出一部作品时，就已自然而然地拥有了世界各地广大的读者，因而，不管自觉与否，他，或她，很容易获得一种语言和心理上的优越感和骄傲感。这种感觉东欧作家难以体会。有抱负的东欧作家往往会生出一种紧迫感和危机感。他们要用尽全力将弱势转化为优势。昆德拉就反复强调，身处小国，你"要么做一个可怜的、眼光狭窄的人"，要么成为一个广闻博识的"世界性的人"。别无选择，有时，恰恰是最好的选择。因此，东欧作家大多会自觉地"同其他诗人，其他世界，和其他传统相遇"（萨拉蒙语）。昆德拉、米沃什、齐奥朗、贡布罗维奇、赫贝特、卡达莱、萨拉蒙等等东欧作家都最终成为"世界性的人"。

关注东欧文学，我们会发现，不少作家，基本上，都在出走后，都在定居那些发达国家后，才获得一定的国际声誉。贡布罗维奇、昆德拉、齐奥朗、埃里亚德、扎加耶夫斯基、米沃什、马内阿、史沃克莱茨基等等都属于这样的情形。各种各样的原因，让他们选择了出走。生活和写作环境、意识形态原因、文学抱负、机缘等，都有。再说，东欧国家都是小国，读者有限，天地有限。

在走和留之间，这基本上是所有东欧作家都会面临的问题。因此，我们谈论东欧文学，实际上，也就是在谈论两部分东欧文学：海外东欧文学和本土东欧文学。它们缺一不可，已成为一种事实。

在我国，东欧文学译介一直处于某种"非正常状态"。正是由于这种"非正常状态"，在很长一段岁月里，东欧文学被染上了太多的艺术之外的色彩。直至今日，东欧文学还依然更多地让人想到那些红色经典。阿尔巴尼亚的反法西斯电影，捷克作家伏契克的《绞刑架下的报告》，保加利亚的革命文学，都是典型的例子。红色经典当然是东欧文学的组成部分，这毫无疑义。我个人阅读某些红色经典作品时，曾深受感动。但需要指出的是，红色经典并不是东欧文学的全部。若认为红色经典就能代表东欧文学,那实在是种误解和误导,是对东欧文学的狭隘理解和片面认识。因此,用艺术目光重新打量、重新梳理东欧文学已成为一种必须。为了更加客观、全面地翻译和介绍东欧文学,突出东欧文学的艺术性,有必要颠覆一下这一概念。蓝色是流经东欧不少国家的多瑙河的颜色,也是大海和天空的颜色,有广阔和博大的意味。"蓝色东欧"正是旨在让读者看到另一种色彩的东欧文学,看到更加广阔和博大的东欧文学。

二〇一三年十月三十一日定稿于北京

主编简介:高兴,诗人、翻译家,一九六三年出生于江苏省吴江市。中国作家协会会员。现为中国社会科学院外国文学研究所研究员,《世界文学》主编。曾以作家、翻译家、外交官和访问学者身份游历过欧美数十个国家。出版过《米兰·昆德拉传》、《东欧文学大花园》、《布拉格,那蓝雨中的石子路》等专著和随笔集;主编过《二十世纪外国短篇小说编年·美国卷》(上、下册)、《伊凡·克里玛作品系列》(5卷)、《水怎样开始演奏》、《诗歌中的诗歌》、《小说中的小说》(2卷)等大型图书。主要译著有《梵高》、《黛西·米勒》、《雅克和他的主人》、《可笑的爱》、《安娜·布兰迪亚娜诗选》、《我的初恋》、《索雷斯库诗选》、《梦幻宫殿》、《托马斯·温茨洛瓦诗选》等。

书缘

(中译本前言)

朱力安

读一部作品应该先读前言还是直接从正文开始，向来莫衷一是。不过可以肯定的是，好作品经得起"剧透"的考验，值得一读再读。西雅图有家专营二手书的老店，名叫 Twice Sold Tales（卖了又卖的故事），化用 Twice Told Tales（讲了又讲的故事）而来。窃以为名字很妙，故事能够几度转手，说明耐看。

《没有圣人，没有天使》就是一部耐人寻味的作品，不过属于入口苦涩，回味甘甜的那种——至少前半部是这样。因此有书评家称该作品反映出作者"不加糖衣的硬派人生观"。一些情节不妨在此略为点破，给读者一点盼头，带着"救赎"的希冀度过小说最难熬的头几章。

克里斯蒂娜是布拉格一名已届中年的牙医，由于不能接受丈夫外遇而与之离婚。她的外祖母死在纳粹毒气室里，母亲力图摆脱一切跟犹太人的牵连。父亲是一名民兵组织军官，笃信共产主义。她从父亲遗留的书信中发现自己有一个同父异母的弟弟。这一发现彻底动摇了她的生活。抑郁症的困扰、叛逆的女儿和病危的前夫让克里斯蒂娜生无可恋，直到一个比她年轻十五岁的恋人闯进了她的生命。在情报机关工作的扬在公寓门前截住克里斯蒂娜，道一句"我一直在想你"，全书由此焕发生机，节奏陡然加快。

《没有圣人，没有天使》以克里斯蒂娜、扬和亚娜三人为线索，以第一人称分别阐述他们各自找寻救赎的经历。三人的轨迹时而交会时而分叉。克里斯蒂娜是一名牙医，有着犹太人血统，但由于母亲的刻意保护和父亲的政治信念而没有继承犹太信仰，离婚后一直孤独而渴望爱情；扬生在"布拉格之春"，从大学历史系辍学后在情报机关工作，追查前一政权犯下的罪行，却仍保有理想主义，热衷于角色扮演游戏；亚娜生在自由的时代，不受既定教条约束，沉溺于摇滚、性爱和毒品。在克里斯蒂娜前夫的病床前，克里斯蒂娜和扬初次邂逅；亚娜与朋克之流厮混夜不归宿，在寻找亚娜并最终将其送往戒毒所的过程中，三人第一次相遇。经过几番交错，最终在同一所弃置的小教堂里，克里斯蒂娜分别与两人独处谈心。在那所没有圣人或天使的雕塑画像的破败教堂里，克里斯蒂娜终于释怀过往的心结，与生命中的诸多人和事达成谅解。克里斯蒂娜四十五岁，扬三十岁，亚娜十五岁，年龄跨度整齐，正代表三代人，体现出由成长环境和政治气氛差别所带来的思想性格差异。克里玛在如何在后共产主义时代捷克生活这一主题上给出了自己的见解。

作家、书评家汤姆·戴夫林称本书"巧妙结合了散文和小说的长处"可谓深中肯綮。克里玛在小说叙事中穿插了他对历史事件和人物的理解。他借笔下人物之口对纳粹和苏联共产党的兴起给出了自己的见解，还穿插评点了恰佩克、莱巴、柴可夫斯基、叶赛宁和伍尔夫等人。

克里玛大胆地将民间假说当作预设,并由此往下演绎。比如女主人公说"(柴可夫斯基)绝对是个敏感的男人,而且善良,但是既然身为女人,我跟他就全无可能了"这个判断就是基于对柴可夫斯基同性恋性取向的猜测;"为了逃避审判,(希特勒)让自己的随从开枪把自己打死"这番评论则基于这样的假说——苏联怀疑希特勒并非自己扣动扳机自杀,而是在服毒后由随从开枪打死。身为犹太人,他对集中营的恐怖刻画得入木三分,他对有"布痕瓦尔德的恶魔"之称的伊尔斯·科赫的记述尤其惊悚,而这则是基于另一个传言,容我从一个故事说起。

单位楼道旁有一排书架,上面摆着 Kindle 部门进行电子化转录时参考用的纸质原书。校对处理完毕,书就搁在架上任人取走。架上的书来来去去,流通很快,唯独有一本长年无人问津。书名叫《灯罩》(The Lampshade)。精致的硬皮本,封面赫然是一盏灯,灯罩边上缀着穗子。书外面包着一层半透明护封,透过护封可以看到灯罩的幽光,仿佛渗着森森鬼气。

我一直记得有这本书,但从未翻开。直到我翻译到《没有圣人,没有天使》的第三章,里面有一节提及纳粹女魔头剥下犹太囚犯的人皮来制作灯罩,我才猛然联想起那本书。找到该书,翻看内文,果然是关于布痕瓦尔德集中营的,而封面那白惨惨的灯罩自然就是人皮灯罩了。原来飓风卡特里娜侵袭过后,新奥尔良一片残垣败瓦,作者的友人在废墟地摊上偶然看到一个诡异的灯罩。卖家毫不讳言,称灯罩乃人皮所制。友人花了三十五美元买下后寄给了作者马克·雅各布森,后者由此开始了调查和写作。

翻译书稿而把身边一些不相干的事情串联了起来,这是一例书缘。

《没有圣人,没有天使》是有宗教意味的,说是寓言亦不为过。里面的醒悟和皈依有着千丝万缕的联系。把宗教术语翻译得准确而又避免读者因陌生而感到拒斥,这是颇费琢磨的。比如"狂喜"这一提法就值得商榷。

  作者引用了圣方济各在苦难至极的情况下进入 ecstati 状态的故事。常用汉译为"狂喜"，这个词至多让人联想到杜甫的"漫卷诗书喜欲狂"，恐怕并无宗教意味。而 ecstasy 在英语中则明确有哲学的"忘我"和宗教上的深度陶醉等义项。用"狂喜"来译 ecstasy 可以说是在考验读者的宗教知识和联想能力。其实佛教术语"法悦"恰指同一状态。翻译虽然历来有儒释道互译互证的传统（比如"得道高僧"其实应为"得法高僧"），但是用佛教术语翻译基督教却难免尴尬，不敢冒天下之大不韪，只是以脚注作了说明。窃以为大可以将"法悦"定立为 ecstasy 的翻译，一开以佛教译耶教的先河。

  书中的诗歌引用颇多，比如叶赛宁的诗句。原诗用俄语写成，英译本中引用的诗句为 All will pass like smoke of white apple trees，而另一英译本作 All, like haze off apple‐trees, must pass，两个英译本就已迥然不同。该句的名译有"如苹果花丛的薄雾"，其他汉译有"如白苹果树的烟花"和"就像轻烟，飘过白色的苹果树"，可谓众说纷纭。经由另一种语言转译，意味流失最大的恐怕就是诗歌了。于是我利用工作之便，摘出此句俄语原文 Всё пройдёт, как с белых яблонь дым 请教办公室里的俄罗斯翻译玛丽娜·米哈伊洛娃（Marina Mikhayleva）。两人搁下手边的工作，畅聊起诗歌翻译来。原来苹果树在俄国很常见，开白色小花，喷薄如烟如雾，一簇簇花头凋零得快，故有此雾气和易逝的意象。我于是最后定稿为：

   没有悔恨、呼号和恸哭，
   一切终将过去，就像苹果树的
   白色花雾突然换上了秋的金黄，
   我将不再年轻。

  克里玛对三位主人公分别使用了三副口吻，在塑造亚娜的形象方面着实下了一番功夫，从时尚用语到心态揣摩，将混迹朋克之流、嗑药/滥药的未成年少女形象刻画得跃然纸上。里面光是毒品的行话黑话就不下数十种，于是译者只好请教三教九流的朋友，力求做到同样"内行"："出肉、嘎嘎、象牙棒"等指冰毒，"飞叶子"指的是抽大麻，"溜冰"指吸食冰毒，"马儿"说的是麻古，"四号"代表海洛因，还有"走一趟"、"爽一把"等表达。有鉴于本书的读者群中纵有瘾君子只怕也在少数，所以没有严格"以黑译黑"，只是略作点缀。

翻译期间因右膝不适，曾去一家普拉提理疗中心就诊。大夫是一位风姿绰约的中年女子，叫珍妮娅·坎巴斯。她说英语带有一种独特的口音，一听便知来自欧洲。诊断结果为长期伏案导致腿部肌肉不协调，于是每周约见一次做康复运动。闲聊得知她是俄罗斯前舞蹈家，赴美学医，两人畅聊共产主义国家特色和异同。显然她是深为离开俄罗斯而感到庆幸的。偶尔听她感慨一下生活疲惫，诸多不顺心，起初不以为意，追问之下才知道她已离婚，独自抚养一名在上中学的孩子。惊觉原来小说原型就在身边，仿佛从她身上看到了克里斯蒂娜的影子。最后一次理疗的时候，我把手上那本精装本送给了她，这算是又一例书缘。

承蒙高兴老师推荐，"蓝色东欧"译丛策划人朱燕玲找到我，问我有没有兴趣接《没有圣人，没有天使》这部书稿。此前一直做儿童文学翻译，急于转型严肃文学，不假思索地答应了。我是先签了合同才着手寻觅原书的。还记得刚拿到书，读完开篇第一句就惊得魂飞魄散——这也太重口味了吧。收拾好散落一地的魂魄开始翻译，一年后终于完成译稿，在此对所有提供过帮助和指点的师长友人一并致谢。

第一章

一

昨晚我杀死了我丈夫。我用牙钻在他脑壳儿上钻了个洞。我等着看会不会有白鸽从里面飞出，结果出来的是一头硕大的乌鸦。

醒来之后，我疲惫不堪，更确切地说是生无可恋。年岁越大，我活下去的意愿就越弱。我是否曾对生命有过强烈渴望？这我不敢肯定，但我肯定以前更有精力，也更有憧憬。有盼头才是生活。

今天是星期六。我有的是时间可以做梦，可以悲伤。

我从孤独的沙发床上爬下来。这沙发床本来是成对儿的，另一张很久以前就被我和亚娜搬进了地下室。地下室里现在还全是我前夫卡雷尔的杂物：鲜红色的滑雪板、一袋子打坏的网球和一捆旧课本。我早就该把它们全扔了，但就是狠不下心。在原本放另一张沙发床的地方，我摆了一盆印度榕。你没法跟印度榕拥抱，它不懂得抚摸你，但它也不会背叛你。

七点半了。我该陪陪我那未成年的女儿了。她需要我。然后我就得赶紧上我妈那儿去。我答应帮她整理爸爸的遗物。东西是无关紧要，但是她就自己一人，终日愁苦。她需要跟人聊聊爸爸，却找不到人陪她聊。照她的话，爸爸活像个圣人似的；但依我记得的，他对妈妈不是使唤就是冷落。

我的朋友露西说过，一旦你习惯了专制，你甚至还会怀念它。这说法不仅仅适用于私生活。

我不怀念专制。我昨晚用牙钻杀死了我前夫，尽管我并不恨他。我更多是为他感到难过。他比我更寂寞，而且他恶疾缠身。不过话说回来，我们谁的体内没在溃烂呢？除了爱情来临的片刻之外，人生只有悲凉。

我过去总爱问我为什么活着。爸妈从不给我一个正面答复。我看他们自己也不清楚吧。不过有谁清楚呢？

生下来就得活下去。不，并非如此。你可以随时自我了断，就像我的外祖父安东宁、我的姑妈文达，还有伍尔夫或梦露。不过梦露不是自杀的，大家这么说只是为了掩盖凶手的踪迹。据说她吞了五十片安眠药，其实四分之一的量就足以致命。我随身带一罐止痛片，不过不是用来自杀，而是为偏头痛而备的。自杀的能力我是有的，不过我讨厌尸体。我在解剖室里感觉无比受罪，进解剖室前一天我宁可不吃东西。

为什么要让我爱的人来处理我的尸体呢？

他们迟早会有这天的。会是谁来处理呢？八成是亚宁卡，这可怜的孩子。

我不该叫她亚宁卡，她不喜欢别人这么叫。她觉得这听上去太孩子气了。最近一次在肿瘤病房探望我前夫的时候，我管他叫卡伊内克，猜想他在病痛之中，听到我用多年前对他的称呼来喊他，应该有所安慰。不过他反对，他说这是一个最近刚被判无期徒刑的雇佣杀手的名字。

我们都被判了无期徒刑，不过我没这么跟他说。

我能感觉到自己被清晨抑郁攫住了。昨天酒喝多了，烟也数不过来了。露西坚持认为我没有抑郁症，说我只是"情绪化"。

我跟露西是在学医的时候认识的，不过我的解剖学补考一次通过了，她却始终没过。她退学后开始搞摄影，很快就比坚持下来的人混得好了。我跟她一拍即合，极可能是因为我跟她几乎处处不同。她身材娇小，两条细细的腿仿佛风吹都会断。我从未见她悲伤过。

摄影师懂什么抑郁？而且她口口声声劝我戒烟、酒一天至多三小杯，她自己却爱喝多少就喝多少。等我年届五十我就统统戒掉。距离那个重大日子、那恐怖的年龄只剩不到五年了，想想就难过。当然，前提是四年零十一个月后我还活着。其实明天我还在不在都是未知之数。

抑郁症的最佳疗法就是动起来。在诊所里我没有时间抑郁。我没有时间去想自己的事儿。不过今天是星期六：我有一整天可以做梦，可以悲伤。

我往亚娜房里瞟了一眼，她睡得很安详。去年她还留着长发，比我的及胸长发还要长。现在她剪了短发，看上去像个假小子。她的耳钉闪闪发光，但她脑袋一旁的枕头上还睡着个布娃娃，叫宾巴。她从七岁得到这个布娃娃之后就一直跟它形影不离。她昨晚把牛仔裤从腿上蹬掉之后，就任它留在地上，牛仔夹克放在扶手椅上那堆皱巴巴的衣物上面，其中一个袖子还翻了出来。她跟一群朋克厮混，有男有女，因为她说这些人漠视财产和职业。我们最后一次上剧院的时候，她坚持要坐有轨电车。她想走自己的路，但是在这个数十亿人口的世界里，什么叫走自己的路？最后还不是会跟这样那样的人或事有瓜葛。

她床边的椅子上还有一本摊开的书。不久之前她还看童话故事，喜欢听关于异国、动物和星辰的故事。那时候她说起话来特讨人喜欢，显得比其他同龄人要早慧懂事。我悲伤的时候她都能察觉和理解，尽她所能来安慰我。现在我觉得她根本注意不到有我这个人，或者只把我当成是管她饭吃、照顾她的人。我告诉自己，她这是年龄使然，但我同样为她担忧。有一次，我们一起看一部关于毒品的电视节目，我问她街上的毒贩子有没有找上过她。"当然有啊。"她回答说，简直一脸吃惊。她自然是叫他们滚远一点。我跟她说，要是让我发现她吸毒，我就宰了她。"知道啦，妈，还要把我的尸体拿去喂鹰对不！"我们都笑了，不过笑声哽在我的喉咙。

我关上她的房门，进了洗手间。

我在镜子里看了自己好一会儿。那面镜子充满敌意。不，镜子没有敌意，它客观而不带感情，有敌意的是时间。

我的前夫，也是至今唯一一任丈夫，曾经试图跟我解释说时间和宇宙一样老。我说我不懂。时间怎么会老？别的不说，时间这个词是阳性的啊。

时间在德语和拉丁语里是阴性的，在英语里是中性的，他一板一眼地跟我说。他只想说明时间跟宇宙同时发轫。时间并不是先于宇宙而存在的。在那以前什么都没有，连时间都没有。

我夸他好聪明，好博学，而没说他连一点幽默感都没有。

数十亿年前发生了什么，那时候时间开始与否，关我什么事。我在乎的只是我的有生之年，迄今为止，时间已经夺走了我的爱，给我留下了皱纹。时间匆匆前行，全然不顾我的求恳。

时间不听任何人的求恳。时间是公平公正的。

公正往往是残酷的。

不过，时间对我还是不错的。至少到现在为止还不错。我的头发不如二十岁的时候浓密了，不得不借助化学品向世人掩盖我的灰发。我有一头金发，我曾经编了发辫，让它垂到我的腰下。不过我一如既往地注意举止。我的双乳有些下垂了，但仍然硕大。倒不是说挺着两坨肉有什么意思——除了男人的乐子之外。那些自私的孽种。但没什么能把我从时间里拯救出来。人们说注射皮下脂肪可以消除嘴角皱纹，但我不愿意。我现在还没有太多皱纹，只是眼角有些鱼尾纹。前夫说我的双眼是天蓝色的，但天又是什么颜色的呢？天空善变，天色由地点、风和时间而定，而我的双眼却永远是蓝色的，不论白天黑夜，不论欢喜悲忧。

走出淋浴间，我浑身发抖，但不是因为冷。虽然已是四月天，但我还在公寓里开暖气。我是因为寂寞而颤抖——我是因为极力掩藏哭泣而发抖，哭的是有这样一天时间会消失殆尽，就像河水流干，河床只剩下尖锐的石子——我赤着脚，裸着身子，浴袍落在地上，没有人看我的乳房。无人问津，无人爱抚，再没有乳汁从里面流出。

从我身后的卧室里传出阵阵咆哮，这玩意儿现在居然也算音乐了，我女儿还趋之若鹜：涅槃乐队、爱丽丝囚徒、尖叫树、重金属、硬派摇滚、垃圾摇滚，我已经数不清了。这类音乐让我兴奋的岁月已经过去了。的确，牙科手术椅上偶尔没人的时候，埃娃会放放电台广播来驱散寂静，不过我都充耳不闻。我的助手害怕静默，这年头大多数人都这样。但我喜欢安宁和寂静，我渴望自己身体里能有片刻的寂静，那种寂静足以让你听见自己血液奔流，足以听见泪水滚下脸颊，足以听见突然靠近的火苗在扑腾。

不过这种寂静只有在墓地深处才能找到，比如在罗兹米塔尔边上村庄公墓的围墙里面，那里埋葬着雅各布·扬·莱巴①。当他无法再养活自己的七个孩子时，他割断了自己的喉咙。可怜了他的妻子！不过在这种寂静下，你什么都听不到，因为你的血液和泪水已经凝止，莱巴再也无法听到附近教堂传来他的民谣《圣诞弥撒》："先生早呀，快起床吧！放眼天际——艳阳高起……"

对我而言，血不同于泪，血意味着生命，当我牙龈出血的时候，我会想方设法尽快止血。

二

我给女儿做好早餐，提醒她做作业，然后就冲出门上我妈那儿去了。亚娜问我什么时候回来，我说中午回来，她看起来挺满意。

工作日里街上车水马龙，不过周六早晨过马路就没那么难了。空

---

① 雅各布·扬·莱巴（1765—1815），波希米亚作曲家。他的《圣诞弥撒》等作品在捷克经常演出。

气里没那股浊臭了。我好像连屋前院子里接骨木的花香都能闻到。

我们那条街上的房子是中性的，建于三十年代末。它们缺乏风格。人们就是从那个时候开始建这种"兔子笼"式居民楼的，只不过那时的楼房用的是砖而非预制混凝土，大多只有五六层楼高，而不像现在的十三层。妈妈以前跟我说，二战以前，大家夏天里会拿小板凳坐在房子前面聊天。那段岁月里，这就是城市疆界，大家更有时间聊天。谁承想有一天普通人际对话会被电视谈话节目所取代。

他们那会儿还不至于害怕彼此，不过我没跟妈妈说。二战的时候，他们不敢说真心话，因为有可能会为此付出生命代价。不过妈妈有过亲身体验，是再清楚不过了。二战后，大家也担惊受怕，不过多亏了爸，妈妈没受太大影响。不敢发表意见、默默过日子的人后来怎么样了？他们停止了思考，大多如此。或者他们已习惯说空话了。

二战的时候，妈妈虽然只是个小女孩儿，却有性命之忧。她的妈妈——她一直讳莫如深的外祖母伊雷娜——被德国人在毒气室里杀害了。外祖母的父母、兄弟姐妹和侄女都是如此。我几乎成年了妈妈才跟我说的。在那之前，我只知道外祖母是在打仗的时候死的。过了很久，妈妈才告诉我她是犹太人。妈妈没被遣送到集中营，而是跟她爸爸一起度过了战争岁月。尽管如此，那段时期她还是备着一个小箱子，里面装好了必需品以防万一，毕竟谁也无法预料。"他们只给了我妈妈一个小时来收拾东西。"她跟我说。

妈妈的父亲，也就是我的外祖父安东宁经营一家家具店。为了免受雅利安化（清除犹太人）的牵连，德国人一入侵，他就大张旗鼓地休了外祖母。他保住了生意，不过好景不长，因为他的店被政府的人抢走了。不过那时候已经来不及救他妻子了。

妈妈从来没有原谅父亲做的这番取舍，她刚满十八岁就离开了家。两年后她结婚了。她故意嫁给一名共产党人——既非犹太人也非基督徒，一个相信宗教是人民的鸦片的共产党人。

外祖父安东宁也因为那次离婚而无法原谅自己。当政府将他的家具店充公，命令他从店里离开后，他失去了活下去的理由。他走进仓库，在一张崭新的托内曲木扶手椅上坐下，然后开枪自杀了。不过那是我出生以前很久的事情了。

妈妈住得不远，我可以穿过别墅街区步行到她家，途经我喜爱的作家卡雷尔·恰佩克①的故居。他是个好人，文采斐然。我在栅栏前驻足，仿佛期盼他那自由的灵魂在他死后多年仍徘徊此地。没有幽灵徘徊的迹象，不过这里的树木长了起来。这些树肯定是在他死后又长了起来，因为我第一次见的时候它们就已经不是青枝绿叶。我出生的时候，这位精于园艺的作家就已经去世十五年了。他对他一生的唯一真爱这样写道：

亲爱的，请学着幸福吧，看在老天的分上。我只求你幸福，除了爱之外，你的幸福就是你能给我的最美的东西了。

我的卡雷尔就绝不可能写这番话给我，即使他宣称爱我，在那段他或许真的对我还有爱的岁月里。

为什么好人英年早逝，恶棍却长命百岁？

好人受苦是因为他们把别人的磨难也搁在心里。我不知道我算不算好人，不过我也受了我不该受的罪。

我在狭窄的街道走着，直到我来到那条名叫鲁斯卡的街上，自我记事以来，这条街就叫这个名字。与其他街名的命运不同，这个街名经历了所有政权更替却得以保留。我就是在这里一幢公寓楼的两居室里呱呱坠地的，楼的前后各有一个微型花园，后面的只比前面的略大一点。街道的另一侧是别墅，别墅和街道之间有一片狭长的草地和两行椴树。那时候，树梢全是鹈鸪的啁啾和捕蝇鸟及各种鸣禽的歌声

---

① 卡雷尔·恰佩克（1890—1938），20世纪捷克最有影响力的作家之一，著名的反法西斯人士。

——不时被朝着附近医院疾驰的救护车的刺耳警笛声所淹没。公寓里只有廉价家具,战后生产的那种,不过好歹木头是真材实料。墙上没有挂画。爸爸以前在餐桌那面墙上挂一幅列宁的彩色肖像;妈妈有一幅伊雷娜外祖母学生时代的着色照片,装了框。外祖母的那张照片酷似她同一时代的名媛玛丽·毕克馥①,鼻子高,下巴翘。照片里她的头发金色带红。我从来没有问过我妈妈,外祖母是不是天生赤褐色头发,不过我希望是,因为我喜欢红头发的人。

妈妈头发的红色已经褪了。她以前的头发跟我一样是金色带红的,不过现在已经发白。她现在还穿着丧服,尽管爸爸去世已经六个星期了。丧亲之痛至少持续一年——这是我从心理学讲座上听来的。我悲伤么?不见得比平时更悲伤。好像爸爸并不属于我,仿佛他本就是另一个世界的人。不,还是同一个世界,不过是另一个时代。父母跟子女往往活在不同时代,至少好些人是这样。不过没理由啊,毕竟,二三十年算得了什么呢?我那唯一一任丈夫就会这么说。跟宇宙洪荒相比,这不过是无足轻重的一瞬。

"我要怎么处理这些东西呢?"妈妈抱怨说。她打开衣橱,里面塞满了旧衣服,全是樟脑球的臭味。我恐惧地发现里面竟还挂着那可鄙的人民民兵灰色制服。他居然没扔掉。"仿佛想让这种耻辱留存人间。"②这句话出自一个爸爸从来没读过的作家。我以前读他的作品是因为他屡遭查禁,也因为他向来孤寂。他害怕父亲,也害怕未来。或许他恐惧还因为他是一名犹太人,就像那个在我出生十年前就惨死毒气室的外祖母伊雷娜。如果他不是英年早逝的话,很可能也会死在毒气室里。不知道外祖母是否也对未来感到恐惧。她那时候想象得到么?其实,又有谁能想象得出来?

---

① 玛丽·毕克馥(1892—1979),加拿大电影演员,曾获得过奥斯卡最佳女主角奖和奥斯卡终身成就奖。

② 原文为德语,引自卡夫卡的《审判》。

"这里面有你能派上用场的东西么？"

"妈，我们家里又没有男人。"

"我知道，但你改一改也能穿啊。"

"对，特别是那件。"我指着那套制服说。

"你就只看到这个。爸爸本来就是那样的人，他不是突然变成这样的，不像其他人……他还为我们的婚礼定做了那件。"她指着那套黑西装，这身西装的来源我已经听过不下一百次了。

"我知道。"

"这是百分百纯羊毛的。那时候，羊毛可难找了。"妈妈把衣橱里的衣服理了一遍，又开始发愁。她就是舍不得扔。但她又不知道谁能用得上。我觉得她苦恼的背后是对我的责备——我现在一个人过。要是我能像她一样始终牢牢抓住自己的男人，哪怕是过着奴隶般的生活，我现在就能帮她个忙，带一箱又老又旧、没用的破衣服回家了。

我跟她说我会帮她归置衣服，把能用的送去慈善商店或流浪汉之家。

"那这套制服呢，"她问道，"你说会不会有博物馆想要？"

"这种制服博物馆肯定多得能装下好几马车了。要留给后人的话，一套就足够了。"我都可以想象陈列橱窗上写着："制服，人民民兵组织，工人阶级的铁拳。阿洛伊斯·霍拉克遗赠。"

"那我们怎么处理才好？"妈妈问道。

"剪碎了当抹布。你早就该这么做了。"

我出生的时候，刚好阿洛伊斯·霍拉克和他的党羽处于戒备状态。自当如此，因为上帝的小天使在那天为世界铲除了那个暴君。妈妈告诉我，他们把号啕大哭的我抱出产房的时候，她望出窗外，吃惊地发现一面黑旗正从旗杆冉冉升起。三天后爸爸才第一次来看望妈妈。他穿着制服，不时抽泣几下。妈妈抱起婴儿——也就是我——给他看，他问妈妈："我们现在该怎么办？我们还怎么活？"他这迫切的问题并非源于他已为人父，不知道日子要如何过，而是因为暴君已死，他成了孤儿，不知何去何从。这是对我的轻慢侮辱，而当时我来到这个世界才三天，对一切都不加怀疑。他最善于轻侮他人，让别人感到内疚。

"克里斯蒂娜！他绝对无法接受的。"

"噢，他会接受的，"我说道，我没有补上那句，说他人都死了，妈妈应该停止像奴隶一样对他唯命是从了。不过妈妈只是拿他当借口：什么东西只要还能用，她就舍不得扔。战争在她身上留下了印记。每次她需要给自己买新衣服的时候，她都觉得冒犯了死去的亲人。我活下来不是为了把自己打扮得漂漂亮亮的！这话我已经听她说过了无数遍了，所以我每次享用新东西的时候都会感到自责。

"报纸上写了，"妈妈突然说起，她好像刚刚想到什么，"那些光头仔在集会上高喊'胜利万岁'①。国安居然由着他们乱来。"妈妈还没有习惯过来，恢复常规警察已经九年了——至少我们称他们为常规警察。

"别担心，没人要复活希特勒。"

"我不是担心我自己，我是担心你们两个。天知道他们想怎样。"

我捋了捋她的头发。"别担心我们。世界已经变了。"最近她才说起她从小就有的焦虑感。我从未猜到，因为她一直缄口不言。相反，她总是充满生机，从来没有因为忧虑而消沉。她在市住房局负责维护。这就意味着她要跟大量工人打交道，她偶尔还带我去他们单位。虽然我在生人面前浑身不自在，但我很佩服她能跟这些人打成一片，有说有笑。还有在家的时候，尤其是爸爸外出开会的时候——他几乎老有会要开，妈妈会拿那些在爸爸面前提不得的东西来开玩笑。

她领我到一个装满了书的壁橱前。"这些怎么处理？"

"书没有必要扔吧？又不会有虫子来蠹。"

"这是他的书啊？我又不可能去读，你说呢？"

---

① 原文为德语，德国法西斯分子见面时招呼用语。

的确，这些苏联杰出榜样的作品，书的封面就像里面的文字一样灰暗无趣，书名上方有一颗红星象征着因为这些人而流的鲜血。

"对了，还有各种各样的书信之类的，"妈妈记起来，"我不忍去整理了。里面还有几封你寄来的信。"

我记不起曾经给爸爸写过信了。不过我猜我是写过的。或许是在先锋队夏令营的时候写的。"这些信留在这儿也没什么不行吧？"

"还有好些讲稿和笔记。"

爸爸以前做学徒要当锁匠，但这辈子也没修过几把锁。他负责的是政治灌输，是个拿俸禄的党政人员，所以他得发表演说。我从来没有听过他的演说，也没读过他的讲稿，但我完全可以想象得出来，这类演说我听得多了。都是一回事。冰冷灰暗乏味，却能唤起人们的恐惧，因为头上那颗血淋淋的红星阴魂不散。

"我把这些东西给你收拾出来了。我猜你可能想了解一下你爸爸的事。他其实没你想的那么坏。"

"妈，还有什么可了解的？我认识他都四十五年了。每年我过生日，他都点一根蜡烛来纪念那个他见都没见过的杀人犯。他还会买白色康乃馨，放到他桌上那尊半身像前。我长这么大他只给我买过三次花。而且必须是康乃馨，因为这是同志情谊的象征。"

"他老早就不这么干了。"

"是么？"我没说这大概是因为他舍不得蜡烛和买花的钱。最近几年他连花都不送我了。其实我过生日他连人都不出现了；只是打一通电话，祝我各种成功。我不知道他心里想的是哪种成功，牙医职业道路上的辉煌、美好的婚姻，还是中老年妇女选美第一名。很可能什么都不是。在他看来成功就是幸福。我跟他之间没有爱。我们有过争吵，后来不吵了，但也没开始喜欢彼此。对父亲没好感是我们家族的通病。我不敢说他从来都不对。他劝我不要嫁给我的第一任也是最后一任丈夫——一个离过两次婚的男人。"他这个人没理想。"他这样奉劝我。

那也好过有你那样的理想，我心说。

我现在发现没有理想的人就像机器。那种只知道生产语词、赚钱、做爱，贬低他人抬高自己，满足虚荣心的机器。爸爸有理想，这个我承认。也许他真心实意地相信，由他那个党掌权就不再会有饥饿，人间就会有正义。他信仰得太盲目了，以至于对他身边的所有不公正视而不见。他试图过一种体面的乃至于禁欲的生活。他只有一套衣服工作日天天穿，还有就是那套大名鼎鼎的婚礼礼服了。天冷的时候，他会戴上那顶旧贝雷帽，我从小就看他戴那顶。他对妈妈话不多，但对她不离不弃，我看他也不曾背叛过她。我记不起他有没有拥抱过我，不过他偶尔会跟我讲讲睿智的列宁的故事，或是其他少先队员爱父母爱祖国的事迹。对，他用的就是这些词汇，不过那时我高兴的是他肯坐在我身边，肯在我身上花点时间。只是后来苏联入侵，他把苏军当成救世主而非侵略者，我才开始对他所赞扬或信仰的一切产生敌意。

我几乎是一进医学院——能上医学院当然免不了归功于我的阶级出身——就开始留长发混酒吧，喝酒，抽烟，换男朋友。我故意这么做来气我爸，虽然他从不知道全部真相，但我从我行我素中得到一种满足。

"克里斯蒂娜，你不该这么说他，"妈妈责备我说，"他从来没有恶意。斯大林，或者说是那些俄国人救了他的命。要是他们晚来一天，他早就死了。"

"那是他跟你说的。"

"不，事实如此。他给我看了他刚出集中营的照片。他瘦得像骷髅一样，只是包了层皮而已。"

"就这样他还在这儿帮人建集中营。"

"你父亲从来没有建过什么集中营。"

"他本人或许没有，但他那个党有。"

"你父亲抗击德国人，"她说，"就为这一点你就该尊重他，你也知道他们对我妈妈做了什么。"

我说这种话来折磨她,实在是太不体谅了。即便是在我各种任性想气爸爸的日子里,我真正伤害到的也只是妈妈。爸爸只会注意那些影响到他个人或他事业的东西。

我在妈妈身边坐下来,抓起她的手。"别老想他了。"

"还能想谁?"

"你还有我们啊,不是么?"

我们当然是指我和莉达——我那个当歌手的妹妹,她住在塔博尔,一年只来看妈妈四次。当然还有亚娜,她那最近越来越野的宝贝外孙女。她居然在她外祖父的葬礼上唱歌——唱的不是《国际歌》,这歌她外祖父可能还想听呢,她唱的是《十二个门进圣城》。还有我,一个疲惫不堪、空虚不已的女人:一尊没有鲜花的花瓶。

我拿起装着爸爸书信的盒子,拥抱了妈妈,亲了她一下。

盒子是用圣诞节包装纸裹起来的,捆着金色丝带,差不多有十斤重。

三

还没到中午,我就回到家了。我赶回来给女儿做午饭,虽然按她这个年纪,她已经完全可以也应该给她妈做饭了。

从她的卧室传来打鼓的声音。她有一个两件套架子鼓,平时练鼓让四邻不堪其烦。她吉他也弹得相当好,能吹竖笛,歌喉也不错。自从她开始上文法学校之后,她就不再参加童子军活动了,而是在一个叫"魔鬼之子"的乐队里弹唱。前不久她还邀请我去看他们演出。他们在布拉格外面一个酒吧的舞厅里表演。那酒吧糟糕透了,他们的演唱让我一会儿抑郁一会儿恶心。事后她问我怎么看。我没好说这是游魂野鬼的病态音乐。我只是夸了夸,说她的发挥无懈可击。

那些日子都去哪儿了?那时候她还跟一群孩子在当地的小公园里

天真地踩滑板，把那些领养老金的老头儿老太太吓个半死。学校里没传她什么好事儿。她期中考试数学挂了，化学勉强及格，但其实她在这些科目上颇有天赋，不久之前她还辅导她的同学呢。不过她现在失去兴趣了。她说她想专注于音乐。在她看来，音乐人只要懂音乐就够了。

我本该禁止她弹琴打鼓，禁止她自由散漫的。可是毕竟我自己也曾渴望拉小提琴，而且老师说我有天分，要不是因为小提琴丢了，要不是因为爸爸的执拗，我很可能会走上另一条职业道路，而不是在牙科手术椅旁边一天站八个小时。

我窥眼看她房里。她穿着睡衣坐在乱糟糟的床上。牛仔裤还在地上堆成一团，周围有一堆纸张，很可能是乐谱。今早还放在椅子上的那本书已经掉到了地上，书上还放着啃了一半的面包片——女儿肯定是不远万里跑了一趟厨房。"我不在的时候你就干了这些？"

"那又怎样？妈，今天是星期六。"她似乎心情不错。她放下鼓棒，宣布她下午跟卡佳和玛尔塔有个约会。

"跟那些朋克混？"

她点点头。

"亚娜，我不喜欢你现在来往的这帮人。"

"他们可好了。"

"好在哪里？"

她耸耸肩，含糊其词，说"都很好"。她只字未提他们沉瀣一气，认为鄙视学校是对的，认为鄙视把时间浪费在工作上的人——尤其是父母——都是对的。尽管父母为他们提供吃穿，但除此之外，他们却是一大障碍，让他们无法过自己想过的生活。

她想换个话题。"午饭能按时吃上么？"

"你很急么？"

"我想两点出门，不对，我两点必须出门。"

"那作业呢？"

"妈，今天是星期六。"

"对，你已经说过了。你打算什么时候回来？"

"我还没出门呢！"

你要是不出门我才高兴呢，不过我没这么说。因为我想把你留在我看得见的地方。"你该去看看你爸了。"

"知道了。我会找时间去看他的。"

"别一拖再拖。你做这鬼脸是什么意思？"

"我是奇了怪了，别人在乎还说得过去，你在乎什么？"

"爸爸很不好。"

"他就没好事儿，不是么？"

"我是说他的健康。你又不是不知道他做完一个大手术。"

"好吧，可能的话，我明天去看看他。我去公园里偷一朵玫瑰花送他……"

我生气地说，让她省省她的伶牙俐齿，用到别处去。

"好吧，算我自讨没趣。我会给他买一朵玫瑰，反正买不买东西我明天都会去看他。"然后她又开始弹吉他了。

她最近就这样。她就像示巴女王①一样坐在那儿，从早上到现在手都没抬一下。但她却敲鼓吵得邻居抓狂，揶揄她有病在身的爸爸，这会儿又催我去做午饭。因为这个自私的东西，我从早到晚忙得脚不沾地。"赶紧给我穿好衣服！把这儿打扫打扫，然后可以过来刮土豆皮了。"

她摆出一副顺从甚至惭愧的表情。"妈咪，你怎么说怎么好。"

我知道她的服从和友善都是装出来的。她就是装孝顺，这样我好走开，不去揪住她的懒惰不放。真得好好揍她一顿，至少偶尔来一次。她得有个爸来让她老实点儿。我不会抽她耳光。我从来没能力打她屁股，连她小时候都不行。这会儿已经来不及了：她爸这会儿唯一担心的就是他的病；而她马上就十六岁了，这会儿怎么打都没法让她

---

① 示巴女王是《圣经》记载的第一位女王。

回到正轨了。

"我这就过来刮土豆皮。"她在我后头喊道。

四

我那小女孩儿两点钟准时出门了。我本该留住她,让她做完作业再走的。当然,学校没什么大不了的。让她挂科好了,但好歹让她知道原因——让她知道为什么失败,更确切地说,让她知道为什么而活。但我们有谁知道自己为什么而活呢?要是我自己清楚的话,我会去指引她,不过我怀疑自己没这个能耐。

不久之前,她还是个规规矩矩的乖女孩儿,梳着辫子,苗条、漂亮又听话,连我爸爸都喜欢她。有一次,她才刚开始学走路的时候,她要我爸爸陪她去散步。他在公园里跟在她身边,像条忠诚的狗。早前下过雨,她领着他绕过水洼,免得他的爪子踩到泥。

她的土豆皮刮得惨不忍睹。一半的皮没刮掉,还有芽留在里面。我就原样给她端上,不过她完全没注意到这些琐碎细节。

她答应午夜之前回来。我会一直等她回来,让她给我讲讲她这半天都干了什么。

她从这个只剩半边的家里逃了出去。有时候半个还不如没有。

过去六年,我一直尽我所能在养育她,尽量补偿那另一半的缺失,在一定程度上也是要弥补我无法抓住她父亲这件事。不过,即便如此,她还是会时不时抱怨一下,问我他去哪儿了,问我他为什么再也不回家了。她会用泪水来淹没她的悲伤,直到这种悲伤融进我的血液,当这些泪水触及我的创伤时,它们就像在伤口上洒盐一样灼烧着我。当我安抚她睡下后,她的悲哀会在我心里继续蔓延,我会哭泣到深夜。睡意弃我而去,让我独自受苦,没有人来安慰我,没有人来抚摸我。

我只尝试过一次要跟另一个男人重新开始。有何不可?那时候我还不到四十，况且我确信我还能够走出第一段婚姻的不幸，将自己从那个共处了十二年的男人身边抽离。他跟我的前夫同名，我管他叫查理二世，听上去简直有种封建余味。他长得就有几分封建的味道，一个粗壮的汉子长着橙红色的胡子，活像红胡子大帝腓特烈一世。他给我的感觉是能够爱人也可以被爱，而且我觉得他有能力去爱亚娜。是我的助手埃娃把他介绍给我的。我的这位大帝神志并不完全清楚，他罹患癫痫，不过只要他定时守规矩用药，还是可以避免发作的，我都准备好按时督促了。我们已经谈婚论嫁。我们安排了一次海边度假算是婚前蜜月。只是去冰冷的波罗的海而已，但我期待到海边去，期待与他独处——我准备让妈妈来照顾亚娜。就在我们即将出发的时候，埃娃沮丧地告诉我，那人很可能对我不忠。我们一起出发去旅行，但回来时只我一人。

我拿了一瓶莫拉维亚红葡萄酒和一个玻璃杯，在扶手椅上坐下来，点燃了一根香烟。我凑巧抬头，看到天花板边上，就在客厅和厨房的隔墙上面有一大块深色污迹，是楼上那户爆水管留下的，已经有一年多了。我得请个泥水工来糊一下，但我一直在拖。我什么都得自己来，但每天肩上的担子已经让我快招架不住了。

我应该看一眼爸爸留下的书信。

我剪开丝带和圣诞包装纸，打开盒盖。里面全是整整齐齐一捆一捆的旧笔记本，几本蓝的、几本黑的、一本粉的，一共十二本。有几张照片和一些陈旧泛黄的剪报。纸张有股霉味儿。我之前从未见过这些笔记本，他肯定没把它们搁家里。可能他把它们收在书桌抽屉里了。不过如果他把本子搁在办公室里的话，他在里头能写什么呢？他不可能天真到不知道会有人偷看。

我匆匆翻过那一小沓剪报。《凯旋的红军在布拉格大受欢迎》，一九四五年五月十日——他那时候几岁？才十九岁。《向斯大林元帅致敬》——那时候他还困在德军集中营里。他还没遇到妈妈，无法预见八年后她会为他怀一个女儿，而且还坚持给她取克里斯蒂娜这个毫无革命意味的名字。

> 有一件事毋庸置疑。到现在，捷克人民无不下定决心以恶报恶，无论有罪无罪都一起惩罚。

那段岁月里，妈妈还不知道外祖母是怎么死的。显然他们还期待她随时可能归来。

几年以后，她告诉我实情，铺着瓷片的房间、管道里传出毒气的嘶嘶声，这个画面在我脑中挥之不去。我可以听到人们喘气的声音。如果妈妈当时像许多孩子那样跟母亲一起被抓进集中营，那就没我了。我还想到，世上建起这些专门用来毒死人的大型浴室之后，生活就不可能再跟以前一样了。

我打开了其中一本笔记本：一九五八年。日期是工工整整的手写体写成，不过我无心翻阅。我把它搁回盒子里。

眼前的时间不断膨胀，就像池塘水上面翻了肚皮的死鱼。要是有个人可以期盼就好了，一个来按我的门铃，或者给我打电话的人："我的小鸽子，你过得好么？"

我的第一任男友"疯子"喜欢叫我"小鸽子"。这都多久以前了？已经不止上帝眨两次眼这么久了。

十二年，在上帝只是一眨眼的工夫，我的第一任也是唯一一任丈夫这样说道。那时候我们正在就我的第一次和他的第三次离婚进行谈判。我当时一想到一起过了十二年他竟要弃我而去——其实是十四年了，我们处了两年才到谈婚论嫁的地步——我眼泪就下来了，毕竟这十二年里我一直伺候他、仰望他、夜夜睡在他身旁。

"你居然开始信上帝了？"我吃惊地问。

"没有，只是一个比喻而已。我是在将我们的时间跟宇宙时间做比较。不过宇宙时间没有眼睛。"

上帝无眼，就算存在又怎么样，不过我没说。

才两点半。我用桶接了点水，去厨房拖地板，我还拿上了那杯酒。

回到客厅后，我打开了卡带机。里面那盘磁带是柴可夫斯基《第六交响曲》，不过下午两点半听来太悲怆了，所以我换上了他的小提琴协奏曲。

我叫他"疯子"是因为他那时接受培训要当精神科医生。他非常英俊——深色的皮肤，日晒的古铜色仿佛永不消退。他把黑色长发扎成马尾巴，在当时极具异国风情。他那时候兜里揣着毒品，随时愿意跟别人分享。他给过我大麻、致幻蘑菇和墨斯卡灵，不过我都拒绝了。我害怕毒品。我倒不是怕伤身，只是怕失去自我意识，不再是自己了。

他的眼神让我不安又让我兴奋，很奇特——富有穿透力，又充满情欲；哪怕穿着皮大衣，在他的注视下我仍觉得仿佛赤身裸体。

接着出了事儿，这事儿后来还出过几次。第一次我犹豫了——我不想杀死我的孩子，不过未来的精神科医生不想当爸爸。他觉得当爸爸有碍于他的职业生涯，仿佛他的职业比一条命还重要。他愿意娶我，但绝不让我当妈妈。他以此为条件说服了我，让我申请做了流产。但事后我再也不愿见他了。

奇怪的是当同样的事情在我未来丈夫身上发生时，我却没有离开他。我太想要他了，居然连这都忍下来了，不过之后很长一段时间，这在我都是一个开放的伤口（不是身体的，而是心灵的创伤），其实这个伤从未痊愈。

耶胡迪·梅纽因对我来说年纪偏大，他录这张专辑的时候肯定都八十了，不过我对老年人同样有爱。我的第一任也是唯一一任丈夫先于我来到世上，早了上帝眨两次眼的时间。不过他连口琴都没学过，而这位英国男爵七岁的时候就在旧金山登台演奏门德尔松的协奏曲了。

我一开始厌恶小提琴。练琴占据了我玩布娃娃的时间。那个娃娃平平无奇（跟我一样是蓝眼睛），在我看来身材相当臃肿——这是在长腿芭比问世之前。这个娃娃才是我真正的妹妹，而不是那个体弱多病、患有近视、惹得人人大惊小怪、动辄惋惜的活妹妹。我一直想要一个弟弟，而不是妹妹。

　　从七岁起，我就一周上三次小提琴课，还要在家练琴。老师常常夸我，有一次还说我是她最棒的学生。所以我开始考虑成为职业小提琴家的可能。好一阵子，这种想法让我陶醉，我想象自己置身于音乐厅，就像在电视上看到的那样。我穿着靓丽的深蓝色天鹅绒晚礼服，拉奏贝多芬的作品。我拉得如此美妙，连指挥都向我鞠躬致意，亲吻我的手，有人从帷幕后面的门里出来给我献上花篮。

　　我开始勤加练习。尽管我用的只是一把再平凡不过的小提琴，爸爸还是抱怨说我"锯木头"用不着这么贵的琴。

　　我的演奏以遗憾告终。有一次妈妈派我去邮局寄信，我把小提琴落在了邮局。柜台前面的人排了一队，我只好把琴放在墙边的一个台子上。排我前面的那个女人——四十年了我还记得——准是有不下一百封信要寄，而我特别担心上学迟到。所以我一把信交掉就抓起书包冲了出去；我完全没想起我的琴。一刻钟后我冲回来找，琴已经不在了，而我上学还迟到了。

　　学校老师听说了我的遭遇后原谅了我，但爸爸从未原谅我，妈妈为我求情也是枉然。他没有打我，也没怎么骂我，不过他对我丢失小提琴后的绝望显得无动于衷。我犯下了不可饶恕的罪过：一个有志成为小提琴家的人是不会把琴忘在邮局或火车上的，在临终时刻，他还会让人把琴取来，用目光去爱抚他的琴。这就是那个从未爱抚过我的爸爸给出的解释。我之后就再没有小提琴，也再没上过小提琴课。

　　老早以前我就可以给自己买一把新的小提琴了，但这对我又有什么用呢？我学过的已经全忘了。这些日子里，我挥动的是牙钻而不是琴弓，可以说我挽救他人的牙齿或让人免于牙痛，给了别人同样的乃至于更大的满足——尽管无人为我鼓掌。他们往往不送我花，而是送我酒，一块自制的果馅卷饼或是装着钞票的信封。有个医院护士每次找我的时候都给我捎带一套皮下注射器，有时候还带一安瓿的吗啡或甲基哌啶。我敢肯定这全是她从单位偷来的。我每次都拒绝，但她走的时候都会把东西留在手术室的桌上。

梅纽因的爱抚结束了。我一直渴望跟这样一个男人一起生活，他善良、敏感，知道怎么爱抚我、倾听我、保护我，不会背叛我。这是电视剧女主角老掉牙的梦。

我看这样的男人根本不存在。

即便真有，我又怎么能指望遇上？即便遇上了，怎么能指望他会爱上我？

我还能听到脑中的音乐：第一乐章快板的主部主题。我曾经读到过柴可夫斯基努力用意志力去战胜全部悲伤的故事。说得好像有可能把悲伤从灵魂中赶走一样。我感觉他越发表达出他无力压抑的绝望。《悲怆》就是他最后的呼喊。我跟柴可夫斯基有相似之处。他爱着他的母亲，却少年丧母，他对父亲没有好感。他绝对是个敏感的男人，而且善良，但是既然身为女人，我跟他就全无可能了①。关于他的死众说纷纭，但我觉得最可信的说法是他服毒自杀。

我跟助手埃娃管自杀叫"自拔"，不过她是绝不会考虑这种事的。自己把自己拔掉？

我嫁给了一个既不敏感又不善良的人。一开始他还会爱抚我，但他从不倾听我的诉说，从不保护我。最后，他背叛了我。

我本可以猜到的，我也该猜到了。他就像背叛前两任妻子一样背叛了我。他一共背叛过多少女人，这我就不知道了，我也不在乎。但我刚开始认识他的时候，本该好好考虑一下的。

当一个人习惯了撒谎之后，就很难学着说实话了。如果一个人狠

---

① 柴可夫斯基性格内向而敏感，据称有同性恋倾向。更有人猜测柴可夫斯基并非死于霍乱，而是因为叔侄恋丑闻败露而自杀（或被赐死）以保全名节。

得下心来抛弃一个人,再次下手只会更容易。自以为有能力感化自己的伴侣,能将所有恶魔逐出他的灵魂,这只是自欺欺人。他为什么会抛弃我?我以前这样问自己,他垂垂老矣,我却风华正茂。

因为男人本性如此。伍尔夫写道:

> 仿佛除了雾以外,他主宰了一切。但他却大发雷霆。

郁郁寡欢的伍尔夫认为如果有女人想跟男人平起平坐,那她必定会发疯或自杀。她自己就两样都做到了。她发疯的时候听到欧椋鸟在用希腊语吱喳聊天。她试图跳窗自杀,她还吞服了一百片镇静片,但每每获救。最后她只好求助于水。然而,她其实过着相当安逸的生活,而且据所有报导,她的丈夫和善而友爱。没体验过磔碎灵魂的痛苦的人,是无法体味她的悲伤的。

我啜了一口酒,吐出一口烟。或许我依然美丽。霍利先生,我的一个病人,说我这双手很美,可惜却抱着钻头不放。

我问他,那这双手要抱什么才好。

"当然是抱我啊。"他年纪不小了,第一次见他的时候,他跟我的前夫一般大。不过我的前夫没有啤酒肚,他是个运动员。因为滑雪和网球,他的体格像罗丹的雕像一样健美。当他第一次把我拥入怀中的时候,我感到一种拥抱不曾给我带来过的心跳。

他总算跟我过了十二年,其中两年他对我不忠,至少据我所知如此。或许时间更长,但我没去追查。我总是善于捕获男人,却不善于留住男人;好像我总是不值得他们的爱。我从未对他不忠。我想要活得真实。而且我想让我们的女儿活在爱里。

我知道男人都这样:他们想要征服。征服过后,他们就失去兴趣了。或许我本可以更加恭顺。即便结了婚,我还是想要活得自在。我偶尔会固执己见,不肯按他要的方式来伺候他。我拒绝听从命令或他的好言相劝。我不去购物不去下厨,只拿三明治来款待我的丈夫。我不比他差。他有什么权力命令我，让我在其他的工作之外还要来伺候他？我为什么不能晚上跟别人出去而不受他的监管？他就是不能理解或无法接受。

他本指望他弃我而改投的那个女人会像母亲一样照顾他，但她从他身边逃走了。自医院放他出院，他就坐在客厅等着自己的身体应对新状况——他几乎整个胃都被切除了，没人来安抚他，没人来给他端上一杯茶。

我一闭上眼，眼前就会浮现出冰雪覆盖的树木，仿佛天使在步道上手拉着手。每年我们都会到山里去一次。在那里我心情舒畅。我可以自由地呼吸，感到活着是惬意的。

我只是对滑雪还有点怵。他这方面比我强多了。

"等等我，别扔下我！"

"生命同样不等人。"我们滑到山脚的时候，他对我说。他身形健硕，有着优美的胳膊和腿，其他时候他却平凡得很：他是个用隽语和体态来让学生折服的中学老师兼网球教练。

巴赫并不平凡。柴可夫斯基同样不凡：他只是因为悲伤就命令天鹅在泪水之湖的岸边起舞。

终于，电话响了。我从扶手椅上跳起来，几乎要撞翻一把椅子。传来一通熟悉的女性嗓音，她自我介绍之后，开始抱怨她突如其来的牙痛。

"不过我今天不上班。你有没有吃点药来镇痛？"

"我试过了。我吃了两片药，现在头还晕，尽管如此，我昨晚还是一点都睡不着。"

是我丈夫最早把她介绍来我这儿的。他把我推荐给他的亲戚、同事和熟人。没准儿还有他的情妇。他走了，这些人却留了下来。人们背弃自己的伴侣，却对他们的牙医忠诚如一。"你昨天就该来。"

"我以为过一会儿就不疼了。"

"疼痛从来不会自己消失。你得去看急诊。"

"但我不认识那里的人啊。"

"这我就爱莫能助了。我这儿只有一把钳子和家用电钻。"

"有没有可能去你的诊所做手术?"

我跟她解释说我家和诊所分别在布拉格的两头,不过她求我行行好,因为急诊的医生肯定会把她那颗牙拔掉了事。

下午四点,外面很热。我看了一眼酒瓶:已经喝掉一半了。我既不能开车又不愿意受地铁或有轨电车的罪。不过如果我留在家里,我只会坐在这里顾影自怜。

一小时后,我给这位周六病人看好了病。她提出要开车送我回家,请我喝酒,但我不想再跟她多待了。我跟她说我有个朋友住在附近,而且我想散散步。其实没有什么朋友住在附近,不过如果我朝着兹利科夫的方向走半个小时,我能去到我的前夫暨迄今唯一一任丈夫的住处,他很可能还在复元。

离婚后几年我一直避着他。他如果想见亚娜,就得过来接她。我会跟他打个招呼,然后告知他几点前送亚娜回来。除此之外,我对他无话可说,也不想听他说什么。

不过现在我已经几乎忘却了伤痛,残留的痛楚也被他体内的病痛抵过了。

我决定走河边那条路。河岸另一侧的墙上被喷上了花里胡哨的涂鸦。一群野鸭当着我面从矮树丛中跃身而起。水面迅速划过几条八人赛艇,还有几只双人皮艇。

刚结婚的时候,我们还会去划独木舟,大多在卢日尼采河上,偶尔也在斯洛伐克的杜纳耶茨河上。我们会打网球,我偶尔也能赢一盘,但从没有试过赢一场;不过我勇敢搏杀,显得一心争胜。我知道他看重这一点。他想要战胜所有,赢得一切。他有一些地方真像我爸爸,不光是他那一头灰发。

我的唯一一任也是最后一任丈夫崇拜赢家。他充硬汉,但他尽管肌肉强健,其实外强中干。他无比焦虑。他畏惧学生,因为学生可以弹劾他；他畏惧校长，因为校长可以砸了他的饭碗；但他最畏惧的是死亡。闹肚子、喉咙痛、胳膊长颗痣，他的第一个念头就是癌症初兆。每次他问我这些症状的时候，他的声音里都有一种无法掩藏的焦虑。他期待我为他消除顾虑，让他宽心——我也的的确确就是这么做的：我给他开药，把食物和茶水端到他床前，帮他换上睡衣……很快他就会生龙活虎，然后就出去背叛我——我和他的女儿。我不知道他对我们俩谁伤害得更深，但至少我的自信心碎了一地，如果我之前能算有自信的话。

我当真不该去想他了。我一直无条件地等他，为此浪费了太多时间。现在脱离了他，我却又浪费时间去回忆他，去想他。

他住的那幢房子是我出生那会儿建起来的。有五层楼；卡雷尔住的是顶层的阁楼公寓。我去接亚娜的时候上过几次楼。我从未踏进过那座公寓，不过通过敞开的门，我可以看到一面墙，墙上布满了学历证书和他在各种二流网球赛中赢来的可怜的奖章。我们住一起的时候，他把这些东西挂在客厅墙上。他放弃了我，却抓住这些奖章不放。

我在街角停了下来。我不知道自己想不想进去。街角有个电话亭。打个电话问候一下，看看他是否需要什么东西，也就仁至义尽了吧。

我上次去医院看他的时候，他刚好有访客。是一个青年男子：消瘦、苍白，长着浓密的红发，不过一副小眼镜后面却是一双黑眼睛。他的牙齿很白，下颚微凸。双手秀气，手指修长——我一眼就发现了。我的前夫跟我介绍说这是他以前教过的学生。我记得他的名字，因为他的名字跟我女儿相似。他管我叫"大夫"，为了避免妨碍我们俩，他说立刻就走，不过我再三跟他表明没什么可妨碍的。最后我们是一起离开的，一出病房他就问我，老师的病情是否不太乐观。我跟他说了实话，肿瘤很大，发现得晚，这种情况从来不乐观。

"那太糟糕了，"他紧张地说，"我真为他难过。"他接着说他认得我，他记得有几次见我带着小女孩等丈夫。"我们那会儿都妒嫉他。"他补充说，我有印象他苍白的脸上泛起一丝红晕。

我没问他"我们"是哪些人，也没问他有什么好嫉妒的，我丈夫那时候宠爱那贱货犹在我之上。我只是匆匆离开了。

奇怪的是他的话却留在了我的记忆里，那天晚上我睡前还愉快地回忆起这番话。快过去三个星期了，我还记得他的话，心念一转，没准他这会儿也在看望我前夫。

不过只怕不大可能。

我走到电话亭，但又迟疑了。昨晚他那乌鸦一般的灵魂从脑壳出窍的情景让我害怕。就在那一刻，我看见了他：那头乌鸦。他正在散步，确切地说是在人行道另一边蹒跚挪步。他有些佝偻，而且瘦了，在这样暖和的日子里，他还裹着大衣。这位运动员现在拄着拐杖，但还在走着。他之前独自散步上别处去了。他抛弃我的时候，我哭得死去活来。现在我却只能为他而哭泣，他这遭人抛弃的游魂。

我没有喊他，也没有追上去。我看着他蹒跚挪回他的住处。对这个曾经住在同一屋檐下，而今又不久于人世的男人，我难道还有责任要负么？

他占据了我太多的思想。有时候我的灵魂深处还有一种负罪感在叫嚷，说我不是个好妻子，我配不上他，说这就是他离开我的原因，可能也是他的病一直没发现的原因——没人照顾他。我转过身，开始往有轨电车车站走去。

五

到十一月底我就三十了。我是个生在布拉格之春的男孩子，换言之，我被寄予了希望，这种希望却更多是虚妄的。

我妈妈是个小学老师。她生我的时候三十五岁。她的婚结得晚，不过她很年轻的时候就跟爸爸认识了。他们还没结婚，爸爸就入狱了。爸爸是个童子军领袖，在童子军被取缔后仍不愿放手。妈妈等他等了足足九年，这一点我很佩服她。爸爸回来之后，大概说了她是世上最棒的女人之类的话，不过他不想要小孩。他说何必把新奴隶带到世上。接着是一个短暂充满希望的阶段，仿佛可以重塑正义。凡是说正义会突然从天而降的这类希望大都是虚妄的，我很快就发现了。不过我很高兴，二十年后爸爸能在有生之年见证了那摧毁他童年的政权之垮台。爸爸是七年前死的，那时候，乐观主义仍占主导，布尔什维克主义的终结众人期待已久却来得突然。

其实那终结来得不算太突然。我还记得二十世纪八十年代的下半叶，那真是风云变幻的年代。我们所痛恨的政权行将就木。那个政权已经无法引发足够的恐惧，尤其在我们年轻一代。它无法将敌人统统监禁或赶出国门。尽管它派人挥舞警棍来对付我们，尽管它用高压水枪来对付在它看来比火还可怕的人群，但它已无力阻止我们示威游行。就我而言，我总有办法能从各种局面逃脱，只被捕过一次。不过那对我来说也算是一次体验。当你无助地背靠着警察局的墙，双手高举过头，警察朝你大吼大叫，你知道自己受制于人，就会开始朝最坏的方面去想。我必须承认，就像所有第一次身历其境的人一样，我也感到害怕。尽管我知道现在已经不同于我爸爸坐牢的年代，警察不再杀人了，而且大多数情况下他们甚至不把人关进监狱，我还是怕了。我知道自己担着被大学开除的风险，而且审讯的时候，他们也无耻地暗示了这一点，不过他们没能威胁我。我对于历史学——确切来说是学校教的"马克思主义"版历史学——越发没兴趣，这种学说试图确立一种可以严格量化且简单得可怜的法则来涵盖所有现象。

几天后，院长确实把我叫到跟前，表示对我大失所望，说我的轻率行为玷污了整个学院的美名。我害怕他问我是否对自己的鲁莽行为感到后悔，他如果这么问，我或者保持沉默，或者会说这并不是我的一时冲动。不过院长希望避免任何冲突，直接把我打发走了，说学院教务委员会自会处理。

我等着下一次传唤，甚至是书面判决，但什么都没发生。委员会头目，那些上面派来的所谓教授没能下定决心将我踢出校门，连当时最冥顽不灵的政权支持者都知道自己时日无多了。我最后还是放弃了学业，不过是我自愿的。

那时候最让我感兴趣的不是示威游行。我总觉得我是一出戏里的一部分，剧本已经被人事先写好了。历史大概从来都这样。士兵按照将军的命令行动，将军按照君主或其他领袖的命令来行动。而后者又依照某种看不见的力量——某种"世界精神"来行动。

在那段岁月里，最让我感兴趣的是演唱抗议歌曲的演唱会。据称好些异议歌手被驱逐出境；不过每流放一个歌手，又会有两个起来。他们从共和国各地过来为我们演出，我们也会到他们开演唱会的地方去。每一场对我来说都像是一种仪式，一种对未来自由的憧憬。

这也是一个论战的时代。有时候我们会在礼堂通宵达旦地讨论我们认为重要的话题：首先是政治，紧接着是性，还有宗教和我们文明的展望。这些看来都不太明朗，不过在我们这边的世界一角，能传到我们手上的新闻都是支离破碎的。

我们全体认定某种理念是病态的，不过在其他方面共识甚少。其实，我为我们并没有理想而感到担忧。我们反对某种理念，与其说是因为它犯下的罪行，不如说是因为我们想过更安逸的生活。更多样的食物、私家车、带泳池的别墅——至少要有带菜园的乡下小屋。不过当他们问我有什么相应主张时，我也没什么想法。我只会说说自由、完全独立的司法体系之类的，或者讲讲只盯住物质目标就会失去生命意义之类的话。

接着一场革命——或者说是被断言为革命的东西——从天而降，我们再没有时间来谈理想了。在那段岁月里，我们作为罢课学生的代表走访了各个工厂，我最远还到俄斯特拉发去见当地矿工。我去的时候忐忑不安，因为我之前从未去过那里，据我听来的，我原以为我们还没出火车站就会被他们逮捕。天知道我们最后会下落何方，命运如何。

我们没被逮捕。城市很污秽，空气简直让人难以呼吸，不过那里的人却十分友好，他们兴致勃勃地听我们讲，甚至为我们的演讲和做出的承诺鼓掌，虽然我后来才意识到我们的承诺跟现实何其脱节。

我不知道那些人现在怎么样了。也许他们的日子更苦了。也许他们后悔当时没立即把我们赶走，而是朝着充满叛逆的布拉格列队行进。

有一件事我是后来才懂的，那就是：人们几乎总渴望改变。一旦求变之心占了上风，他们就会被热情和狂热的信念冲昏头脑，认定变革会突然为他们的生命赋予未知的意义。不过因为他们只从外部追求变革，最后结果往往是幻灭。

历史上也有过一些人民反躬自省、向内求变的时刻，不过最近的一次大概得追溯到宗教改革运动了。

罢工、示威和游说时期结束后，我对政治充满热情，进而决定放弃学业。我被这样一种想法吸引——我想成为历史的一部分、成为让我手不释卷的重大事件的一分子。我开始为通讯社写政论，因为我马上意识到通讯社，还有更在此之上的电视是吸引大家注意的最佳途径，这是通往政治道路的跳板。我的政治雄心让我的时任女友弗拉斯塔感到不满。她断言我不是搞政治的料，说我还是个爱玩游戏的孩子。她说我不够强硬，决心不足，当不了政治家，她的意思其实是说我不够成熟。不过她最担心的还是我没时间陪她。

我本来就没时间。一到了我们差不多该结婚的时候，我就猛然意识到我们之间其实没有强有力的纽带，两人之间反而有一道空白，一种寂静的虚无。我开始为此害怕，于是我们分开了。我是射手座的，所以我本就不该是个专情的人，其实我总倾向于将我所爱的人理想化，当我不得不面对事实的时候，才骇然发现我的理想全建筑在流沙之上。

当我放弃从事新闻业或从政的想法后，我跃跃欲试，想当个经纪人来推广我喜爱的歌手。我认识好些歌手，也着手获取必要的授权，不过最后我还未及开始就放弃了。我不够强悍，连这行都干不了，或者说我是缺乏企业家精神。不过我最缺的还是启动资金。妈妈也劝我别从商。我开始后悔辍学了。或许我真不是干其他行当的料，就只该坐在图书馆或档案室里翻阅旧手稿。对一个什么都做不成的人，你又能拿他怎样？不过我后来找到一份差事，在那个众所周知而又骂名不断的委员会里当差，那个委员会成立的目的就是要揭发前一个政权犯下的罪行。他们录用我的时候还考虑了我在大学里学过七个学期的历史；至少那是我工作必备的基本功。所以我还是没能摆脱我的宿命。我从事档案研究，曝光前情报机构和秘密警察在国内外行动采用的方法和规矩。

　　这项工作有趣而微妙，我的研究往往劳而无功。我花了至少一年时间来了解秘密兄弟会的运作，来学习如何寻找别人故意要隐藏的东西，来定位那貌似子虚乌有的缩影胶片。

　　直觉帮了我很多。哪怕全无证据可寻，我也能觉察到关联，这偶尔能引领我做出惊人而重要的发现。我说的是我的工作，不过要把世间磨难和私人生活区分开是不可能的。我可以看出别人试图掩藏情感或想法，也可以看穿别人假装出来的情感或想法。不过谁没有偶尔逢场作戏，来弥合自己与他们认为亲密的人之间突然出现的空隙呢？人仿佛只能在游戏中做到真实，因为游戏里你不止一条命。正义和真实性在游戏中比真实生活里更容易实现。

　　研究他人的往事让我学会了不信任。比方说，有时候我会遇到令人消沉的信息——有的歌手一面煽动我们抵抗，一面又告发我们。我还发现类似的事情发生在德高望重或身居要职的人身上。我把信息汇报给上司，等待有事发生。大多数情况下却是石沉大海。我料想就那些案例而言，他们玩的游戏更高深更复杂，远非我这个自诩为玩家的人能够想象。到了那个层面，如果我还想激起涟漪的话，那就是愚勇了。有朝一日我会在回家路上被人从后面勒死或冷血谋杀。想想就不寒而栗，不过我还是相信我能找到脱逃之道；而且我一直尽我所能来避免事情发生。

翻阅关于秘密警探的旧报告时，我惊讶于不忠或欺骗在里面所占的比例，仿佛他们对彼此全无忠诚。

来到这里我才明白我所处的政权的逻辑。很快，只有少数人会真正遭到暴力加害，只要动用的暴力足以确保其他人活在恐惧之中，让他们认定被掌控和被羞辱是唯一的生存方式，那就足够了。

我爸爸反抗了，于是被关进了监狱，他在牢里遭毒打，饱受饥寒之苦。他们把他关在一个地下碉堡里，连一条盖在身上的毯子都没给他，只有一块发霉的破布。妈妈的确是英勇无畏地等着他，给他写信，用她的爱支撑起他的精神，不过与此同时，她尽可能低调做人不越界，该教什么教什么，在虚假的选举中该投票就投票。当我开始了解之后，一直耿耿于怀。她会说："你不知道现实生活是怎样的。"我不知道，我没概念。来到这里我才知道现实是怎么回事。虽然妈妈只是一个普通的小学老师，但她仍然活在他人的监视之下，通常是她的两个同事，她的一个邻居还告发过她和爸爸。我是在档案里发现的，在那可悲的耻辱的报告中发现的。报告里，告密者和其他老师利用妈妈班里学生随口说出的话无耻地借题发挥。

事情就是这样。所以我现在能理解妈妈的谨慎了。

不过虽然我能理解，我还是无法接受，无法认定这是大家唯一的选择。我确信，如果最不幸的事情真的发生了，我会像爸爸一样有勇气去抗争。

弗拉斯塔说我不是搞政治的料，她是说对了。我连现在的工作都做不好，因为我无法接受人们竟是这般面目。我想活在一个不一样的世界——在那个世界里，尊重是通过行为和事迹来赢得的，而那些行为事迹绝非当今世道所认可的那种。于是我偶尔假想自己处在不可能出现的情形中：我突然觉得听到远方传来鼓声；寻声而往，却发现自己正在乱箭和弹雨之中，我一路闪避一路前行。我还想象自己架起绳索连接两座山峰，踏着绳索走过像大峡谷一样深不见底的山谷。当然，大峡谷我只在照片上见过。其实我连站在桥上往下看都会头晕。

天上的星让我迷醉。不是说我渴望飞向星星，而是我力图了解它们所传递的关于我们的可能性和宿命的讯息。妈妈说我疯了，还说要不是她一直盯着我，我肯定已经走火入魔了。

上个星期，工作有闲的时候，我在电脑上排布了一下我的星盘，发现我即将经历一次改变人生的大事。所以我开始更敏锐地留心身边的事物。

几天之后，我去医院探望我以前的历史老师。我认为他是我这一生中，除了我父亲之外，对我影响最大的人。当他跟我们讲历史的时候，他总是言无不尽，直到触及不能说的敏感边缘。我看得出来。革命，教科书上总是大书特书的东西，在他的描述下就只是流血冲突，随之而来是恐怖。这种恐怖要么是当局成功镇压革命后的清洗，要么是革命胜利者的复仇。那位了不起的老师不仅吸引我关注历史，还吸引我关注星星，虽然他原意并非如此。我不知道我哪里引起了他的注意，不过他对我青眼有加，偶尔还请我去他的书房，跟我聊一些别人不曾聊过的话题。我当时的印象是他的思想横亘广袤的空间和无尽的时间，换句话说，是恒星时间而非人类历史所描述的时间。这样一来，他在宇宙的角度上把人类，包括他自己，按比例缩小到了一个真实维度，亦即一个无限微小的维度。我以为这就是智慧。他认为，对于不可思议的时间延续和不可思议的宇宙广度的新认识，是当今时代最重要的发现。我觉得他向我揭示了一个很根本的人生道理。后来很可能是他的观点得罪了人，遭到检举，结果他不再教历史，而是被安排去教物理和体育。不过我要谈的不是他。他的前妻也来医院看他了。我立刻发现她散发出某种悲伤的气息、一种化不开的痛，把我感染了。我想找一种方式来安慰她，我告诉她许久以前，我看到她带着孩子等丈夫，我嫉妒他有这样的妻子。她脸红了。我记得那是个小女孩，这会儿肯定至少十五岁了，而那个女人叫克里斯蒂娜。我对人脸、名言和日期记得很准。我判断不出她的年龄，但她看上去就像当年一样美丽动人。

六

十点已过。窗外的街道寂静下来，透过窗子刮进来的风已经有了凉意。我放着巴赫的音乐，但无心去听。我在等亚娜，虽然我知道她午夜之前是不会回来的。我等着门铃，但门铃不叫；我守着电话，但电话不响；我盼着信使带来好消息，但他来不了，因为他根本没有出发。

我打开了爸爸的书信盒子，但旋即合上。要整理书信也该先整理我自己的。我总把自己的信随手扔进那个原本装吸尘器的纸皮箱里，这还包括一个不具名的疯子的来信——而且最近越来越多。如果我把那个纸皮箱扣过来，就能从最上面找到我的旧情人的书信。我的旧情人不少，情书则更多。我通常先看问候语，再看落款。"亲爱的……我爱你，你的某某某……"夹在中间的内容在我看来是次要的。

信太多了，我无力一一整理。我现在习惯只把最新的搁进箱子里：邀请函、问候卡、死亡通知书、女性朋友的信件、恐吓信、假日明信片和新年贺卡。情书就少得多了。数目几乎等于一个数学空集所包含的元素的数量——我那唯一一任丈夫会这么去定义。当我死后，亚娜或其他陪我走完最后一程的人可以把箱子直接扔进棺材里，把它跟我一起火化。

我起身走进杂物室，那个箱子就在那些架子的下面。我拿起最上面那封信。那是其中一封恶意信件。字字大写，字体向左倾斜得病态，下部却是修饰性的圆体。问候语没什么恭维的感觉，对这类书信而言倒也妥当：

你这头红猪生的崽子：

你这粒红加仑，你这棵毒猪草，我很快就要来把你连根拔掉。终于有人要叫你坦白招供了。你会像我一样哭泣，像我一样号叫，我这辈子没有一天不是在哭号中度过。你找不到一个水桶大得足以装下你的泪。

还有好几行这样的辱骂。我把信扔回箱子里，而没有把它冲下马桶。我完全不知道是谁在给我写这种粗鲁的信件，过去六个月一直没断过。或许是个精神不正常的自然主义者，他喜欢用各种动植物的名字来招呼我。没准是"查理二世"的亡魂从阴间寄来的信。也可能是从阳间寄来的，没准儿他还活着。可能他只是去了一个没人认识他的地方。我随手又取了另一封信。这是神父科斯特卡的一封短信，感谢我为他治牙。

亲爱的年轻小姐，
　　新牙比我嚼了一辈子的旧牙好多了，我现在只剩下几颗旧牙了。我就不提这些牙有多好看了，因为这就不合适了（尤其是在我这个年纪）……

我好像听到电话铃响。我扔下信跑过去接喜讯，唯恐电话铃久等之后不耐烦。

"嗨，宝贝儿。"我认出了我妹妹的声音，"我整个下午都在往你家和诊所打电话，但就是找不到你。"

"我跟你说过不下一百次了，我周六不上班。"

"真的？我肯定是给忘了。或许我压根儿没注意今天是周六。我这儿一团糟。"

她那儿从来都是一团糟，至少每次她觉得我可能有求于她的时候，她那儿都一团糟。但我不需要她任何东西。

"妈妈给我写信了。她有点……你不觉得她好像有点怪么？"

"我们都有点怪。"

"好吧。不过有些人更怪。她说她背痛,没法剪草。不过她本来就没有草可以剪啊,不是么?"

"对。"

"这下你明白我意思了吧?"

"或许她是想剪公寓楼前面的草。她得找事儿干才能免得胡思乱想。她丈夫死了。"

"你是说爸爸?"

"你还听说过她有别的丈夫?"

"我们是不是得给她找个医生?"

"该清楚的我全清楚,医生也没有更多可说的了。而且我恰好还了解她。她是我妈。她也是你妈,不过听你这么说,你好像不太确定。"

"亲爱的,你这是又想找茬吵架了。"

"爸爸死的时候,你本该来陪她几天的。"

"但我解释过我来不了啊。奥地利巡回演出都已经排好了。整件事筹备了一年呢。结果很圆满。"

"如果你要是死了呢?"

"我?"

"你觉得不可能么?"

"我看不出跟这有什么关系。"

"我就是想知道,如果死的是你,你会不会去巡回演出。"

"亲爱的,对于你的这些无厘头的问题,我只有一个答案:去你的。"

"亲爱的莉达,你还有别的事么?"

"我就是想知道妈妈近况如何。"

"妈妈很好——要是你还记得妈妈刚经历过什么事情的话,她的状况算不错了。如果你还想了解更多,就自己过来看她。当然,除非你另外有什么盛大的辉煌的巡演非去不可。"

已经近午夜了，我累了。我年轻的时候可以整夜在酒吧里混，甚至做爱到天明，有时候还一周七天夜夜如此，直到整个人垮下来一睡十六个小时，怎么叫都叫不醒。我的前夫——那时候还是未来的丈夫——就是在一次那样的场合下发现我的。他第一次见我的时候，我酩酊大醉，蓬头垢面，疲惫不堪。他刚打完一次网球锦标赛，在回程途中想喝一杯。他在桌前坐下来，我那会儿正仰头把一瓶酒喝光。我那次是跟谁去的？这都无关紧要了。那家酒吧里面满满都是人，唯一一个空座在我们桌。

他长得不错，这是我唯一记住的，而且他好像对我有意思。他看着我，问道："你没事儿吧？"

这就是他对我说的第一句话："你没事儿吧？"

我跟他说我没事儿，不过这不是实话。我头晕眼花，肚子里翻腾不已。

"我送你回家。"这是他的第二句话。这不是疑问句，也不是请求，而是一种陈述。我温顺地起身离去。接下来的十二年里，我都温顺地他指哪儿我去哪儿。也并不全是坏事。他遵循一些规矩，照顾好身体，尽到责任，早上晨运，早餐丰盛，早早睡觉。这些规矩还包括读点书好紧跟时事。虽然我也读书、听音乐，但我不讲那些规矩，可是他强迫我接受他那套。他强迫我把我自由的生活换作他所谓体面的生活。多亏了他我才没把自己折腾垮。我们爱过彼此。我为什么要为他说话？我爱过他。好久以来这是我第一次疯狂地爱上一个人。我渴望跟他在一起，我甚至嫉妒他的妻子——那可怜的女人，他为了我把她给抛弃了，不过他还是会去找她，很可能跟她睡，尽管他跟我说他们已经很久没有同床了。

过了上帝眨半下眼的时间后回头看，我们的往事显得好可悲。也不尽然，故事里同样充满激情——雪崩、被狮子猛追、攀着横杠悬在空中、攀岩和桥上蹦极，全在圣十字小教堂管风琴的伴奏下度过。

"这里是罗兹米塔尔，我出生的地方。这里也是雅各布·扬·莱巴的出生地。你听到那合唱了么？我以前也在合唱团里唱：先生早呀，快起床吧！放眼天际——艳阳高起……"

"看，亚娜，我就是在那幢房子里出生的！那里就是我上学的地方。你在那儿坏笑什么？"

"爸爸，原来你也要上学啊！你那会儿肯定是个小不点儿！"

天是光秃秃的。一整街的橡树，上方上有几点星火，过多的音乐淹没了一切。好一会儿，我听不见自己血流的冲腾和泪水的低语。

电话又响了。

十二点十五分。

"妈妈，是我。"

"亚娜，你早就该回到家了。你在哪儿打的电话？"

"妈，没有电车了，只剩下夜班车了。"

"我知道。所以才叫你午夜之前回到家啊。"

"我没注意时间……"

"那是你的错。你还没告诉我你在哪儿打的电话。"

"当然是在卡佳的家里。"

"坐下一趟夜班车回来。"

"妈，外面有好多醉鬼，很吓人的，还有吸毒的人。卡佳让我睡她家。早上再回家更方便。"

"亚娜，你给我立刻回家。"

"妈，真的没必要。我现在走的话，得两个小时才到。早上的话，一会儿就能到家了。"

我听得见她周围有人在说话。几个男人的声音通过电话线传过来。

"那好，我过来接你。"

"妈，怎么好辛苦。反正我猜你肯定也喝过几杯了。"

"这用不着你管。你把卡佳的准确地址告诉我。"

"真的不用了，妈妈。警察会截住你，给你做酒精测试的。"

"立刻把卡佳的住址告诉我!你是要我自己去查电话本么?"

"如果你非要小题大做的话,那我还是回家吧。"就这样,她挂了电话。她会乖乖地回家。她还在路上,不过天晓得她从哪里回来。

七

半小时内都不会有电车。妈妈又要上蹿下跳朝我嚷嚷了,不过我跟鲁达坐不起计程车,我们身无分文。不过就算还有钱,我们也不会花在计程车上。宁可去买大麻烟卷。不过我今天不想吸了。我已经够恍惚了。等到妈妈最后发现真相,那我代价就大了。不过那是她的错。她还没明白我已经不再是她的小女孩了,不再像只马戏猴围着她转了。

鲁达把我拉去公园,他还想再亲热一下,不过我已经够了,所以我做各种鬼脸直到他欲望全无。我们走过几辆停在路边的车子,他弯下腰,拔了一辆福特车轮的气门。轮胎呲呲作响,瘪了下来。我们都笑了。我知道他这么做是为了我,因为我受不了汽车,尽管我有时候也坐坐妈妈那辆破车。我别无选择。

鲁达不怎么说话,他喜欢行动。这是他的长处。有一次,大概是一年前,我们就像现在一样身无分文,他说:"要下手就不能白干。"然后他带路,来到弗尔索凡思地区的几幢旧公寓前,他说他知道有一套公寓里面一直没人。我害怕极了,我说我宁可在外面等。不过他说:"别傻了。你还没到十五岁,他们不能把你怎么样。"我们就径直走到楼顶,那里有一扇很宽的大门。鲁达从大衣下面拿出一根锈迹斑斑的铁条,把门弄开了。卡佳在走廊里把风。我们进去后,鲁达用铁条把门堵上。我还是怕得不行,因为是在陌生人家里,我害怕被当场抓住然后送去劳教所。鲁达骂我疑心病,不过我听不清他说什么,我连周围的东西都看不清,只看到墙上挂着两个傻了吧唧的天使,金色的翅膀从脑袋上长出来。鲁达把它们从墙上扯下来,把其中一个塞进他的帆布背包里。他用破布把另一个裹了裹，然后往我胳膊里塞，让我抱着。但我就是抱不住，我的胳膊和腿抖得不听使唤，我哭了起来。于是鲁达抓起另外一个天使，把我往门外推。门已经关不上了，我们冲下楼梯，我可以听到房门嘎吱作响，撞击门框。响声如此之大，街上的人肯定都能听到。太恐怖了。

自那以后，鲁达八十年没跟我说话。

两个警察刚从他们的"坦克"里出来。

鲁达第一个瞧见他们，然后赶紧溜之大吉了。我不怪他。他上过劳教所，在里头待过一年；如果他们抓到从劳教所出来的人，天知道他们能做出什么事情来。他们看上去不到二十岁。"又一个戴镣铐的雏儿。"其中一人对我说，然后问我要身份证。

我假装找不到，我让他们说说我到底干了什么。我说他们花这工夫跟我浪费时间，很可能拐角处就有人在偷车或谋杀老太太。

"闭上你的臭嘴！"一直在旁边看着的那个人说，"否则叫你好看！"

最后我只好拿出身份证，其中一个好像勉强识字的人看了一眼，然后在一张名单上查了查。"你连十五都没到。"他连算数都不会。"你怎么没在家里待着？"

"我还大一岁，"我向他指出，"我是因为家里发大水所以出来的。"

"发什么？"

"没什么，就是卧室水淹了，水刚刚开始退。"

他唯一能想到的答复就是再次让我闭上臭嘴。

他们把身份证还给我，但没有说谢谢。他们只是让我滚蛋。

"我在等有轨电车，"我说，"这总没犯法吧？"

有个老酒鬼在我身后简直把肠子都要吐出来了，这两人理都不理，操着纯种雄马一般优雅的步子扬长而去。好笑！弱智。太恐怖了。不过至少他们陪我打发了时间，我还是恍恍惚惚，五迷三道的。

不过我知道劲儿很快就要过去了，然后我就要难受了。妈妈迟早会发现的。我敢打赌她在等我。她就不能行行好，别对我诸多挑剔。我不得不假装我是在卡佳家里混。她要是知道还得了！要是她知道我谎称在卡佳那里其实在别处睡，要是让她知道鲁达的事，她肯定会震惊得一年都缓不过来。

"过不了多久，我非得宰了你不可。"她跟我说过不下一千遍了。不过她不会杀我的。根据我对她的了解，她倒是很可能伤害她自己。她有抑郁症，平日不是发火就是疲惫，因为她的时间全花在给别人嘴里打钻，活在世上没有真正的乐趣。有时候她发起火来朝我嚷嚷，冷静下来又说我是她的全部。我为她感到难过，但爸爸跟人跑了，结果我成了她的全部，这又不是我的错。而且她没有理由单着。每次我们去什么地方，比如剧院，都有很多男人一直盯着她看。其实她挺漂亮的，尤其是她微笑或唱歌的时候。

终于来了一趟五十七路车。我后面的醉鬼又吐了一番，然后跟着我上了车。我在电车上看到狐仙儿和她的狐狸哥。他们明显是嗑药之后神志不清。狐仙儿坐在狐狸哥的大腿上，染了绿头发的脑袋一抽一抽的，就像个复活的木乃伊。我跟狐狸哥去年也有过点暧昧，不过只有大概三次，因为我觉得他这人很闷。他跟我点了点头，邀请我跟他们去什么地方狂欢。

"现在？"

"对。没问题的。那儿有个家伙很屌，有好东西跟大家分享。"

"那真是棒极了，棒极了。"

"那你跟我们走？"

"不知道。有多远？"

"这不是问题，我们带你去。"

"不知道。我答应了妈妈……"

"别扫兴了；她肯定老早就睡了。"

"不，她没睡。真的，她在等我呢。"

"那又怎么样？反正她又不能把你怎么样。"

"这我知道。"我无法容忍别人这么说我妈妈。那股劲儿很快就要下去了，我开始头疼了。我知道我要开始抑郁了，当真需要补一剂。"是真的。她真的非常依赖我。"我终于说出来。

不过我觉得他们压根儿没注意我。他们现在已经神志不清。狐仙儿的脑袋一颠一颠的，就像用金属丝拴在身上没拴牢一样。

我也闭了会儿眼睛，感觉就像飞起来了一样。这感觉真好，因为我不需要翅膀。我可以自己腾空，展开双臂，像气球一样向高飞。我下面的云彩就像起泡奶油一样。随心所欲地飘浮、飞翔，感觉真是棒极了。

不过我还得睁开眼睛，准备换乘。我跟他们俩说再见，不过看样子是谁都打扰不到他们了。

我下了电车已经一点半了。我开始觉得又冷又怕。其实我真的很怕遇上妖魔鬼怪或者狼人，害怕看到吸血鬼在路上躲避街灯的身影。

我以前老看到他们在那儿徘徊，不过我知道这都是我想象出来的。

第二章

一

据报导，今天我们头顶有百分之二十五的臭氧损耗，同一天我被叫去了女儿的学校。学校离家不过十五分钟步行距离。好些老师，乃至于校长本人都是我的病人。亚娜的班主任不是，不过幸好她不教数学或化学，她教的是捷克语。据亚娜说，她就是人称"修女"的那位。这位身穿老式黑色服装的女人肯定比我还老。她的长发尽白，肤色白皙，皮肤没有因吸烟而受损伤，也很可能不曾被人亲吻过，真就是修女那种老处女脸色。她用又痛心又责备的目光盯着我，说："我很紧张亚娜。"

"我懂，我也是。"

"其他老师都在说她。她不读书，所有科目成绩都一落千丈。英语和数学成绩连掉两档。在我这科也是这样。"

我点点头。我得说点什么，为自己和亚娜辩护一下。至少解释一下，说我诊所事务繁忙，还要照顾年迈的母亲，时间精力都不足。说我女儿正值青春期，喜欢半夜在街上流连，尽爱唱些离经叛道的歌。我可以禁止她出门，但我没法强迫她学习。"您说有没可能在最后关头再提高一下？"

"怎么说呢，距离最后关头已经非常近了，所以她必须得好好加把劲才行。"她说话语气之沉重，就像在谈对病入膏肓之人施术一样。

"还有她的各种缺勤，"她继续控诉道，"她这些天真的时常生病么？"

我畏缩了一下，"什么意思？"

她拿出班级花名册，给我念了起来。过去两个月里，一次缺勤三天，一次缺勤两天，三次缺勤一天，缺课两次，不是数学就是化学。"请假条都是您写的，皮尔娜太太。因为您是做医生这行的，我就没有要求其他证明。不过我还是要亲自跟您确认一下，看看亚娜是不是真的这么孱弱。"

"孱弱"，真是个好词。从一个修女一般的语文老师嘴里说出来简直绝了。我不会告诉她亚娜身强力壮。我在想我该不该帮亚娜弥缝圆谎，把她伪造的假条坐实，然后等这个顽皮的女孩回家再给她一顿好打，她每冒签一个名就在她的光屁股上打一下。"她有偏头痛，"我迟疑地说，"都是遗传我的。她还感冒了。"

"不过就算有这些病，总不能门门课都退步这么厉害吧。"

我同意。

"您没有觉得她最近行止可疑么？"

我问她什么意思。

她跟我说学校里有十二个孩子嗑药出了名。一个三年级男生正在波赫尼茨精神病院接受治疗。她说不准到底还有多少人也在嗑药。

"太可怕了，"我说，"不过我没发现什么异常。"

"他们都是老手，可会藏了，"她显然是不信，"这是他们学得最快的，越有要藏的，人就越狡猾。"

她继续援引统计数据，这些我早知道了。"皮尔娜太太，您看，现在毒贩子就在校门外面候着。"她指着窗户，窗外看不到任何人。"但我们无能为力。毕竟，我们现在活在一个自由的国家，人行道属于公共区域。卖药表面上是正常生意行为。而且有时候他们都不卖，他们免费送样品。孩子们好奇心强，喜欢装成熟。或者说是爱学成人的坏毛病。"

"我确信亚娜……"我不禁摇头，努力说服我自己，"她是爱四处游荡,这我知道,但她是害怕毒品的。"

"但愿如此,"班主任说道。我分不出她的语气是严厉还是安抚,"她父亲好歹是个老师兼运动员。"

"她爸爸现在身体不好,"我说,"很不好。他没有时间和精力来照顾她。而且,您也知道……"

她当然知道。她班里半数孩子都是这种情况。不过爸爸还是能起到一定影响的,即便他们不跟孩子一起住。她又说了一通,说现在的家长对孩子们重视不足:在最高危的年龄,孩子们的时间却花在跟帮派鬼混和看电视上,痴痴地看那些英雄电视剧,只有神志不清或嗑了药的人才会觉得好看。

我爸以前就爱这么说。他还没到抱怨年轻人缺乏理想、缺乏奋斗目标的地步。不过我爸的话语里充满了愤恨,还渗透着一种理念,即人类如牛羊,必须被驱策着沿唯一道路向唯一目的地前进,为人类选择目的地的是那些知道何处是天堂的人。老师讲的其实是一个她不得不面对的问题,她的话让我警惕起来。

我只是说,亚娜不看电视,而且鄙视把时间浪费在看电视上的人,虽然说了也是白说。接下来我又做了家长惯常的承诺,表示会跟她谈一谈。好像我跟她就这个问题谈得还少似的。

"务请配合。只要我们一起努力,会有办法的。毕竟她是个天资聪颖的姑娘。"她做了这番总结陈词,其实她心里觉得亚娜就是个小混蛋。而且她想得一点都没错。

我离开教学楼,突然觉得累得无力走回家了。或许是因为那个臭氧层空洞,也可能是因为我招架不住了。我在牙科诊所一天工作八个小时,上班半小时,回家半小时。那郁闷的地铁和拥挤的公交车足以榨干一个人的力量,削弱一个人的意志。更别说我还得做家务来过日子。如果我给亚娜分派家务,照她那么做,我自己还得重来一遍。

我曾经看看书,听听音乐。而今我看书听音乐已经不是出于乐趣,而是因为害怕行尸走肉般的生活。前不久,我在一次音乐会上睡着了；我偶尔读读小说，等读到结尾的时候，我已经忘记开头了。

我的上帝，为什么现在一切都得靠我了呢？

我拖着步子来到恰佩克别墅前的小广场。我忍不住在附近一堵矮墙上坐下来。没人注意到我，只有对面屋里的一条狗，它开始吠了起来。"我还行，就是有些疲惫。"作家对他心爱的女人奥尔加这样写道。

现在读恰佩克的人不多了。他又不是美国作家。

当我靠近我们家房前的时候，我发现了一个熟悉的身影，那个瘦削的红发年轻人：扬，我记不清他全名了，他是我唯一一任丈夫以前教过的学生。不过他的教名跟我女儿很像。他来这儿干什么？他肯定不会是在等我。

他注意到我，开始朝我走来。

我没有时间跟他纠缠。我需要跟我那不听话的女儿谈话，问问她翘课的时候都在干吗。

那名年轻人朝我浅鞠一躬，为他的冒昧拦截表示歉意，他只是想问问他的老师近况如何。他摇了我们公寓的门铃，不过没人在家，所以他决定在此稍作等候。

"家里没人？"我问了个傻问题。

没人，他重复了一遍。

我跟他说我不知道我前夫怎么样了；自从上次去医院看他之后，我就没再跟他说过话。我把卡雷尔的电话号码给了这个年轻人，不过他已经有他的号码了。他不想直接问，只是想了解一下他真正的健康状况。

他的关心让我惊讶。不过我的前夫的确有这个本事能让人钦佩他——甚至爱慕他，我也为此付出了代价。

我跟这个年轻人就这么站在人行道上，虽然我其实没有必要这样。接着，他说："我其实是想再见您一面。"

好吧，你见到了，不过我没这么说。我不知道该如何作答。我不想跟他在人行道上这么站着,但目前又不适合请他进屋。我注意到我脑中出来的是"目前"这个词。

"如果您刚好有点时间的话,转角处有一家小酒馆。不知可否请您喝一杯……"

"自从上次之后我一直在想你。"他补充道。

二

我的宝贝女儿在晚饭时分回到家,腰上挂着一条新的链子——在她而言就算是新的了;除了新东西之外,她的其他东西都是锈迹斑斑的。天知道这是她从什么动物身上偷来的。她牛仔裤的膝盖部位添了一个新窟窿。黑色厚底鞋,她能买到最高的那种。很长一段时间,我都抵触这种笨重的大鞋子,拒绝所谓"所有女生都在穿"这种舆论压力,不过最后还是屈服了,给了她两千克朗。之所以会这样,大抵因为在她这个年龄,我爸爸连牛仔裤都不让我穿,而且不准我涂口红。经批准可以穿的鞋子给集体农场的老农穿都行。她比我惨。因为我无法抓住另一半,她失去了半个家。好歹让她有点乐趣吧,我这样告诉自己,尽管我深知道无论什么破衣服、傻鞋子或链条都无法弥补她的缺失。要是弥补得了反而有问题了。

"亚娜,你怎么才回来,你上哪儿去了?"

"去爸爸那儿了,怎么了?"

"你去看你爸了?你怎么不跟我说?"

"是你叫我去的啊,不是么?"

"你打扮成这副模样去看他?"

"当然。"

"他怎么说你的厚底鞋?"

"他让我把鞋脱了。"

"你整个下午都在你爸那儿?"

"我还帮他采购了点儿东西。"

"乖。他身体怎么样？"

"妈，你是明知故问。他瘦得不行，两手发抖。我说我要做薄饼给他吃。他说，好啊。不过他只吃了一块。以前他老是跟我无休无止各种说教，不过这次他光坐在那里看着我，什么话都不说。"

女儿坐下来，一边说一边嚼着我搁在她面前的面包和奶酪。好像她爸在受罪也没怎么影响到她的胃口。

我把话题一改，正色道："我今天去你们学校了。"

"我的天。"

"你不仅毕业考快完蛋了，你还敢逃课和假冒我签名。"

"你揭发我了么？"

我没说话。

"妈，你真棒。我写假条的时候用的术语可是很地道的。我是在你的手册里抄的拉丁语单词。"

老天爷，她还为自己造假高明而骄傲。"不准再这样了。我以后至少每周给学校打一次电话，确认你有没有逃学。你要是逃学在外头鬼混，我就报警，让警察来找你。话说回来，你没在学校的时候都上哪儿去了？"

"这还真说不好。外头天气好的时候，坐在班里太无聊了。"

"那你坐哪儿呢？"

"比如，公园里。"

"公园？"

"对。格勒贝花园或里格尔公园。"

"酒吧呢？"

"基本没有。"

"跟谁？"

"什么意思？"她还想跟我玩缓兵之计。

"你不可能一个人上酒吧去吧！"

"我只是去过两次。"

"或者三次。"

她看了看我,耸耸肩。"妈,我真的没去数。又不是什么大事儿,不是么?"

"别跟我说什么事大事小。你在那儿喝什么?"

"不知道。可乐吧。"

"亚娜。好歹跟我说实话。"

"妈,我说的是实话!"

"你还没有告诉我你都跟谁鬼混。"

"我没有鬼混!"

"那你都在干吗?"

她很可能要跟我讲什么这就是人生,或者与人无关什么之类的话,不过她没说,只是耸了耸肩。

"那好,你可以告诉我你都跟谁混么?"

"看情况。"

"全是女生,还是也有男生?"

"大多是女生。"

"也有男生对吧。"

"非常少有。"

"比你们年纪大?"

"我怎么知道?他们都粗粗壮壮的。"

"那你为什么跟他们混在一起?"

"是他们自己凑上来的。"

"你们都抽什么?"

"什么意思?"

"我问你们都抽什么。"

"我们什么都不抽。"

"亚娜,别跟我撒谎。"

"好吧,我偶尔也吸一两口。不过你自己也抽烟啊。爸爸还老喋喋不休说你肺熏黑了呢。"

"我们不一样。我是说我跟你不一样。"

"我又没别的意思。反正爸爸从来不抽烟。"

"别把你爹扯进来。你飞过叶子么?"

"什么叶子?"

"亚娜,别跟我来这套。你要是说我没有,我还可能会信,但我可不信你从来都没听说过。"

"哦,你是说哈希什?"她迟疑了一下。

"几次?"

"妈,大麻的危险性比你抽的烟还低。"

"亚娜,少跟我说教,给我起来!"

她站起身来。

"把T恤衫脱了给我过来。"

她故意一脸受伤的表情,但还是把T恤衫脱了,站在我面前。她不穿胸罩。她继承了我的双乳,不过她的乳房依然坚挺,像两个铃铛。

"给我看看你的胳膊。"我非常仔细地检查了她的胳膊。她皮肤光滑、洁净而细嫩,完全没有针孔注射的痕迹。谢天谢地。"亚娜,"我说道,"你为什么会有这些想法?"

"我又没干什么坏事儿。"

"对,你什么都没干。"

"学校太无聊了。"

"什么东西不无聊呢?"

"不知道。跟女生在公园里坐着吧。"

"但你也不能整天在公园里坐着啊。"

"我真的不知道。"

"我们每个人都有自己的责任。你的责任是学习。至少要能勉强过关。"

她摇摇头:"这没意义。"

"什么没意义?"

"什么都没意义,"她说,"反正你懂的。"

"我懂什么?"

"外公死了,再看看爸爸现在的样子。有什么意义?"

"你外公是老死的。你爸爸是肿瘤发现晚了。"

"我不想变老。我也不想要肿瘤。"

"没人想。那你怎么看你的人生?"我这样问她——在她这个年纪,我压根儿不想活。

三

我醒来感觉好像刚刚叫喊过。不过这个梦与我女儿无关。梦里出现的是我爸爸。他拽着我前夫的胳膊,朝我咆哮:看你干的好事!是你把他赶走的。你这个糟糕的女儿,没用的妻子。

我当时特害怕,因为他不该在这儿出现;他已经死了;不仅死了,还在熔炉里火化了,下了地狱,而且三天后没有复活;但他却站在我面前,这个控诉我的人竟不为火焰所伤,同时我那虚伪的前夫一脸奸笑。我向前伸手去够,仿佛要把这个控诉我的人推回火里,我开始惊声尖叫。

我注视着漆黑的四周,不住发抖。一再因为恐惧而哆嗦。我起身走进厨房,给自己倒了半杯酒。掺了半杯水然后回到卧室。我把灯一直开着,我害怕黑暗。

当我还是个小女孩的时候——我那会儿有多大?恐怕还不到五六岁。我爸妈送我到利波瓦,让我在玛丽祖母那儿过暑假。通常我整个九月都会在那儿过。我喜欢我的祖母,她会骑马,还会唱歌给我听。每周六,她都会烘焙哥拉奇酥皮点心和面包。她会自己做面条。平时还喜欢抽上一口。

那时候姑妈文达还在乡下小屋里住一个小房间。她有一头蓬乱的灰色长发,一整天都在一台密涅瓦脚踏缝纫机上做针线活儿。大家不让她抽烟,因为不放心她使用火柴。作为自我补偿,她早上一起来就喝啤酒。印象中姑妈从未离开过房间;祖母会给她送啤酒和食物。我每次去看姑妈的时候,她都冲我微笑,露出她歪曲发黄的门牙,说些我听不懂的东西。不过我还是听明白了,她不能到外面去是因为她是一个容器,她体内一直有火在烧。只要有微风吹过或有阳光晒到她,她就会立刻燃烧起来。反正迟早会发生的。

那火不会烧到您么,姑妈?我问她。

噢,亲爱的,当然啦。烧得我这里好痛,她边说边指着她的乳房、脖子和头。

有一天,这件事真的发生了。我在院子里玩耍,姑妈的房门突然开了,透过门框,我看到一个满身是火的人正从里面向我冲过来。我呆立半晌,不知道是怎么回事儿,感觉是童话故事里的鬼怪过来抓我了,接着我认出了我姑妈。

"我烧起来了,"她喊道,"我把自己给烧着了!"

她的衣服起火了,而且看上去烟是从她脑袋里出来。恐惧让我僵在原地动弹不得,我就这么看着这焰影向我靠近。姑妈开始发出恐怖的尖叫,开始求助,我跑开了。祖母冲出房子,见此情景,抓起挂在门边梁上的麻袋,朝姑妈冲了过去。

火是扑灭了,但是姑妈没救活。他们送她进医院,她几天后就死了。我想去看她,但他们不让我去,因为姑妈已经走了。她走了,是因为她不想再留在这儿了。姑妈起火身亡,我哭了。

那是我第一次遭遇死亡,那次经历挥之不去。那个着火的人影从未离开我的记忆,尽管我后来看过很多恐怖的图片和饥馑、杀戮和战争的照片——太多战争画面了,我已经数不清,好像每五个士兵里就有一个是儿童。

我发现几乎每一个我认识的人童年都有过这样一番震撼的经历。我丈夫的挚友是在山里冻死的。莉达小时候,两辆车在她眼前相撞,最后得用氧乙炔炬来切割车身才能取出尸体。更别说妈妈儿时的经历了。虽然她没有亲眼看到发生在她母亲、她姨妈和表兄弟身上的事,但光是想想就足以给她留下一生无法磨灭的印记。

我还在利波瓦的时候,我开始对这种怪现象感到好奇:上一刻人还好好儿的,下一刻就不在了。让我觉得好悲凉的是一切事物都有终结,绝无例外,这还包括我自己。无法逃避。死亡是最高主宰,他一旦召唤你,你必须前去,而且再也回不来了。

奇怪的是,人们把那位主宰描绘成一位老妇人或是一个提着镰刀的骷髅。

不过祖母安慰我,给我唱了一首关于死亡的歌谣,从歌里我明白死亡本身并不邪恶。死亡并不是一具骷髅或老妇人,而是一个像我一样的小姑娘。我还记得那首歌的歌词,不过我已经不会唱了:

  从前有位老母亲
  家中一子病在身
  性命垂危一息存
  哭着喊着求凉水
  怎奈取水苦无人
  老妪提罐去水井
  半途遇见一童子
  原是上帝小天使
  我来欲取他灵魂
  送往天国永保存

我从中明白,死亡不是一个往来两界的陌生人。一个小男孩或小女孩被派下来,把灵魂送往天国,那里的生活比人间更美好。

那时候我不知道灵魂是什么。我去问别人，他们也无法解释。

在祖母家的时候，我可以跟其他孩子四处乱跑，但我常常会来情绪，谁也不想见。在屋子后面，花园尽头一角的栅栏旁有一棵高大的胡桃树，树干上有个巨大的树洞，刚好容得下我幼小的身躯。我会在这处属于我自己的小房子里找到庇护，在这里一待就是几个小时。我在那儿都做什么呢？我记不得了。我会带上我的破娃娃——那是我妹妹——和一只泰迪熊。其实这只泰迪熊才是我的第一任丈夫，只是我后来不把他算在内了。它忠实可靠，有着一双大大的棕色玻璃眼睛。我们一起蹲坐在那个小小的充满木头气息和松香的树洞里。前面是雾，后面也是雾。雾就像是我拉上的窗帘。没人能看到我们或听见我们的声息，只有我们能听见马厩里马在嘶鸣，院子里鸭子在喧嚷。

有一天午饭后，人们把马牵去了屠宰场，鸭子个个喉头被割一刀，医生禁止祖母抽烟，我们吃了从商店买来的面条，那棵胡桃树咽了最后一口气，因年迈而倒伏下去。我的泰迪熊丈夫怎么样了？它不见了，不在我身边了。丈夫都一个样：他们终有一天会走，从此消失不见。

我点燃一根香烟。我第一次抽烟的时候，比我女儿现在还小两岁。我是在学校后面的小公园里犯的案。当然，我被人发现了，那人正是我的社会课老师，一个满脸皱纹的老女人。她立刻跟我爸告状了。爸爸揍了我一顿，打得我只好违心地发誓说再也不抽烟。但就在那一刻，我暗暗赌咒，我要吸烟、喝酒、跟各种男生约会，来故意气他，哪怕被他打得青一块紫一块。我只会越来越小心，越来越狡猾。他那是什么态度，什么脾气——自以为掌握了真理，就有权去评判他人，为他人作决定，只要是他反对或不乐意的事，就禁止别人去做？他就是这样来让我屈服的，他和他那种人就试图以这种方式来奴役人类。要不是因为这种人的存在，暴君连一分钟都无法统治。不过我没能像我妈挺身面对她父亲那样来对抗他。我没有通过离家出走来表达我对他所代表的一切的蔑视。我能做到的只是伤害自己，以及维护我自残的权利。

　　妈妈做到了挺身反抗她父亲，不过仿佛此举已经用尽了她所有的反抗精神，她不再能够挺身反抗她自己的丈夫。她甚至连他的耳光都忍下来了。我倒是做到了——我挺身反抗我的丈夫，没有姑息他的不忠，并为此吃了苦头。

　　我知道我是睡不着了。我床头有一本翻了几页的书，下面还有几本杂志，但我起身推开了女儿的房门。她正在熟睡，没有盖被子，睡衣掀了起来，她近乎裸着躺在床上。她不再是一个小女孩了，她已经是个女人。她的臀部已经变圆，大腿也开始变粗；我得注意一下她的饮食了，她吃什么喝什么，抽什么烟，不在家的时候都上哪儿去。我煞费苦心不让她吃甜食，每次心软给她吃了甜的，都要她立刻刷牙。我一直照看她的牙，所以她完全没有龋齿，但是一个人张嘴说话或微笑时，别人看不到的地方怎么办？

　　我从来不想扮警察对她管东管西，就像我爸对我那样。反正也不管用。他们想监视什么人的时候，往往一队警察都不够用。我还能跟她说什么呢？我要怎样劝说她改一改呢？我忽视了什么吗？是我给她的爱还不够，还是对她疼爱过了头？

　　毕竟我们相处得还不错。家里也老是我们两个，就算是在我俩被彻底抛弃之前也是这样。她爸爸会因为什么网球锦标赛而不在家——至少他是这么说的。我们会一起玩芭比娃娃。我们一共有三个：一个白芭比，一个黑芭比，还有一个杏眼芭比。我跟她一集一集地讲一个聪明勇敢的公主的长篇故事。优柔寡断的王子打不赢的恶龙，都被那位公主杀了，她比任何想欺骗她的人都智胜一筹。她喜欢旅游，上高山下深谷，还有一头驯良的杀人鲸坐骑，她骑在鲸背上穿越温带海域。

　　每次我的小姑娘生病，我都会比她早几秒醒过来，这样她醒过来吵着要我照顾或陪她的时候，我都在她身边。

　　后来就剩我们两个了。每到夏天我都执意要带她去海边。我们没见过杀人鲸，时间花在贵得没道理的酒店里。我同样执意每年冬天送她到山里。她用的是最棒的滑雪板、靴子和鞋套。我就这样宠着她，苦自己，好让她不要觉得因为我没法拴住她爸而让她失去了什么。不久前我们还曾一起度过美好的夜晚。我们一起坐在我的卧室里，因为那里最宽敞，我们一起弹吉他，唱圣歌或我青年时代的歌曲。

我靠过去，捋着她的头发。这个成人身体少女心的孩子叹了口气，在睡梦中拨开我的手，就像赶走蚊虫一样。

我回到自己的房间。收着爸爸书信的盒子还立在衣橱边上。

露西曾经跟我坦露心事，说她每次翻开关于摄影师的百科全书或杂志的时候，首先找的就是自己的名字。我不会在百科全书里找自己的名字。大家只是需要牙医帮他们补牙，并不需要崇拜牙医或去读他们的事迹。不过我倒要看看我的父亲是怎样看待我的出生，看他是怎么说我的。

在找到关于那个光辉日子的记载之前，我不得不一一遍历那个时代的大事件。读到当时最为壮观的那宗公开审判时，我停了下来，那些革命者和前人如出一辙，开始自相残杀。

> 我们自己的同志背叛了我们！没什么好惊讶的，他们都是外族人，犹太复国主义者，换句话说就是犹太人。对于人民的信任，他们就是这样恩将仇报的！

我想知道他是怎么跟妈妈说的。想知道妈妈怎么看，以及她敢不敢吭声。或许她的心思更多在我身上，她那时候已经怀上我了。对于我即将降生的世界，她当时是怎么看的呢？

我继续一页一页翻过他的笔记本。果然，翻到了一张精修过的大元帅照片，他透过黑色边框的页面盯着我。他脸上没有痘疤，但也没有慈祥的微笑：在追悼时刻，这是不合时宜的。下面是一则简短的笔记。

我在车间召开了一次特殊的追思会。我说：一位人类最伟大的天才逝世了，他是一位思想者、哲学家、军事领袖、革命者、我们的救星和民族的解放者，他的心装得下对所有人的爱。他是世界各地的诗人所赞誉的巨擘。我着重强调了我们要继承他的革命遗志。当时我情绪激动，无法继续演说。我注意到听众里有人也被感染了，妇女开始哭泣。沃娃同志会后过来找我，她低声啜泣。然后她说：我原以为他永远不会死，我以为苏联的医生不会让他死的。我告诉她：尽管他肉身磨灭，他的成就永留人间。

这就是我爸，傻子一个。不过至少没犯语法错误。他没受过教育，但喜欢卖弄学问。他自然没提到我。我翻了一页。最后终于提了一句：

　　我有了个女儿。我还没见到她。同志们提议庆祝一下，但我拒绝了。整个进步的世界都在默哀，我怎么能够在这个时候庆祝呢？这会是个人错误和政治错误。

在暴君逝世，诸侯悲恸的时候出生是不对的。

　　今天报纸报导苏联也有氢弹了。这是为世界和平而奋斗的全体斗士的喜讯！

我无比厌恶地合上笔记本。
　　那天那位青年男子邀我喝酒，我提起我出生之日恰好是苏联独裁者去世之时，他近乎得意地断言说这种巧合是命中注定。这是跟什么的命定巧合？我没有问出口。
　　我现在知道他叫扬·米萨克。他的朋友叫他米萨克或米老鼠。他给我的印象是羞涩，略带稚气。他大概是对自己的肄业无法释怀。我猜正因如此，他不止一次强调他现在这份工作有多重要。因为他所从事的工作关乎揭发在上个政权里跟国安合作过的人，所以他自然不便多说什么。

他说得飞快，把关于他的大事一股脑全说给我听。他跟妈妈住一起，不过他声称拒绝她的照顾。我看他只是自欺欺人，他有好几次顺带提起他妈："我妈认为……我妈说……我妈不喜欢……"

他还告诉我他定期参加一种复杂的室内游戏，大家聚在一起演历史人物或虚构角色：国王、弄臣等等，也有怪兽、精灵或外星人。仿佛他因为还在玩游戏而感到羞耻，他解释说他这么做只是为了忘却他每天从警方情报员的报告中读到的事情。

接着他谈到我前夫，似乎是这个人激起了他对历史的兴趣，这也是他在大学里修历史的原因。

我对历史不感兴趣。战争的描写和辉煌胜利的记述让我害怕。我会想象客死异乡的士兵和家乡亲人的期盼。女人苦等永远不会归来的男人，孩子成长却听不到父亲的声音。

他指出，大多数士兵没有成家。征兵一般都招募未婚男子。

即使如此，这些被屠戮的人背后也有人在等他们，我说道。而且在最近几次大型战争中，不管是二十岁还是五十岁，能征到的人全被征兵了。当我心爱的作家卡雷尔·恰佩克在上一次世界大战前写《母亲》的时候，他试图以妇女的眼光来看历史。最后他并不成功，因为他让女主人公把她第五个孩子也是最后一个健在的孩子送上战场了。这是我绝对做不到的。我告诉扬，我拒绝接受男人世界里的血泪法则。

他说他理解我，也承认男人的世界从根本上说很残酷。他无法想象一个女人会尽其毕生之力来铲除一个民族、种族或社会阶层，而这正是上个世纪的独裁者们做的事。接着他开始谈革命，他没有忘记提一提我唯一一任丈夫讲过的一课——那些暴君改变了俄罗斯的命运，他们正着手改变世界的命运。

他说话充满激情，不过我却无法专注于他谈话的内容，因为我被他的双眼迷住了。黑色的大眼睛，在红发男子中不多见。我还不曾跟长这样眼睛的男子交往过。我以前喜欢蓝眼睛或瓦灰色眼睛的男人，就像我唯一一任丈夫，不过他的眼神太冷。但这个年轻小伙子看我的眼神中简直充满渴求。

我本不该跟他待这么久的。他给我点了三杯酒，我都没有拒绝，而他自己只喝了点那种专门毁人牙齿坏人身体的糖水。

我推算了一下，他几乎比我小十五岁。

我这是在犯什么傻呀？我想起了叶赛宁曾经感动过我的几行诗：

> 没有悔恨、呼号和恸哭，
> 一切终将过去，就像苹果树的
> 白色花雾突然换上了秋的金黄，
> 我将不再年轻。

写下这首诗的时候，他二十六岁。

那我呢？这是怎样的错觉？这孩子现在这样渴求地看着我，但他跟我的亚娜交往也没什么不可以。

突然有动静吓了我一跳。我把盒子盖好，悄悄回到女儿的房里。她的睡姿还跟我刚才看的时候一样，她裸露的屁股对着我这边。我打开她的台灯，把光朝她那边照过去。我凑过去，像侦探一样仔细查看她光滑的、没有留下岁月印记的肌肤。就只差用上放大镜了。果然，我找到了，一个小红点，可能是针筒注射器留下的。"他们都是老手，可会藏了。越有要藏的，人就越狡猾。"或许只是蚊虫叮咬。窗户有时候进蚊子。或许是她挠的。不想为好，不看为妙。我明天再处理。

我回到床上。

上帝啊，求求你告诉我这不是真的。

我努力去想有哪位前同事可以给我点建议。

全是扯淡。都是那个化装成捷克语老师的修女把这个想法强加给我的。我女儿才不会做这种蠢事呢。

但偏偏正因为她是我的女儿——她的祖辈包括一位发疯的外祖母，还有自杀的曾外祖父：这家里自杀的例子多得不健康。除此之外，她还有一个抑郁母亲，没有男人能忍受，哪怕她跪下来抱住她男人的腿都无法把他留住。

你好美，你太美了，小我十五岁的这位前夫教过的学生这样说道，他盯着我看仿佛随时要表白爱意。

我得去见我的前夫，告诉他我们的女儿——这是我俩在世时唯一共有的——她在抽大麻，而且很可能比这还不堪。或许他已经不关心了。他从未怎么关心过他女儿。他抛弃的不仅是我，还抛弃了她。

求求你，上帝，让我所经历的这一切统统都变成一场梦吧。

不，不是一切，毕竟有些东西我要留在我的生命中。但是太少了，我想留在清醒人生中的东西太少了。

四

我睡过头了，闹钟都叫不醒。亚娜站在我跟前，我夜访了她卧室，她现在来回访我了。"妈，你今天不用去诊所？"

我跳下床，头痛欲裂。我都不知道我是什么时候睡着的。"妈，我给你做了早餐。"果不其然，桌上放了杯咖啡，她居然还帮我在面包上刷了黄油。她在我脸上亲了一下。她又喷了我的香奈儿香水，这是我平时留到特殊场合才用的。她急着要走。

我拖住她。"亚娜，告诉我：你只是抽大麻么？"

"妈，你又怎么啦？"

"回答我，你有没有注射过什么东西？"

"妈，你肯定是做了什么梦，不然就是得妄想症了。"

"有还是没有？"

"当然没有！我又不是什么傻了吧唧吸毒上瘾的人。"她发誓她说的是实话。她看上去健健康康，活蹦乱跳，我真愿意相信她一点事儿都没有，只是我自己多疑。

我抵达诊所的时候迟到了二十分钟。

埃娃帮我把白大褂穿上。我谢了她，让她帮我冲一杯浓咖啡。

埃娃跟我一起干了十一年了。我们俩已经很默契，心照不宣。我用不着告诉她我喜好的口味。她如果不清楚，自然会问。我们每个工作日都在一起，有时候甚至周末都一起过。她结婚后，成了布拉格近郊伏尔塔瓦河上方一座岩上小屋的主人。我自己没有别墅，不过我每次出城，都感觉如释重负，忧虑一扫而空。

亚娜和我有时候接受她的邀请前去做客。我感觉我女儿跟埃娃比跟我更处得来。埃娃有时候带她去乡村教堂做弥撒。我不加入她们。我上教堂或读《圣经》只是为了存心气我爸。我从不管是新教教堂还是天主教教堂，我在伦敦的时候有一次居然还进了一所犹太教堂。但这些对我的灵魂都没有起到任何作用。不过我觉得让亚娜偶尔跪拜点什么对她有好处。

多亏了埃娃，连科斯特卡神父都来找我看牙了。他现在就坐在手术椅上等我。我父亲第一次穿上民兵制服的时候，科斯特卡神父被送进了利奥波多夫监狱，所以在他面前我感到愧疚。不过他并不知情。他管我叫"年轻女士"，没法开口说话的时候，他会用眼睛朝我微笑。我应该问问他，请他建议一个非基督徒母亲跟她的十六岁女儿该如何相处，如何帮助她面对生命，寻求意义。我想知道他会怎么说。

不过这会儿科斯特卡神父必须咬紧牙关，而且候诊室里还是满满一屋子人。我下次再问他好了。

"皮尔娜太太，您今天不怎么健谈啊。"他一边从手术椅上起身一边说。

我没跟他说我找不到任何快活的理由，只是简单说了句没睡好。

"护士会帮您安排复诊。"我三口两口把咖啡喝完。

埃娃边翻阅日程表边说:"不能安排在礼拜天。神父,您布道都讲些什么啊?"

"您了解我的。我的布道只有一个主题。"

"对,我知道。是爱。"

"这次会侧重谦卑与和解。"

"你今天真的有点怪。"我们俩独处的片刻,埃娃跟我说。

"等闲下来我再原原本本跟你讲。"

直到午饭时分我们才闲下来。

"别因为点大麻就神经兮兮的,"埃娃听我说完之后说,"这年头几乎人人都试过。"

我喝着油腻的匈牙利红烩牛肉汤,想点头表示认同,没出什么问题。她善于言辞。我敢打赌她那几个儿子就不会做那种事。"那她逃学怎么说?"

"你喜欢上学么?"

"但我还是去上了啊。"

"时代不同了。况且,你爸是个狠角色。"

时代的确不一样了,而且我爸确实不好对付。时代变好了,至少更自由了;我女儿的爸爸不是个狠角色,他是压根儿人就不在。

埃娃有信仰。她说,一定有什么东西是超越人类的,不然生命就没有意义了。她就是这样养育她的几个儿子的。问题是我没法给我的小姑娘什么信仰,因为我自己就不确定人生到底有没有意义。

当我日暮时分走出诊所的时候,那个比我小十五岁、觉得我美丽动人的年轻人,正站在外面等着我。他拿着一束花。他不会真的要送我五朵白玫瑰吧?他把我错认成谁了?

五

　　当我还是个小男孩的时候,我特想去非洲参加捕蛇行动。我读到过一个故事,讲的是一个捕蛇人在南非被黑树眼镜蛇咬了。他之前被很多蛇咬过,但从未被黑树眼镜蛇咬过。据说被黑树眼镜蛇咬过之后,不出五分钟就会毙命。不过那个捕蛇人带了一管装着血清的注射器。他给自己注射后,成功开车到了医院,尚有气力让医生给他装上人工肺。然后他就瘫痪了。他对于周围的一切还有意识,能听到一切声响,但他无法表达。一连六天,他听着医生们谈论他,讨论他有无存活的可能。他真的活了。我渴望有这样一番经历。我想要一条黑树眼镜蛇,不过黑树眼镜蛇体形巨大:成年的黑树眼镜蛇体长可达四米,我们却只有一个小小的公寓。而且,我上哪儿去找黑树眼镜蛇呢?

　　不过我弄到一个动物培养箱,在里面养了一条美丽的红角蛇和一条小响尾蛇,我以前还抓青蛙来喂给它们。人们认为蛇是邪恶和狡诈的象征。这话不对。狡诈的是人,蛇只是需要喂饱自己而已。当蛇不饿或者不觉得有威胁的时候,它是无害的。

　　但妈妈受不了蛇,也受不了青蛙,终于有一天,她宣布要我在她和那些"怪物"之间决定去留。所以我只好把它们卖了。我没有蛇了,但我还跟妈妈住在一起。

　　这些日子里,我对冒险的渴望,一部分通过工作来满足,一部分通过玩英雄游戏来满足。在游戏里,只要你愿意,你还可以打非洲战鼓。每个玩家都有几条命,所以你行事可以比现实生活中更大胆鲁莽。

　　我就是在一次游戏上认识我的前任女朋友薇拉的。她完美扮演了一个被恐怖分子俘虏的富家小姐。她既不怕死也不怕被虐,火辣辣地跟我所扮演的无名氏调情。我们是去年秋天开始交往的。我们本可以生一个孩子，要是这样的话，妈妈就满意了，但是薇拉大学毕业前不想要孩子，我也不大想。我们一个月前分手了。

我觉得我提分手伤到她了。她问我对她哪里不满意。

我能跟她说什么呢？她不了解人生，不知道历史，不关心时事，不清楚她想怎么活，这些种种都让我无法忍受。没有什么能让她害怕或困扰，但也没什么能让她兴奋。她只是跟生活调情而已。

我找不出她有什么特别不对的地方，找不出什么可以表述的，也找不出说什么她可以理解。我只是再次意识到，我又面临一种虚空，别人做得成的事情我就是做不成。又或者，恰恰相反，我有能力快速了断一段迟早会结束的恋情。

站在虚空之上的晕眩感意味着我仍是单身。不止一次，改变单身状况的时刻向我逼近，我大概再也不听到我的战鼓声，更不会找寻我的战鼓了，但就在此刻突然鼓声大作，吵得我只能去躲。我生下来就是个害怕钢丝的走钢丝者，除非把钢丝放在地上。这是夸张了。我现在从事的工作在我来说已司空见惯，但在许多人看来却像是在大峡谷上走钢丝。或许我真的在不断躲避子弹和箭矢，只是听不见它们的呼啸；我只是拒绝相信。我知道的事实足以毁掉许多人的事业，所以如果有人想剪断我的钢丝，这也并不奇怪。看到我脖子摔断，许多人会松一口气，但恐怕不会有一人落泪。我不跟我妈谈我的工作。既是在骗她，也是在骗自己，假装我只是搜查一些无关紧要的文件，看看谁参加了什么会议，有多少人参加了什么愚蠢的示威。我不让任何人知道我在复制文档，有朝一日（估计很快）就会有举足轻重的人物试图销毁我所复制的文档。连电台那个名叫伊尔卡的乐呵呵的胖墩儿，我英雄游戏的忠实玩伴，都完全不知道我存放在他那儿的软盘里是什么内容。幸运的是我的顶头上司翁德雷也这样；我很清楚，我猜其他人都一样。剪断我们的钢丝，对他们没有任何好处；因为其他人会立刻把东西公之于世。我们就是这样来保护自己的。

妈妈有时候明显有所针对地跟我说，她的同龄人都抱上孙子孙女了。在她看来，孙子孙女能带来极大乐趣。

我愿意给妈妈找点乐趣，她这一辈子都没什么乐趣。她先是苦等爸爸等了九个年头，等他放出来的时候，他们既没公寓也没钱。她一辈子都在干仰人鼻息看人脸色的活儿。我不知道这在多大程度上掏空了她，但她的工作让她变得满腔刻薄。

我对母亲是同情为主，不过我对父亲是崇拜。他在我看来是勇气和正直的化身。他被迫在铀矿区干了五年，等他终于从营里释放之后，唯一允许他干的活儿就是看库房，尽管他研习过数学，能说五门语言。那时候就这样。但他没有抱怨。他认为自己这辈子已经被别人毁得差不多了，何必再抱怨？抱怨只是自己继续毁自己罢了。

我小时候，他给我念过《古波希米亚故事》，后来他辅导我数学、拉丁文和英语。他还教我木工技术：没有火柴怎么生火，如何区分动物踪迹，当然还有如何在野外搭帐篷而不留下任何痕迹。他会跟我讲印第安人的故事，他给我雕刻了一个美丽的图腾，我现在还挂在床上。他还给我做了一个小手鼓，教我怎么打。

有一次，我跟一个同龄小男孩起争执，那时候我才大概九岁或十岁，那个小男孩朝我嚷道："反正你爸坐过牢！"我们为此打了一架，不过这种斥责深深刻在我的记忆里。的确，妈妈跟我说过爸爸完全是无辜的，其实他还是个英雄，不过万一她只是哄我而已呢？而且要是我身边的人不知道呢？

爸爸极少谈起营房，不过他有几次跟我说起审问过程有多残忍。他只提起过一个拷打他的人。人称鲁巴斯，但没人知道他的真名。那个人尤其残忍，他夜夜叫醒我爸，拷问的时候，如果爸爸拒绝揭发朋友，他就会抽打我爸的手心、脚心和后背。他下令把爸爸关进一个近乎冰点的牢房，没有毯子，只给一块发臭发霉的破布。对于我爸爸的控诉，他的回答是："好让你知道自己有几斤几两"。

我想知道那个恶棍后来怎样了，不过爸爸不知道。他们全都失踪了，他跟我说，而且他绝对不想再跟他们照面。但我想象有朝一日跟踪那个畜生，在他走路的时候盯梢，将他绑起来，把他麻晕，然后把他背到爸爸面前，就像捷克传说里比沃伊背回野猪那样，任凭爸爸处置。

我可以把我的所有秘密都跟爸爸说，因为我知道他不会试图干预我的人生。

在他垂危的时候，我在医院里陪着他。在死前那天，他说："别担心，我会奋斗到底的。"尽管身受剧痛，他却没有呻吟，他还想活下去。事后我哭得像个小孩子，虽然那时我已经快二十三了。

我接受所里这份工作的时候，我想到了他。我想为恢复世界正义出点力，我确信这会让他感到安慰。我的计划没有变：查出是谁把他关进监狱的，找出那些严刑拷打他的人，我想象有那么一刻我可以当面质问他们，让他们对自己行为做出解释。

实现这一抱负并不容易。我接的案子不是自己能决定的——案子是上头指派的。事情越久远就越难找到信息；即便我在卷宗里找得到名字，也不表示我就能按照名字找到人。仿佛他们个个人间蒸发，生命的线索一再中断。即使能重新把线索联系起来，追索到新的住址或单位信息，也只是发现这条线索几年前就已切断。没能跟这些恶棍面对面，找到的只是墓地。

相反，对我的人生指手画脚的是我妈，尤其是在父亲死后，我一直很抵触。我们极少一起谈一些要紧的事儿。我甚至连跟薇拉分手都没告诉她，虽然她们俩彼此认识，而且妈妈已经把她看成准儿媳妇了。我还没跟她说我的新欢，我猜一定会吓到她。

我说不清是什么把我吸引到克里斯蒂娜身边。很可能是潜意识里的一些东西。仿佛她让我想起了很久以前的一次偶遇，如此久远，仿佛发生在前世而非今生。不过那次相遇肯定给我留下了无法磨灭的印象。

在年龄、职业和性格方面，我们是天差地别。她受过良好教育，她是一名牙医，有一个青春期的女儿，她跟我说她有抑郁症，还警告我说她抑郁起来谁都受不了她。她抽烟，她喜欢喝酒。我极少喝酒，而且从未试过抽烟，很可能是爸爸的原因。

我给她送玫瑰。

"你疯了，"她上次这么说，"你送我花干什么？"

我们再次坐在酒吧里。我们还停留在彼此交换重要信息的阶段。她跟我谈到她父亲，他是个在党内爱管闲事的人，她鄙视他干的事情。她妹妹是个职业歌手，她好像预言克里斯蒂娜会死于自杀。她还不愠不火地说起她前夫，我所尊敬的人也是她爱过的人。我觉得她还爱着他，虽然她不承认。她的出生日期让我十分震惊。

其实，我越来越相信行星的位置对人的命运很关键，不过我同时也开始探究数字之谜。当她提到她出生于斯大林去世那天时，我立刻觉得这是难得的，甚至是命定的巧合。

这位苏联领导人在我看来就像一个可怕的泰坦巨人：不是乌拉诺斯神的血脉所生，而是通过他所屠戮的受害者的血不断重生的泰坦巨人。尽管他早在我出生之前就死了，但我却时时想起这些人犯下的罪和另外一些人的可鄙之处，因为我每天都在卷宗里跟这些人打交道。我相信他的死为部分人类重新开启了一扇紧锁的门，释放了人类的尊严、宽容、正义和怜悯。在他去世那一天诞生，就是在二十世纪最重大的一天来到世上。

克里斯蒂娜还告诉我，她的外祖母和她母亲那一边的亲戚惨死于毒气室，她无法接受这个事实——竟然有人能毒害成千上万的人，连婴儿都不放过。我以为她会说着说着哭出来；我看得出她内心在哭泣，为这多年以前的杀戮和对她的亲人所犯下的暴行而哭泣。

在这样一个世界里还能不能活？她对生命已经无所期待：她真的没有任何期望。从她言之凿凿的话语中，我感觉恰恰相反，她仍然活在期待之中，她在希望与绝望的边界游移。如果绝望占了上风，她大可以结束自己的生命。我认为她是无畏于自我了断的。

不过她害怕我。她不敢靠近。我们惧怕彼此，却又互相吸引。

我跟她说，无论如何我们总得活下去，就算是为了有新发现。与其他人分享这些发现，将它们传播开去。我们必须努力，为了不让正义从世间消失，至少为了让生活可以由爱主宰。

"这可不是至少不至少的问题，"她反驳道，"我们有谁能做到呢？"

她盼着我说我能，或者说只要携手努力，我们都能做到，但我没有说，因为她说得没错：我不认为有谁可以做到。

她红日般的秀发几乎垂到腰际；这使她有种小姑娘的味道，不过她眼中含着悲伤。她有着女王的举止风度。我觉得她的悲伤很撩人。我渴望一亲芳泽，哪怕只是爱抚她那双散发着温柔气息的双手，但同时这种想法在我看来是不妥的，这近乎罪孽，仿佛这意味着越界犯禁，会遭天谴的。

我们两个人喝掉了一整瓶酒，不过我只喝了一杯。当我们道别的时候，她迟疑了一下。我知道她是在等我约下次见面，或者是她有此打算。不过我们都压抑了这种冲动，没说什么。我看也许再也不见才是明智的。

六

他此刻躺在我身边，一丝不挂。他的皮肤光滑、洁净而细嫩，就像亚娜的皮肤。我没有邀请他到家来。我没有勾引他，是他让我去找他的。他自己一个人在家，他妈妈出城了。

他领我到他的小房间。两面墙上列着书架。在书堆之间有一张旧沙发，宽得足够一个人睡，也许足够两个人在上面做爱，但不足以让两人在上面睡觉。他房里没有挂画。在床头挂了一个印第安图腾，一个小小的上了漆的鼓和一把曼陀林。一张小小的塌陷的桌子上放了一台电脑。靠窗放着两个黑色的音箱。窗户朝着院子——即使窗帘拉着，我还是注意到了。

他答应要给我看一些老照片旧海报。他答应要给我放贝多芬、肖邦和柴可夫斯基，他不停地说我是他见过的最漂亮最有趣的女人。我知道他另有企图，但我没说。我没说虽然他的母亲出城了，但这里还有一个母亲，我没说他是带着迷幻眼镜来看世界。我只是说："别傻了，你的赞美肯定言不由衷。"

　　他说的不可能是真心话，不过此刻他就躺在我身边，爱抚着我的乳房。他的手指细长，不仅是弹奏曼陀林、翻阅书卷的手指，更是充满魔力的手指。他的舌头湿润，略微粗糙。我们刚才做爱的时候，他耐心而温柔。上帝啊，距离上次男人耐心的温存，已经过了多久？上次遇到关心我感受的人是什么时候？他跟我说他之前只跟比他小的女生交往过，就差没说他想跟一个大得足够当他妈的女人来一次。他只说："希望你跟我在一起感觉不错。"

　　"跟你一起的确感觉不错。"我的小男生放起了音乐，却不知道该换一张 CD。

　　"你很特别。"他说。

　　"哪里特别？"

　　"整个人都很特别。"

　　"你怎么知道的？"

　　"不是知不知道。我就是能感觉出来。我觉得你总是很伤感。"

　　"我现在就不伤感。"

　　"不对，你依然伤感，现在也是。"

　　"好吧，或许是吧。"

　　"为什么会这样？"

　　"因为跟你在一起感觉不错。因为我知道这只是短暂的。"我没说我知道你会离开我。

　　"这不是短暂的。"

　　"一切都只是短暂的。我们活在世上只是短暂的。"我没有引用我丈夫的话，说我们活在世上只有上帝眨两次眼的工夫，接着宇宙时间的海洋就会把我们吞噬，我们连海水的低语都听不见。

"我想跟你过一辈子。"

"你的一辈子还是我的一辈子？"

"我们的一辈子。"

"但我会比你先死。我已经老了。"

他试图劝我，说我还年轻，还说没人知道我们什么时候会死。接着他问了一个让我吃惊的问题："你是不是爱着什么人？"

"是啊，你啊，这还用问？"

"我是指除我之外。"

"你这是什么话？我如果爱着别人，现在就不会在你这儿了，你说呢？"

"原谅我失言了。那你之前爱着别人？"

"很久以前了。"

"你丈夫……"

"现在别提他。"

他继续爱抚我。我把头枕着他的胸膛。他胸前覆盖着细细的几乎看不见的金黄色毛发——我丈夫胸前是那种粗黑的毛。我以前说他像黑猩猩。他伤害了我。人们大多伤害自己最亲近的人，我害怕这个孩子有一天也会伤害我。真希望我能告诉他，求他别伤害我！

我想哭。"看着我。"

"我正看着你呢。"

"你怎么不跟我说话？"

"我不想说那些陈词滥调。"

"但我想听。"

"跟你在一起感觉很不错。"

"你不后悔？"

我想听他说他爱我，想听他说他不在乎我的年纪，说他不嫌我老。不过他的思绪却在别处；他在想怎么跟我再来一场。不过我是时候要走了。外面天黑了，我还有个女儿在家。当然，还得看她是不是真在家，会不会发现妈妈在别处逍遥就自己溜出去了。他问我："你这辈子最怕什么？"

"背叛。"我不假思索地回答道。

"不是，我是说具体的东西。"

"怕火。"我说。

"那是因为你是双鱼座的。"

"我见过有人着火，"我跟他说，"我的姑妈。她把自己点燃了。不过我现在不想去想这事儿。我只想来根烟，行么？"

他下床，裸着跑去给我找烟灰缸。那一刻，他让我想起我许久以前的初恋：那窄窄的肩膀。那时候我疯狂地爱着"疯子"。不知道这种感觉会不会再有。

他回来了。这个家里就没有烟灰缸这种东西，所以他给我递了一个茶托。他问我渴不渴。

他的手腕也很细，其实他的胳膊细得像女孩子，跟我女儿的胳膊差不多。突然间我看到了她的胳膊，看到了注射器和她扎进胳膊的针头；当我在一个陌生卧室里，自私地躺在一张陌生的沙发上抽烟的时候，我那小女孩不知跑到什么地方游荡去了。

"你在想什么呢？"他说。

"我要走了。"

"别这么快走。"

"我必须得走了，我女儿在等我。"我拿起衣服往浴室走去，这个浴室同样陌生。这里没有什么是我的，我连哪个龙头出热水都不知道。

"我给你拿一块干净的浴巾。"他在我后面喊。他把门开了一道缝，把浴巾往我伸出的手上递。我很高兴他没有一早就把浴巾准备好。他并不确定我会不会来。

我快速地洗了个澡，然后穿好衣服。我化了点眼妆。天啊，我在这儿干嘛呢?

他给我买的玫瑰正插在花瓶里。这次是红玫瑰。我把花带走了。

他送我到地铁站。他想陪我下去,但我让他别送了。

好吧,他明天还等我。

"不过我明天有一个很长的手术。"

"我知道。"

"你怎么知道?"

"我在诊所门上看到的。"

"别来,我晚上得在家里才行。因为我有女儿。"

"你今晚不就没在家吗。"

"所以我明天才要待家里。"

"要是我跟你一起回家呢?"

我不能把这孩子带回家,不行吧?除非我说,亚娜,我给你带了个新朋友,他叫扬,他来给你当家教。教什么呢?什么都教。问题是这会儿来家教太晚了。

他没有问我为什么不想邀他到家里来。他改为后天等我。他拥抱了我,轻轻地吻了一下。

"谢谢你。"我说。

"谢什么?"

"所有的一切。还有这束玫瑰。"

我在台阶上回头看,他还在那里跟我挥手道别。我怎么就没下定决心在这里过夜第二天早上再走?我本可以给亚娜打个电话,就说我会晚点儿回来,然后打发她去睡觉。不行,或许下次吧。下次好一点:如果有下次的话。

一想到我可能再也见不到他,我就开始颤抖。总有一天一切都会结束;问题是距离那一天有多远。如果我们不预期结束,又怎么懂得珍惜余下的时光?

我打开楼道的门锁,查了查信箱。一封不知道是谁寄来的信、

《口腔学会期刊》，还有——一看笔迹就知道是那个匿名者的来信。我本该把信直接撕碎扔进垃圾箱里。不过垃圾箱在楼外面，我不想再出去一趟了。这位无名氏这次没有辱骂我，只是威胁而已。他警告我晚上别斗胆出门，报应的时刻不远了。

我还是斗胆出门了，为了打开那个臭烘烘的垃圾箱，把信撕个粉碎，然后丢进那堆正在腐烂的垃圾里。

七

这下我不得不去看爸爸，给他做薄饼了，因为话已经跟妈吹出去了。我的演技真是一流，真的触动了她的心弦。她居然以为我会去照顾那个病快快的爹，那个把我们无情抛弃的人。我至少一个月没见过他了。上次见面是在医院里，跟妈妈一起。

我花了很长时间找衣服穿，因为每次去看爸爸，我都得穿些"不会冒犯体面人"的衣服。问题是我没有哪件衣服是他看了不会火冒三丈的。如果我穿上普通的李维斯牛仔裤，他就会唠叨说这些衣服有多贵，我还没赚钱，还靠他的抚养费，就不该买这样的衣服。不过我的旧牛仔裤有三个超大的洞，我怕他受不了这个刺激。最后我拿了一条我十二岁时自己做的裙子。这条裙子粗糙得不行了，颜色像狗屎一样，看起来简直就像一个把底去掉然后倒过来的垃圾桶，但它"不会冒犯体面人"。

爸爸是我最不想见到的人。

我从来不喜欢去看他，即使我那时候被迫每周要去看他一次，这是那个什么蠢蛋法院的人想出来的。他跟我们住一起的时候人还行。我记得他管我叫亚娜小坏蛋，给我买鼹鼠填色本，还跟我讲将来坐火箭飞到火星，我还以为他说的是火星①巧克力呢。那又有何不可，反

---

① 玛氏公司，美国巧克力制造商，Mars 直译为火星。

正月亮都能是奶酪做的。

爸爸说他是服兵役的时候养成了整洁的习惯。他叠被子折衣服比其他白痴要强，他为此骄傲。他给我示范如何摞衣服的时候，把我给镇住了。

他以前会带我去天文馆和天文台。他在那里有朋友。他很热衷于星空，尤其热衷于用土星环、木星卫星、黑洞和大爆炸理论来唬我。他最爱大爆炸，因为据说这是一切的开端。他还跟我说最开始的时候，一切只有一颗弹珠这么大，比番茄还小，但却重得不得了，因为里面包含了所有的星星，包括看得见的和看不见的星星。最受不了这种东西。那可怜虫真的相信，我猜他还跟学校里那群呆瓜这么说。他们还不得不跟着他重复说：包括看得见的和看不见的星星。他最爱这句："跟我重复一遍。"跟我重复一遍：我再也不会嘲笑老师！跟我重复一遍：有教养的人餐前洗手！跟我重复一遍：只有粗鄙的人才会见到长者不打招呼！我以前都得跟着重复，不然脑袋会立刻被敲一下，从那以后我就很讨厌洗手，而且时不时朝那些拿救济的老头老太太大吼一声"你好"或"嗨"！

妈妈不用重复他说的话，尽管如此，她比我更怕爸爸。如果星期天午饭上桌晚了一刻钟，爸爸就会看看手表，然后大声报时："现在是十二点零五分……现在是十二点十分，"一直说个不停。妈妈只好道歉，然后各种解释，比如说肉太硬，而不是直接让他滚蛋或上外头吃去。

爸爸还给我讲我们看得见以及看不见的一切事物都是自然发生的，不是由某种神创造的，因为如果有这个神，那它的体形会大得天堂都容不下，它年纪会大得根本没法活。这部分反正我是没懂。有时候我跟妈妈的朋友埃娃去做礼拜。我还挺喜欢的，尤其是唱歌的部分，圣人们眼睛上翻，仿佛嗑药过量，或者看到了什么被吓尿了。或许他们是在看那颗产生大爆炸的弹珠。我还有一点不明白，天使为什么需要长鹅的翅膀？它们自己就可以飞啊，就像我在梦里飞翔一样，毕竟天使就该会飞啊。另外，还有一个姜黄色头发的辅祭我挺喜欢的。

每次我们出门一整天，爸爸就会考查我们花木、鸣禽方面的知识，更少不了谈论当地发生过的战役。那是一株白头翁，那是一丛高山茶藨子，那是一株委陵菜，那是一只林柳莺。有没有听到它啁啾的歌声？反正我肯定是没听到，不过妈妈还是很捧场，说："噢，对，真的有啁啾鸟鸣。卡雷尔，你太棒了。你是怎么记得住这么多东西的？"我看她有可能是认真的。他信了，因为他接下来就说："你不是也要去记人体解剖结构吗？"太恐怖了。

妈妈对他如痴如醉。我发现了，尽管他看上去老得可以当她爹了，她肯定是非常爱他，因为她现在还老想他，即使她装出一副不屑一顾的样子。他的状况很差，她真的很上心。

等我终于上了三年级之后，他们就开始像疯子一样吵架了。他们老是在卧室或厨房里互相大骂，以为关了门我就听不见似的。一开始我以为是因为我，因为爸爸觉得我不听话，不整洁而且很懒惰，觉得我将来肯定没有好果子吃。不过后来爸爸不回家吃晚饭了，再后来就根本不回家了。妈妈就坐在电视机前把眼睛都哭出来了，放《蓝精灵》的时候都能哭。有时候我半夜醒来，发现她还坐在厨房里读东西，或者盯着墙看，我意识到他们可能要离婚了。

爸爸搬进一个在银行工作的小妞儿家里。她又高又瘦，胸部平平。她的牙很难看，像吸血鬼的牙一样——没准儿她就是个吸血鬼，因为爸爸后来病得很厉害，每次她开口跟我说话我都明显觉得她脑残。我不知道爸爸看上了她哪点，或许他就是想躲着我，因为我开始叛逆了。他还抓到我抽烟，不过那会儿他们反正已经准备离婚了。

爸爸的双眼可以将恐惧注入别人心里。他可以长时间盯着人看，眼都不眨一下。我从来不理解他为什么要这样盯着人看。我只知道他对我不满意，我做错事了，要等着受惩罚。在惩罚别人方面，他创意十足，堪称天才。如果我午饭不吃完，他就会让妈妈这周接下来几天里天天给我做同样的食物。有一次我不愿意穿那条碎花连衣裙——不知道是外祖母从垃圾堆里捡来的，还是从莉达姨妈的杂物里拣出来的。妈妈打了小报告，结果爸爸结结实实揍了我一顿，还要我天天穿那条碎花连衣裙上学，直到我成功地在学校饭堂里把西红柿面条汤洒了一裙子。

他离开我们之后，就没法再罚我了。我猜他是不想再罚我了，他不在乎了，他对那个竹竿神魂颠倒。他只是不停解释说分手不是他的错，错在妈妈没有好好照顾他，她情绪阴晴不定，让他无所适从。此外，她还吸烟。他跟我说他需要一点安宁，一点新鲜空气，还有一些生活乐趣，至少有一点关心。我们俩都需要一点关心，他解释说，不过我妈老是丢下我们，下班不回家就跟她的朋友冶游。他最后只好给我做点吃的将就一下，不过据他说我当时太小所以记不得了。他说妈妈完全没有秩序观念，他无法理解这样的人怎么能补好别人的牙。此外，他们的兴趣完全不同。妈妈完全不喜欢网球或滑雪——她就像个踩着滑雪板的大象，我怎能不注意到——还有她对历史不感兴趣。他无数次跟我说这不是一个家而是一个哭号的地方。"她的歇斯底里都开始传染给我了，你也被她影响了。你得花上一辈子来疗伤。"

一开始我会说点好听的，甚至会说我想他。后来我意识到他对我和我妈的行径可鄙，我一有机会就赶紧溜。那个竹竿去年也离他而去了。我以为他会回到我们身边，不过他没有。

他就一直病着。妈妈估计他时日无多了。他瞪人的时候少了，不过他还是会吓到我。所以我才把自己打扮得像长袜子皮皮，眼睛肿肿的也没画眼线。我头脑"清醒"得上楼梯都步子不稳了。我嚼着薄荷口香糖，这样他就不会发觉我在他家楼下又抽了根烟。

我没给他买什么玫瑰，我都懒得从花园里偷几朵。我为什么要送他玫瑰？

"嗨，爸，"他开门的时候我打招呼说，"我来给您做薄饼了。"

第三章

一

我今晚是没法跟女儿一起过了。露西下午给我打电话,说她刚从地球另一边回来,想跟我见个面。

我打电话给亚娜,她居然在家,我谨慎地说我今晚回家会略晚。她想知道我上哪儿去,但我没详细说。我只是让她好好做她的数学作业,警告她说我回家后会检查。

我跟露西的会面地点是城堡下方的一家酒庄餐厅。这地方消费高,不过是这位富婆请客。她的皮肤晒成了古铜色,因为她在加州待了近一个月,还看过了太平洋——我这辈子怕是没机会看太平洋了。她说太平洋太冷了,临近炎热区域的海水表面会起雾,遮住海水和海岸。她从随身携带的肩包里取出一盒照片。照片里的房屋的确像童话般烟笼雾罩,连金门大桥都是如此。桥上的吊索因为凝结的水滴而闪闪发光,就像巨型蜘蛛结出的网。我这位朋友还去过沙漠,感受过地球最热点的热度。她带回来好些照片留作纪念,也给我开了眼界,有各色岩石,有沙丘里因为酷热而朝生暮死的奇花。还有巨型仙人掌,不过那些是在伯克利的植物园里拍的,当然我同样是这辈子都见不着了。

我问她玩得如何。

"棒极了。就短期旅游来说,美国是个绝佳的地方,因为它的娱乐业发达。美国人对这项事业的崇拜比礼拜还虔诚,艺人拿着最丰厚的报酬。"

"这些东西我用不着跑半个世界就能知道。远的不说,我妹妹一个月唱几次催泪情歌,跟我这个专门帮人解除疼痛的人相比,就已经算是富婆了。"

"你的毒辣匿名信作者怎么样了?"露西想起来。

"无名氏先生大概是唯一一个对我忠贞不渝的人了。"

露西问我有没有怀疑这人是谁。她警告我务必小心,书信应该交给警方。而且还让我绝对要带防身喷雾。

我没打算报警。他们只会录录口供打打报告,浪费我的时间。他们不可能去寻找一个身份不明且尚未袭击过我的人。我觉得我也不太可能冲别人的眼睛里喷毒液。

我问她是不是全程都自己一个。她正等着这个问题呢。她抽出几张照片,给我看她坐在一辆奢华的敞篷车里,旁边是个皮肤黝黑的家伙,黑发卷曲,大概是个拉丁美洲人。他搂着她的腰,炫着他珍珠白的牙齿,还亮出他的肱二头肌。看年龄,他肯定比她小了上帝眨两次眼那么久。不过我敢肯定她是不会介意的。她的盒子里还有好些其他照片。照片主角不是她的深色罗密欧,而是一些包着深色皮肤的骷髅,这些孩子眼睛大大,肚皮鼓鼓,正伸手要从别人手里接过汤碗。

"这些是在卢旺达拍的。肯定是混起来了。"她解释道。她把照片收好,塞进包里。"你怎么样?"她问道。

在我的脑海立刻出现一个画面,一个全是书的小房间里,那个给我买玫瑰的青年男子,他跟我温柔地做爱之后,赤身裸体光着脚去给我拿烟灰缸。我可以提提他。跟别人聊聊他应该挺有意思的,但露西肯定想了解所有的八卦。我们以前就一直聊这种,我们喜欢拿那些自以为强壮的家伙来开玩笑,他们一到要展露雄风的时候就蔫了,他们的骄傲就只剩下一条小虫。不过我不想聊太多细节,我很羞愧,自己竟不再抵抗,让情感占了上风。

我没接话，她说："你就等着吧，等那小阳春般的恋情找上你。"然后她接着讲她那位深色皮肤的年轻男伴有多性感撩人。我听着她的话，心里想的是我那位小男生，他没有那种粗壮的二头肌，没有卷曲的黑发，但他对我的爱却很可能不是一天两天而已。他信誓旦旦地说明天会等我。我们会去哪儿呢？我没法带他回家。我们很可能会找个酒吧。然后呢？如果天气好的话，我们可以去公园——彼得林公园或沙尔卡公园。二十年前，我觉在公园里或是布拉格附近的树林里做爱没什么大不了的。那时候我根本不管天气好坏，下雨天或是下雪天里照样做爱。奇怪的是雪并不冷，我的后背反而有种灼烧的感觉。现在我却要担心我的卵巢和肾脏。我不想再去布满狗屎的草地上做爱，不再因为有人隔着草丛偷窥而感到兴奋。不过我们可以去我的诊所，在牙科手术椅上或者在候诊室的长凳上做爱。

我们喝的酒很烈。酒精上头，驱散了我的一切忧愁。

我注意到有人从餐厅远远一角朝我招手。他很脸熟，但我却认不出来——他几乎全秃，只在两鬓还有点灰色发茬。可能是我的病人。接着那人站了起来，微醺地朝我们这桌走来。"嗨，克里斯蒂娜！你一点儿都没变。"

我叫不出他的名字，也说不上他变了没有，因为我根本认不出他。我只是打了个招呼。

"我不会打扰你们，"他说，"我只是想跟我多年以前的旧情人打个招呼。"

"跟一位女士提什么多年以前是不礼貌的。"露西责怪说。

"不，真的是很久以前了。"我说道。我想起这就是第一个逼我堕胎的人。他的黑色发辫没了，其他头发也掉了，不过他工作上倒是混出了点模样。我偶尔还读到关于他的文章。他是个专门处理青少年问题的禁毒专员。不过自从他逼我夺走一条无辜生命之后，我就对他完全丧失了兴趣。

他又说了一遍，说我依然美丽，而且比以前更美了。他扯过一把椅子坐到我们桌前,一边说他在部里工作,宣讲立法禁毒的新议程,一边照例用他的双眼来给我宽衣解带。他是反对把持有毒品列为犯罪这一议案的,他是个自由主义者,主张通过教育来影响青少年。这位"教育家"一边信口开河,一边用眼睛把我脱得一丝不挂。

"你有没有孩子?"我打断他的话。

他点点头:"为什么这么问?"

这个混蛋。他居然问我何出此问。别的女生没有被他逼着去找堕胎委员会,结果他就当上了爸爸。

"我有两个男孩儿,"他用近乎骄傲的语气宣布说,"你呢?"

"我有一个女儿,"我说,"我本来可以有两个女儿的,但是让我怀上第一个女儿的罪犯不愿让我把孩子生下来。"

他遭到冒犯,起身说无意多做打扰,然后蹒跚地走了。不过我的心情也毁了。

"男人,都让人恶心,"露西说道,为了显得跟我同一战线,"男人跟蜘蛛一个德性,不过蜘蛛好歹对人无害。"

我从地铁里出来的时候已经几近午夜。又一次抛下我的小姑娘,我感觉糟透了。我几乎要发足狂奔。

在街道转角处,一名男子从公寓楼地段一个晦暗的入口出现,挡住了我的去路。他的胳膊往我这边一伸,仿佛想勒死我。我僵住了。"给我十克朗吧,太太。我没有地方睡觉。"他脚步蹒跚,要扶着墙才能站稳。他要么就是醉了,要么就是嗑药了,不过奇怪的是我反而如释重负。这不是那个想杀我的匿名信作者,只是一个无家可归的家伙。我拿出钱包,把零钱全部倒在他手掌上。

他把手掌合起,摇摇晃晃地走开,连一句谢都没有。

我走到自己家公寓楼前,要开门的时候,双手不住颤抖,没法把钥匙插进锁里。我好像听到身后有脚步声,甚至听到有人在喘息,不过我转过身来却一个人都看不到。

公寓又黑又静。我把背后的门锁上,拴上保险链——我平时从来不拴。

我打开亚娜的房门，听到她沉沉的呼吸。有一股怪味儿，杂糅着艾条、古龙水和防蚊液的味道。从没见我女儿喜欢熏艾条，这种具穿透性的香甜气味更像是用来掩盖其他某种气味的。这招我熟悉。我以前在家抽烟，赶不及在爸爸回家之前通风散气的时候我就这么干。我好想把女儿摇醒，问她都干了什么好事儿，有什么要掩饰的。不过她肯定会把什么都抵赖得一干二净。桌上有一张纸，上面写着东西。我读了第一句："三角形是不在同一直线上的三点所连成的平面。"这不是写给我的。也可能是写给我的：好让你看看你是个多不称职的妈，我坐在这儿刻苦学习，你却在酒吧里花天酒地。

这是爸爸在我的梦里忘记提到的一点。糟糕的女儿、没用的妻子和失职的妈妈。

二

我很快就睡着了，不过我的前夫又慢慢走进了我的梦里。我们一起在山中旅行，住在一个小木屋里。梦里我们还年轻，还带着亚娜，不过我们把她留在了小木屋里，沿着石头小径往前走。到了某个时刻，我们必须攀着头顶上的大绳圈来越过山谷。攀着一个接一个绳圈往前爬，我很害怕，因为绳子已经朽了。紧接着一个绳圈断了，我整个人悬在半空，只有右手还抓着绳圈，下面是万丈深渊。我向丈夫求救。我喊他的名字，但他消失不见了；他已经不在我身边，我无比惊恐地看着绳圈末端钉在岩石里的螺丝逐渐松动。我一直尖叫，心里想着亚娜，想着我坠入深渊后，她怎么办，谁来照顾她。

凌晨四点，外面天还是黑的。我的睡衣已经汗透，我感觉喉咙发干。

我起身赤脚走进厨房，还没走近就听到冰箱嗡嗡作响，还在剧烈震动。我得给冰箱的一只脚下面垫点东西才行。有太多该做没做的事情了——好多东西要修要管,不过这会儿我只是拿出一瓶酒,给自己兑了一杯汽酒。

到底要什么时候,我的丈夫才不会在我悬在深渊上方的紧张关头弃我而去?

我回到床上,试着想点积极的东西。有一次我抑郁的时候,我问丈夫人生的意义是什么。

他惊异地看着我,仿佛问出这个问题证明我低人一等,但他还是勉为作答。从根本上讲,我们没有生命,因为跟宇宙时间相比,我们的寿命太短暂了,根本无法记录。无法记录的东西实质上等于不存在。

这个回答耐人寻味。我们虽然活着,其实却不存在。如果是上帝创造了这个宇宙,他对我们一无所知,只有我们一厢情愿地以为我们了解他。我们太渺小了,无法被度量,所以我们伤害别人也无妨。杀人都行——这事儿我们干了不少,至少全世界的男人都在干。

但人还想在死后留下点什么。我父亲年轻的时候,我很肯定他相信自己正在为一个新的伊甸园栽花种树,不过他忘了孕育生命的土壤是爱。他的园丁头目灌输的是仇恨,所以父亲帮忙打造的不是伊甸园,而是一个刑场。他从来没有承认过,不过到头来,对自己错得有多离谱,他肯定也略知一二。他没有造过一所房子,也没有种下过一棵能结出果子的树;他没有时间,天性里就没有这种情怀。不过他偶尔会往家里带一些没用的东西,我不知道他是从哪儿弄来的,很可能是他没收来的。虽然他从来没有钓过鱼,却往家里带过一盒钓钩。他往家里搬各种他读不懂的外语书,还经过妈妈满满一盒灰色线卷。直到他死后,那些线还在家里。好多好多的线,如果一卷一卷首尾相接的话,连起来都可以绕赤道一周了。

我死后会留下什么?大量的牙桥、牙充填,当然还有假牙。其实,自从我有能力随意购买我喜欢的补牙材料之后,我买的都是质量上佳的牙桥、牙充填和假牙。我还会留下一个女儿,虽然没能养育好。不过在上帝的第十次眨眼或第一百次眨眼后,还有什么东西可能得以保存呢?那时候所有的语词都会被忘却,没有人会记得我的容貌。即使还有起皱碎裂的照片留下来,谁会去看呢?

或许爱的行为可以留下一些痕迹,至少它们的影响可以流芳。或许有什么人,在我们之上执行司法正义,在统计每个人为世人减少了几分苦痛。这件事我做到了,至少减少了人们口腔的苦痛。至于灵魂的苦痛我就无计可施了,我连自己的痛都解决不了。

外面的黑暗渐渐消散。我往窗外看去。街上依然空荡荡,汽车的金属车身是潮湿的。一个孤独的醉汉在对面的街上摇摇晃晃地走着,可能是我昨晚给了他一把零钱的那个人。

我拿出父亲那一盒子的笔记本,草草浏览着。我想看看他是不是真的没留下一点想跟我说的话。

不过大多数记录都无聊至极:只是一些空话,陈词滥调和对日常活动的记录——吃了什么,处理了什么或在发言中说了什么。他给自己买了双新靴子。他去看了场足球赛。他找人维修无线电。他去看了牙!他在红光合作社主持了一次会议。他只是偶尔提到一下人。这样也好。

不过他还是见了他的朋友 P 同志,他们在集中营里共度了两年,他们会一起回忆过去。

> 最后那段日子是最苦的。没有吃的。他们连一点面包都不发给我们。但是处死仍在继续,党卫队还在继续组织运输。我们回忆起,那段岁月里我们会抬头看天,那时候天空已经被盟军控制,但这对我们有什么用?地面还是德军控制。饥饿难耐。我们最后的面包已经吃完了,除了水之外,没有什么可以吞下肚的了。我们已经没有力气从床铺爬下来,我们唯一想的就是食物,以及苏军能否在我们被全部消灭之前赶到。我们可以听到大炮炮弹的声音逼近。他们已经很近了。

我可以想象那名年轻人——我的父亲，穿着蓝白条的营服躺在一个丑恶的营房里，饥饿消瘦，一直等待。他知道接下来的时刻将决定他是死是活。就像手术台上的病人。入睡前，病人仍抱有希望，觉得把自己托付给了想要救自己的人。父亲躺在木板床上，他唯一的希望来源就是那隆隆的炮声，那种可以把我活活吓死的炮声。

苏军到了，他们的卡车挡风玻璃上挂着伟大领袖斯大林的照片，还有锤子和镰刀。他们前来搭救，发放面包、熏鱼、圆白菜汤和伏特加。他们带来了救赎和异象，仿佛那就决定了未来的日子会怎样。无论是对他，对我，对我们国家，还是对全世界。

我告诉Ｐ同志，伊尔斯·科赫①，那个党卫队的怪物已经死了。那个布痕瓦尔德的恶魔，那个收集被折磨至死的同志的人皮，做成手套和书皮，乃至于灯罩的恶魔，终于几天前在她的牢房里用被单把自己吊死了。这至少能给所有被她折磨过的人一丝快慰。

你看，前一刻我还错怪了男人：女人也杀人。

我记得父亲跟我讲过那个变态狂。在他眼里，她是一个党卫队的怪物。不过那个怪物之所以能那样行事，是因为有一个怪物般的机制把人分成了一般人和次等人。大家可以囚禁、虐待和毒害次等人，无需审判，不讲仁慈。后来这些年，又有多少怪物得到了父亲的批准或默许犯下了类似罪行？有多少人被折磨至死？他们没有拿人皮来做灯罩，但问题的关键不在于灯罩。

当伊尔斯用被单来打结套头的时候，她脑中在想什么？她是否对

---

① 伊尔斯·科赫（1906—1967），著名纳粹分子，据称被她虐待过的布痕瓦尔德集中营囚犯无一生还。她被指控谋杀有独特文身的犯人，剥下人皮当纪念品。

自己有所了解，还是只是出于一种空虚感和对命运的无能为力？

我们都会时不时有无助感，但我们还下不了这个决心。

我起身去看亚娜。她当然还在睡觉。我回到自己的卧室，继续看父亲的笔记本。我突然想起，不知道他有没有为我弄碎他那只金贵的花瓶而记上一笔。我那时才多大？我还没上学，所以可能是五岁，顶多六岁。

那是一只大花瓶，我觉得很漂亮。靛蓝色的花瓶，瓶身蚀刻着一位宁芙女神。我从未见瓶里插过花。瓶子就立在衣柜上，那位女神从上面朝我微笑，将我引诱过去。我把椅子靠在衣柜上，站在上面，通过瓶身玻璃来看房里，看着房间像夜空一样变暗。

有一次，我一个人在家，我突发奇想，要往花瓶里装水，看看水会不会也变蓝。

我把那只漂亮的玻璃花瓶取下来，用双臂牢牢抱住，就像妈妈在我哭泣或是被街上野狗骚扰时抱着我那样。奇怪的是玻璃触手并不冰凉，反而发出一种热度——大概是一种幽蓝的热度。

我来到厨房，打开热水龙头。花瓶慢慢填满，里面的水果然是蓝的，而且散发出蒸汽。接着我听到了一声从未听过的异响：那是玻璃碎裂的声音。花瓶在我怀里裂成两半。我现在还能回忆起当时那种恐惧感，我试图将花瓶拼凑回去，但花瓶当然是拼不回去了。

首先爸爸审问了我。为什么要把花瓶拿下来？拿花瓶有什么企图？为什么要往里头灌热水？是否意识到自己造成的损害？

然后他结结实实揍了我一顿。我尖叫着保证等我长大给他买个新的，一个不行就买两个。

当我自己开始挣钱之后，我确实走访了几家古玩店，直到我找到一个跟我打碎那个颜色相仿的花瓶。不过瓶身蚀刻的不是宁芙女神而是一只飞鸟。

我把花瓶送给爸爸当圣诞礼物，结果被说了一通。"你疯了。我要花瓶干什么？你什么时候见我买过花？"他早已忘记我打碎的那个花瓶。他从来就对那个花瓶没兴趣，失去了也不遗憾，他只是觉得要让我知道自己干了什么坏事。

我翻阅着他五十年代末的笔记本，找不到任何关于那只花瓶的记载。要么是没有写，要么是我漏过了。另外我注意到有一位女性同志——V.V.同志在他的笔记本里一再出现。很可能就是他后来提到的W。见了V。跟V谈了国际妇女节送花的事……我们去看了《士兵之歌》。W哭了……帮W修了缝纫机。没有细节。他很谨慎。他很清楚自己写下的一切都可能被用来对付他。尽管如此，我读起来还是觉得自己在窥探隐私。我该把笔记本放回盒子里了。爸爸已经死了，我何必去知道他的秘密和他的罪孽？

最后我又躺下睡了一会儿。

三

窗外是五月的艳阳天，仿佛一切都焕发青春。附近花园里的花香飘进我房间，让我欢喜，但我估计花粉过敏的人要受罪了；女儿今早醒来也抱怨眼睛发痛。

她回学校了。考了一门数学，再次不及格。我问她知不知道自己会挂科。

她说她知道。但她又不用靠数学来赚钱过日子！

我倒是要听听她准备靠什么来赚钱过日子。她不会打算一辈子啃老吧？或许也用不着我担心，她的日子肯定过得去的，而且很可能比我好得多！

她很放肆，但我还能怎么回答呢，我的生活的确过得一塌糊涂。我试图让她明白，如果她毕业考不及格，她顶多能当个售货员或理发师。

她傲慢地说那她就开开心心地学当理发师。这是她的生活，用不着我来操心。

我坐地铁的时候，两个跟亚娜年纪相仿的女生站在我对面。她们从里到外都干干净净的：没涂化妆品，没有鼻环或耳环。为什么我女儿就不能像她们一样呢？

我因为睡眠不足而感到疲惫。幸好今天只有一个小手术，像今天这么好的天气，没人愿意来看牙，我可以不时在 X 光室里眯一会儿。

我下班后不能回家，我得去刻碑处下单，找人给我爸刻墓碑，还要去买骨灰盒。然后我得去公墓办事处安排下葬事宜。公证人召集所有的遗产受益人下周过去，好把父亲的遗物分给我们。其实根本没有必要，因为他留下的就只有一些旧衣服（包括他的民兵制服）、一张床和一盒子书信，还有一幅列宁像。我妹妹也得来公证处露面。虽然什么都用不着她来干，她只要过来看看骨灰盒入土就好，当然前提是我先把一切都安排好。

我妹妹还只有十六岁的时候，有一次她从什么地方回来之后神情异样。要是搁现在我就说她是嗑药了，不过那时候毒品还很罕见，所以她大概只是喝多了。她穿上那条她舞蹈课穿的长蕾丝裙，放起我那张奶油乐队的唱片，那张有一首很长的完美爵士鼓独奏的专辑。里面的音乐非常躁热，我有好几次放着那音乐来做爱。如果是我放这张唱片，爸爸绝对有意见，因为这张唱片尚未通过审查，未被归入政治正确一类。但他让我妹妹随着性子来，因为她体弱多病。所以她就放着这躁热的音乐，开始跟着音乐扭动身子。不是真的起舞，更像是一种恍惚出神，她就在这种状态下开始预言我们的未来。父亲会因癌症而死，母亲会死于无痛的中风。而我则会死于自己之手。

"怎么死？"我吃惊地问。

"死于你自己之手，"她重复了一遍，"我只知道这么多。不过没有血。我看见你躺着一动不动，苍白而美丽，仿佛覆着一层白霜。大概是冻死的。不过你躺在绿色的东西上面。可能是草地，又或者只是一张地毯。"

"那你呢？"我突然想起来，"怎么不说说你自己？"

"我不知道。先知是无法预言自己命运的。或许我可以长生不死。"她笑了。

爸妈目瞪口呆,什么话都没说。我跟她说她醉了,说她让大家都尴尬了,差点就要说她只顾自己,对他人都很麻木。

爸爸死于肺癌。妈妈还健在,不过医生煞费苦心才把她的血压保持在略高的水平。我妹妹,照她想象的,永远不会死。而我则好几次考虑自杀——自拔,但我从未能下定决心贯彻到底。

我不想去找刻碑处,不想去公墓办事处,不想去找公证人。我讨厌跟官员打交道,其实但凡是坐在柜台后面或打字机后面的人,我都讨厌与之打交道。这些安排计划应该是男人的事儿:他们不会被那些粗暴无礼的小官员欺负得抹眼泪。女人最该管的就是购物。但我是个有毛病的女人,我连购物都不喜欢。我讨厌超市,超市里的人喜欢向我推销一种乱买东西的生活方式,还配合病态的音乐来试图说服我这样就能得到幸福。我一般快步穿过商店,把必不可少的最精简的东西丢进购物篮里,然后匆匆离开。我从商店外面的橱窗里挑鞋子,如果不合脚我就直接走人。买衣服也是一样。他们给我展示大量花里胡哨的服装,我感觉自己看到的却是一行行吊在绞刑架上的人。他们身子吊在那儿,却没有头,仿佛是头被砍了下来免得碍事儿,因为在那个特定世界里,脑袋是完全不相宜的。那些绞刑架让我恐惧,我往往是走为上计。

我没有丈夫,可能有个情人。他上次给我来电话的时候,问我周末怎么安排。我说我大概会专心照顾女儿。他兴奋地跟我说他要去布尔诺参加一个研讨会,他正在完成他要宣读的论文。

我问他论文关于什么。

他说这篇文章旨在解释人们如何以及为何甘心受罪犯支配。他有个心结,那就是没能读完大学,有时候我猜这是他觉得我有魅力的原因之一:能够跟医生做爱。好像一个人在学业上所花的年头有什么重要意义似的,其实学的全是些没用的东西。

下班之前，我给家里打了个电话，没人接。她这会儿上哪儿去了，那个一会儿恭顺一会儿固执、满嘴说瞎话的东西，这会儿人在哪里？我是个轻易相信别人的傻瓜，人人都看得出来，到头来人人都骗我。但我没人可以诉苦。我们每个人都是自己命运的工程师——至少从某种程度来说是这样的。

刻碑处就在公墓入口旁边。柜台后面的那位小姐很有一种"新艺术"的范儿，这跟她的行当很配。她友善中略带肃穆——对于新近丧亲的人显得很得体。她用电脑记下了父亲的姓名和准备刻在墓碑上的详细内容。收了定金，然后给我印了张收据。

我还一道问了问骨灰盒的事儿，她给我看了店里卖的五种不同款式，除了价格外其他大同小异。骨灰盒反正是要埋进土里的，长什么样又有什么关系。我选了最便宜的那种，但其实也不便宜。我不知道骨灰盒以前怎么卖，但现在肯定涨价了，从摇篮到坟墓，所有东西都涨价了。人们现在治牙都要花钱了。如果你有这个才能，肯下决心，到你牙医人生结束的时候你就够钱多买几个骨灰盒了。

"有没有兴趣买盏灯或买个花瓶？"

我对灯没兴趣，不过花瓶值得考虑。我想起童年时候的那次事件，记得我答应过给父亲买两个花瓶。这个诺言我只兑现了一半。人总该信守诺言的，哪怕为时已晚。

我看了看摆出来的厚重的石头和金属的花瓶。他们还卖普通的陶瓷花瓶，电脑旁边的那位小姐跟我解释说，还是又大又重的比较好。轻的很容易被风刮倒或被鸟撞翻。盗贼也比较喜欢偷陶瓷的和金属的。最好是用链子和挂锁把东西都锁起来，但他们不卖锁链。

我不知道这里有没有哪个花瓶跟我弄碎的那个比较像。我已经忘记它的形状了，我只记得它的颜色。

"有没有蓝色的？"

她给我拿了一个蓝偏紫的，不过颜色已经不重要了。再亮眼的蓝色也无法让爸爸开心了。我买了那个紫蓝色的花瓶，从而兑现了一个拖欠已久的承诺。承诺得傻,买得也亏。

我又给家打了个电话,还是没人接。附近有个公交车站,其中一趟车可以带我到我那个病入膏肓的前夫现在住的那一片。

半小时后,我按响了他的门铃。过了一会儿我才听到那拖拖沓沓的脚步声。

门开了,刺鼻而来的是一股房间不通气的味道,夹杂着汗味儿和尿骚味。

前夫——我那唯一一任也是最后一任丈夫看着我,仿佛不认得我了。"是你,没错吧?"

"如果不方便的话,我可以下次再来。"

"不,不,我很高兴你来。"看得出他很感动。他穿着那件深蓝色睡袍,那是我好几年前送他的圣诞礼物。那时候他肩膀宽,肌肉发达,每天早上都用扩胸器锻炼,还沿着新犹太公墓的外墙跑步。现在这件睡袍耷拉在他身上,活像个稻草人。他的头发稀疏了,一丛一丛暗哑发灰。他知道我在注视着他,他说:"对不起,我看上去糟透了。"

他的嗓音原本干净,声音的色彩和温度每每让我兴奋,现在却粗糙而缺乏生气。

"不,你比在医院那会儿好多了。"

他让我坐下来,自己慢慢挪到橱柜前。我注意到衣柜旁边那个大摆钟,那是他从家里要走的为数不多的几样东西之一,钟不走了。指针恰好停在正午或是午夜。我很惊讶。他从来很注意给钟校准时间。

他注意到我的目光。"我把它停了。嘀嗒嘀嗒听着心烦。"他打开橱柜取出一瓶廉价红酒。"别人给我买的,但我不能喝。我给你开了吧。"

我摇摇头。我不想在他面前喝酒。"你吃晚饭了么?"

"我连午饭都没吃,"他说道,"我没胃口,也没东西吃。"

"要不要我给你做点?"我走进厨房,打开冰箱。冰箱里除了一个奶酪方块,一个已经发硬的面包卷和几个蔫儿了的生土豆之外,就没有别的东西了。

"我去商店给你买点儿。"

"别走。我什么都不想吃。"

我坐在他对面。"你感觉怎么样?"

他耸耸肩。"他们给我开了药片,不过吃完浑身不舒服。亚娜怎么样了?"他问道。

"她跟我说她来看你,给你做了薄饼。"

"她来过?"他好像吃了一惊,"噢,对,没错。她来过,"他想起来了,"她出落成个美人了。"

我跟他说这个美人恐怕要考试不及格了,她逃学,跟坏孩子扎堆儿,而且很可能还吸大麻。

他疲倦地看着我,然后问:"那你准备怎么办?"

没错——我准备怎么办?有那么一会儿,我的旧怨又浮上心头。他从来都这么问。每次我们家小女孩发烧的时候,他自私地把我搞怀孕又决意不当爸爸的时候,那次我们家被盗的时候,每次楼上邻居的浴室水管漏水的时候,他都会问我同一个问题:"那你准备怎么办?"而不是说他要怎么办或我们要怎么办。好一个现代的男人,我那时候就意识到了。抓着女人不放,事事依赖,就像一个小男孩吃妈妈的奶,一直吃到厌倦,然后想换别人来给他喂奶。

不幸的是我发现得太晚了。

不,我不能变得麻木。无论他之前怎么样,现在坐在这把椅子里的是一个被遗弃的可怜人,他正遭受折磨和死亡的恐惧。我怎么会想到跟他问建议,甚至还期望他会关心呢?

我跟他说我不知道该拿这个青春期女生怎么办。我会跟了解情况的人问问。

"毒品。我教书那会儿没这种东西,"他说,"顶多是在厕所里吸烟。不过你不该抽烟。至少不该在家里抽烟。你带了个坏头。"

他倒是树立了个好榜样。不抽烟,不喝酒,早上晨运,刷牙保洁,进门脱鞋。他只不过是找了个情妇,向我们的小姑娘展示出欺骗和抛弃是人生的一部分。"你一般都怎么过?"我抛了个问题,为了把话题转回他身上——他唯一关心的人。

"我就这么坐在这儿。有时候读会儿书。不过有什么用?大多数时候我就这么坐在这儿,且听且等。"

"听音乐?"

他摇摇头。

"那你听什么?"

"听宇宙的私语。晚上,街上没车的时候,我可以听到时间穿过静止的空间。这感觉并不好。这就是为什么我不再给那个钟上弦了。钟摆的声音时刻提醒我时间一直向前从不停止。"

我不知道他是真的在诉说自己的体验,还是想利用我的同情,又或者只是重复他从什么地方读到过的一段话。"你晚上不睡觉?"

"我睡睡醒醒,白天黑夜都一样。"他没有看我,接着说道:"我害怕睡着。这很愚蠢,因为我反正也无法逃避那一刻。不过我想醒着。"

科斯特卡神父上次在诊所提到过谦卑与调解。我要是问问他的想法就好了。那我就能说些安慰的话,鼓励一下我的前夫——这个可能自以为比死亡高明,以为只要不在睡梦中被偷袭就能战胜死亡的人。

"别去想了,"我说道,我觉得就这样走不大好。于是问他:"你记不记得上次我来医院看你的时候,有个青年男子陪着你,你还介绍我认识了。"

"我不记得了。"

"你跟我说他是你以前教过的学生。"

"哦,对,我想起来了。为什么这么问?"

"他来拜访过我,问我你的情况。"

"他真不错。"

"他看上去确实是个不错的人。"我说道,我极力克制自己的声音,尽可能显得事不关己。

"可不是?年轻人往往心还没坏。至少,有些人还行。他是个话不多的青年,有点怪癖,不过他对历史和星星很感兴趣。我们一起探讨过时间。有一次他跟我坦露说他对占星术感兴趣,我尽我所能跟他解释说这是蒙昧的。"

"也不一定。"我替他辩护。

"我知道你也信这套。我尽力跟他讲这是伪科学。身为医生你居然看重这种异端邪说,我真遗憾,不过我这会儿也无心说服你了。"

"很高兴你不打算说服我。"我说道,我一边跟他道别,一边祝他早日康复。

但是身为医生,我骗不了自己,他是别指望康复了。

四

星期六上午。昨晚夜里很热,没睡好。我最近睡眠越来越差了,虽然我很疲劳。我累得晚上一倒下去就睡得全无知觉。但只要一过了那种死一般的休眠状态后,我就会醒过来,然后就再也睡不着了。太疲劳结果睡不着;我全身疼痛,身子痛、背痛、腿痛,连思想都是痛的。我需要休息一下,我需要一个海滨假期。

我第一次看到海就被海深深吸引。

伍尔夫也爱河湖大海。

一个人可以在那里坐上一昼夜,沉浸在思考之中。思考——这是一个它不怎么配得上的光荣的名字——已经把它的钓线垂到河里去了。一分钟一分钟过去,钓线在倒影和水草之间四处摆动……"①

她这样写道。她是在水里结束自己生命的。那条河叫欧塞河。

娜佳·阿利卢耶娃，那位苏联暴君的妻子是开枪自杀的。人们在房子外面找到她，有一朵玫瑰躺在地上，那是刚刚从她头发上掉下来的。

四年前我跟"查理二世"一起去过海边。我们在一个膳宿公寓里订了一个房间，那时候海水刚刚高出一些低低的沙丘。我们的房间小而洁净，桌上有鲜花，墙上漆着花。我们并排躺在一起，还做爱了。他对我依旧温柔而充满爱意，但我有一个想法挥之不去，那就是他几天前肯定也是这样对别的女人的，还有他可以跟两个女人示爱而并无难处。有一天晚上，他开始谈我们的未来，谈我们的婚事，我终于提起了那个话题。但我心里其实希望他能否认一切，希望他说我讲的都是傻话，说他只爱我一个人。

但他却说："是埃娃泄密的吧。"

我跟他说谁告诉我的并不重要。

他垂着头，没有看我，他问我想不想知道具体怎么回事。

这我真的不想知道。

他问我能否原谅他。

我跟他说原谅可以，但我不想跟他一起过了。

好一会儿他都一动不动，然后起身离开了房间。从我坐的地方，我可以看到他翻过沙丘。海浪很凶，那天一早就有禁令，不准游人下水。"查理二世"患有癫痫，他那天还没吃药。我不知道他有没有走到海里。如果是早几年，我可能还以为他借机留在西方国家了。但是过去五年已经没有任何必要逃往自由国家了，他要逃的话，只能是逃离我身边。但他何必逃离我呢，我已经告诉他我不想跟他在一起了。

---

① 出自伍尔夫《一个人的房间》。

他想逃避的可能还有他的良知、绝望和孤独。也可能是他被海水和死亡吸引。这我倒可以理解。每次我独自站在孤立的一角眺望大海，我都想象自己游得离海岸越来越远，直到没有力气游回来。我觉得沉到海底的想法既可怕又诱人。但我知道我不会死在水里，因为我是双鱼座的。如果我要死，或者让我来选择的话，我会选择死在烈火中。

奇怪的是他们在岸边连他的衣服都没找到。之后很长一段时间我都内心忐忑，思忖自己是不是对他太苛责了。但就像他自己消失得无影无踪一样，他的全部痕迹也从我的记忆里消失了。他可能还活着，只是因为我拒绝了他，所以故意玩失踪来气我。

看来爸爸不仅跟 V. V.（化名 W）有来往，而且还跟她有了孩子。

    W 拒绝申请堕胎委员会许可，连去见我的朋友 H 医生都不愿意。她生气了，她跟我说她不是兔子。我们大吵一架，但她没有回心转意。

V. V. 后来离开了城市，在赫鲁迪姆找了份工作。她几乎从父亲的生命中消失，但却没有从世上消失。许多年后，他在他的笔记本里抱怨说，他不得不每个月给她寄赡养费来"抚养本来就不该来到世上的东西"，快把他掏空了。

他每次提及那个孩子的时候都用"它"来指称，所以我无从知道这是他的儿子，还是他的第三个女儿。

我突然明白过来，我可能还有个同父异母的弟弟或妹妹。我怔住了，我惊讶于这样的事情居然能在我们眼皮底下发生，而我们却没人怀疑过：无论是妈妈，妹妹还是我都不曾怀疑。爸爸把我们都给骗了！我居然还傻傻地认为他至少对我们是讲信誉的。

我去洗个了澡。我把水开到最大：或许这可以冲掉我所有的不愉快、疲劳和罪孽——包括真实的和假想的。

我发现女儿穿好衣服,已经在厨房里吃早餐了。

"你要出门?"

"我们要去旧时代广场参加一个反种族主义示威。"

我问她"我们"包括哪些人,她脱口而出一长串名字,没一个我听过的。

我褒奖了她对广大民众的关怀,但也对他们一大早去示威游行表示怀疑。

不,示威是在下午,不过他们要先准备一下,商量一个行动方案,因为他们有可能被光头仔袭击。

我想象着自己的小女孩被暴怒的光头粗汉打得鼻青脸肿,但我压抑住了内心的焦虑,没有留她在家。

"你准备什么时候回家?"

她犹豫了一会儿,说:"我想晚上在卡佳的乡下小屋里过夜。"

"你说你是去参加示威的。"

"对,是去示威,但是之后我想……"

"完事之后给我回家。"

"不过,妈妈,外面天气这么好。这么棒的天气,你不会真的打算只让我在布拉格里头转悠吧。"

"我不想让你在不知道什么地方跟不知道什么人过夜。"

"我说了啊,就是跟卡佳在她的乡下小屋里。"

"还有谁?"

"她妈妈也在。"

"没别人?"

"就是间很小的乡下小屋。小得不行了。"

"你会跟卡佳的妈妈一起?"

"当然啊,还能把她赶出去不成?"

"那你的功课呢?"

"妈,天这么热怎么学嘛。"

"天冷你反而能学。"

"好吧,我承认我是懒惰,"她松口了,"但现在为时已晚,反正我是追不上了。"

"只要没死就为时不晚。"

"但成绩已经下去了。真的。"

我不想当一个各种约束、压抑子女的家长。我已经受够了爸爸在家里的限制,我觉得我现在还没缓过来。但如果我不想方设法唤起她的责任心,这孩子将来怎么办?

"你没有瞒我什么吧?"

"妈……!"

"别跟我耍滑头!回答我。"

"我什么都没瞒你。"

"你示威过后要给我打电话,告诉我你们跟光头仔后来怎么样了,知道么?"

"当然。只要没被光头仔打趴下,我一见到电话亭就给你打电话。"

"如果我同意你去卡佳那里,你要答应我最晚明天下午回来。"

她没有许下她不会兑现的诺言,只是用胳膊搂着我的脖子,说妈妈最棒了。然后她就给自己装上各种铁链和戒指,涂上化妆品,然后走出了公寓。还没走到前门她就已经把说过的话和她妈统统忘了。

余下的时间仿佛不怀好意地看着我。

我给那盆印度榕浇了浇水,剪掉了两片发黄的叶子。我把衣服搁进洗衣机,抹了抹暖气片上面的窗台。我得做点吃的,但我不喜欢给自己一个人做饭。有那么一刻,我还动过去前夫家给他做饭的念头,但我下不了决心。我是个懒惰的撒玛利亚人。我打电话问候了妈妈,我们聊了一会儿,妈妈跟我讲了她的梦。我耐心听完,我知道她现在白天里的生活没有什么刺激或安慰,只有夜里的梦越发能打动她。

"亚娜怎么样了?"妈妈问道。

我说她去参加反种族主义示威了。

"你就这么让她去？她没准儿会受伤的。"

我努力跟她解释对抗邪恶人人有责，但我说服不了她。

"这不关孩子们的事儿，"她说，"至少你也该跟着去。"

她许是对的，但是一想到往身上挂链子、上街去喊口号我就发笑。

我打开电视看午间新闻，知道警方破获了一个走私团伙；货车司机、教师和公务员策划罢工；八人死于酷热天气，不过没听清地点；某条铁路线上火车头起火。没有提到反种族主义示威。他们要么是不知道，要么就是不感兴趣。他们只关心暴力冲突。还可能今天根本就没有什么反种族主义示威，我女儿只是编了个理由来尽快逃出这个家。

我忍不住觉得她骗了我。

大家都说谎：爸爸骗了我们，前夫骗了我，我那失踪已久的情人骗了我。我凭什么指望女儿不骗我？

她伪造我签名的时候不假思索，还对她的娴熟手法引以为豪。我是多么想信任她，多么想信任所有人，至少信任所有跟我有关的人。

我给自己做了一个奶酪面包卷，倒了一杯酒。五分钟就吃好午饭，然后跑向地铁站。

旧时代广场酷热难耐。游客在雪糕车前聚集成簇。在布拉格天文钟前，一群人顶着烈日，等着耶稣门徒出现——他们无论晴天雨天都在整点报时的时刻露脸。找不到人来问反种族主义示威在哪里举行。如果要在这里举行的话，恐怕会被一浪一浪的可口可乐，以及大群的异教徒淹没。我的米老鼠米萨克喜欢管游客叫异教徒，他这会儿已经游荡到布尔诺去了，让我在这里任异教徒摆布。

人太多了。好像很快就会有六十亿人，这是我最近读到的。

我上大学的时候去过一次伦敦——自然是多亏了爸爸无懈可击的政治背景才得以成行。那是我第一次开始意识到人群，一个充满了素不相识，不曾言语也互不理解的人的宇宙。自那以后我就一直害怕人群，尤其害怕摩肩接踵紧挨在一起的人群。

我可以在胡斯纪念碑旁的台阶上坐下来等。我也可以回家然后一直等——但我这是为了什么，又是为了谁呢？

　　我们等待救赎，离我们而去的救赎。

这句话飘过我的脑海，天知道出自哪里，或许是《圣经》吧。或许我是某个礼拜日为了气我爸故意上教堂的时候听来的。

旧时代广场窄窄的小道反倒可以遮荫，我惊奇地发现有一个没人的电话亭。

我插进电话卡，犹豫了片刻才拨打了电话。

一个女人接了电话。从声音听来她并不太老，但她本来就不该有多老。他母亲也不见得比我大多少，而且我的声音也没老——至少我是这么告诉自己的。

我战胜了二话不说直接挂电话的冲动，自我介绍后，我表示要找她儿子，也就是我的恋人。

"请稍等，小姐。我这就去叫他。"

电话亭里热得令人窒息，这位"小姐"已经汗涔涔了。

"是我，克里斯蒂娜。"

"我当然认得出你的声音。"

"你还没出发？"我问了个傻问题。

"还没，我一小时后才走。"

"那你这会儿在干吗？"

"我还在记一点备忘录。"

沉默了一会儿，他问："你在做什么呢？"

"在布拉格转悠。"我感觉糟透了，但我没说出来。

"我记得你说你要跟女儿一起。"

"她出去了。她说她要参加什么示威活动,然后跟一个女性朋友去乡下小屋。"

"你一个人在家?"

"我没在家里。我正在布拉格转悠。我本来想去看一眼示威的,但我找不到她。这个地方人太多了,别说找不到人,连示威团体都找不到。"

"你说我们能不能简短见个面?"

"但你很快就要出门了啊。"

"你现在在哪儿?"

我如实告诉他我在一个电话亭里。

他问我挂了电话之后会去哪里,但我不知道。

"那就想办法帮我找到你。"

"反正你又没时间。"

"如果能跟你在一起,谁还去什么研讨会。"

我被他的话感动了。让我感动的是他把我排在了显然对他事业很重要的东西前面。有一会儿我说不出话来,然后我只是说:"你疯了。要是不去你会后悔的。"

我们又商量了一会儿,然后同意一小时后在国家大剧院前见面。我挂了电话。

我的头发打结了,衬衫汗湿了。我一点妆都没化,穿的还是我平时家里穿的那条线头都出来了的裙子。我匆匆出门,连衣服都没换。我怎么会穿成这样就跟他去约会呢?为了我而不去参加会议,他肯定会不高兴的。可能他已经后悔了。

我当不好小提琴演奏家,因为我虽然平时手还算稳,但一上台就抖。我刚开始跟我的第一任也是唯一一任丈夫约会的时候,我忐忑不安。每次约会前我都怕他不出现。尽管我当时依然美丽——至少其他人乃至于卡雷尔本人也这么说,我还是怕。我害怕不再受宠,仿佛就该为我们的爱担惊受怕。我从未完全摆脱过这种恐惧,虽然我知道自己变得更坚强了。

如果我冲到地铁站,还有时间回家洗澡换衣服,然后可以坐计程车回来。我也可以打电话给我的恋人,让他还是去开他的研讨会。我还可以改为直接邀他到家里来。

五

从我的星盘来看,冥王星与太阳相交,这致命的星位预示我生命中要有一次重大变动。看起来好像我在所里的工作正朝那个方向发展。除非这种变动只关乎我的私生活。不过最可能的是这关乎我的全部生活。

有太多人因为我的发现而感到威胁了。我并不是想说我有多重要。有成千上万的人可以做我正在做的事。一切认真对待工作,努力发现既成真相而非试图掩盖痕迹的人,都被视作眼中钉。上一任所长就被开掉了,虽然冠冕堂皇。现在轮到我们了,但是不再留什么面子了。

有好几次我发现被人跟踪;大多是在我跟有可能提供情报的人会面之后。不知道跟踪我的是前任特工还是现任特工。也许是现任跟前任商量之后来跟踪我的。

他们从来阻止不了我。如果我要在酒吧或咖啡厅跟人见面,他们就会尽量靠近我坐。我会故意选一个周围几桌都坐了人的位置,好让他们难办。我不知道他们用的是什么窃听设备,但是关于他们的资料我已经读了四年,我知道如果他们铁了心要偷听,我是很难躲得过的。

没人当我面说过什么。有时候我担心自己是不是多疑了。

我所研读的报告的作者,不是死了就是装作没有任何干系。等他们承认有关,他们又坚称从未伤害过任何人。让他们写报告的人又哪儿去了?他们消失了,被海水掩埋了,统统离奇消失不知所终。但偶尔又有奇迹，海水重新掀开——几天前就发生过一回。翁德雷来问我有没有在档案里读到过一个叫哈德克上尉的人。

翁德雷是我的顶头上司，但我们朋友胜于同事。我们有好些共同爱好。我们都喜欢游戏。翁德雷是电脑游戏好手，国际象棋下得不错，所以我们给他的绰号是阿廖欣①。他从没养过蛇，但家里有两头龟。跟我比起来他或许更像个现实主义者。他嘲笑我信星盘。按他的说法，无法被证实的东西就不存在——在我们这行，这恐怕是最好的方法了。

我想不出任何叫哈德克的人。他的名字因什么关联而起？

他解释说这名男子曾经负责刑讯童子军领袖，可能还包括我爸。我这位上司兼好友从一位目击证人处了解到这位上尉——似乎后来晋升为少校——尚在人世。他的真名叫鲁卡维奇卡。

这个名字立刻引起我的注意。他名字的第一个字让我想起当时对付我爸的那个叫鲁巴斯的家伙。

"他真的还活着？"

"他住在布拉格郊外不远的一处老人院。"翁德雷在办公室墙上挂的地图上给我指了出来。那位前刑讯者自然已经很老了——八十有多了。

不过审问爸爸的那个人可能顶着假名。

当然有这种可能，翁德雷说道。爸爸的审判档案已经全部失踪了。翁德雷跟我说他想尽快跟鲁卡维奇卡－哈德克问话。如果我想去，可以一起。

提起爸爸的命运，这激发了我重拾先前搁置项目的热情。大概一个月前，有人邀请我到布尔诺参加一个研讨会，他们想让我谈谈共产主义在本国的开端。好些知名历史学家都将到会，还有一些政客，所以这是一次让我对我们的工作说上几句并发表个人见解的机会。同时

---

① 亚历山大·亚历山德罗维奇·阿廖欣（1892—1946），俄裔法国国际象棋大师，曾获国际象棋世界冠军。

我又害怕我发言不够水准。所以到现在为止我一行字都没写。

于是就在那天我开始下笔,在余下的一周里每晚都在写讲稿。

我想谈得更宽泛一些,而不是仅仅就我每天的档案研习结果做报告。

在二十世纪,不同于前一个世纪,太多人在前线之外遭到谋杀,数量之多简直让人觉得人类突然疯了。但被杀害的总是无辜的人。据《圣经》故事,以色列人在田里屠戮艾城居民,追杀到野外。

> 约书亚没有收回手里所伸出来的短枪,直到把艾城的一切居民尽行杀灭。

《约书亚记》里是这么说的。

以前如此,现在仍然如此。不同于动物,人会思考有感觉,所以他们知道自己下杀手时,受害人的焦虑。他们知道自己有求生和保有牲畜和财物的欲望,他们也可以想见他们所杀的人有同样的欲望。为了杀人而无悔意或同情心,相反还要有圆满完成任务的感觉,人就必须把受害人视作受诅咒的人、次等生物或是致命而狡诈的敌人。杀死受害人和他的后代,杀手们是在为其他人服务,是在保护他们的信仰或笃信的目标。

为什么在二十世纪,关于灭绝受诅咒人群的理论能兴起,为什么这些理论能受到广泛支持?

一种解释是道德沦丧,其实是宗教的衰败。在基督教起到精神影响的近两千年里,当然有很多残忍的事情。在其权力鼎盛时期,教会要求绝对服从和纪律,残酷地惩罚叛教者,但逐渐建立起了界限。问题是到了二十世纪,基督教回应人们的提问时显得信心不足或是迷茫,这无可避免会影响到人们的信仰。要么大家失去信仰,要么信仰转而以各种鬼魅形态示人,变得与信耶稣为上帝之子、弥赛亚的原始信仰截然不同。对于降世的奇迹的信仰,或是对一个关怀世人的上帝的信仰，逐渐消散。

但大多数人需要信点什么。他们需要圣人来敬拜。他们需要上帝，需要仪式。于是近代荒蛮异教的时机成熟了，这正是大型非宗教运动试图复兴的东西。无论是纳粹分子还是别的极端主义者，他们都把领导人奉为上帝，领导人的头像必须出现在庆典仪式，他们不知发明出多少庆典仪式。党代会、非宗教节日、胜利周年庆、选举，甚至连判处死刑的公开审判都转变成了庆祝仪式，旨在激发信众的情绪，震慑和麻痹他们的理智。

这些新的信仰同样要求服从和纪律，但他们没有慈悲，也没有确立不可侵犯的界限。他们重振的活人祭祀的仪式就其规模而言是人类史无前例的。

当然还可以找到经济和历史的原因来解释现状。第一次世界大战的大屠杀造成的惊恐，随工业时代而来的不确定性所导致的焦虑，对更优的社会结构的期待。然而，要让人们成为巨大的、不加思考单纯服从的群体，随时听凭领导命令，这需要的是一种对超人类的救赎伟力的无边信仰。先知们清楚，每种新的信仰都需要用拒斥者的话语来进行定义，然后这些拒斥者会被宣布为受诅咒的人。杀死富农、犹太人和反革命者，枪毙牧师，砍下君王的头，毒死婴儿和处决越来越多的牺牲品来使得新宗教合理化，这些统统都是有必要的。

只有当我触及到恐怖的精神基础之后，我才觉得应该讲述一下，为什么有如此之多的知识分子精英——诗人、律师、新闻工作者或学者——心甘情愿地支持这种恐怖。最后我还想在稿子里谈谈研讨会主办方无疑最希望我讲的话题：在追踪恐怖活动的元凶方面所做的努力，以及将其送交不情不愿的法庭来做裁决方面所做出的努力。

星期六，我已经打包好了，准备出发坐公交车，克里斯蒂娜给我打电话，我从她的声音中听出她的悲伤更胜平日。我不假思索说出的话让我自己都吃了一惊。我答应她取消行程改为去见她。到底是什么驱使我这么做？是对她的爱，还是我潜意识里怕自己在专家面前无法好好表现?

六

我醒了。我躺在自己房间的长沙发上,但有个人正在我身畔轻轻地呼吸,那人的手正放在我的大腿上。小家伙,此刻你就在我身边。我们做爱的时候,还有我们入睡的时候,你对我说了多么动听的情话。

很久没有人唤我作"我的爱人",或管我叫他的小姑娘了,毕竟我多年以前就不是小姑娘了。很久没有人爱抚着我哄我入睡了。我一直被人忽视。

长沙发太窄了,我不敢动,生怕惊醒他。我可以起来,睡到亚娜的房里,但我不想离开他。

我想知道我女儿这会儿在哪儿睡呢。我本不该放她走的;我至少晚上该看着她的。她说好要给我打电话,但她没打。除非她打来的时候我正好在布拉格转悠。我知道她已经不是我能管得住的了。她需要一个父亲。或许我身边这个年轻人可以从一定程度上扮演这个角色,但我不敢拿这件事来烦他,而且我也不确定我女儿会怎么看待。或许她可以接受把他当朋友,或许她会跟他调情,又或许她拒绝跟他有任何关系。

如果我没有放亚娜走,他这会儿就不会躺在我身边了。

昏黄的街灯照进窗里。我轻轻起身,端详他的脸庞。他的脸安详而有股稚气。看起来天真无邪,做他那行的人却有这种神态,真少见。或许我是把自己的感觉、我自己的希望投射到他身上了。我没有儿子。或许我本可以有一个儿子,甚至不止一个,但我却同意做了流产。如果生下来的话,没准会有一个长得像他这样。

我再也不能生儿子了——我太老了。我的这个情人还能有很多子女,但不是跟我生的。他必须得清楚这点。我该问问他想不想要孩子，但他能怎么回答呢？如果他说想，那就等于跟我说他得找别的女人。或许他不那么想要孩子。我的第一任也是唯一一任丈夫就不想要孩子。是我自己不愿再杀害他在我体内种下的一个生命，是我最终说服他的。

必然有过这么一个阶段，男人渴望有子嗣好传承他们的土地、生意或遗产，但如今大多数人都没有什么可以传承下去的了。

但我还是要问问我的小男生。

我觉得我爱他，也情愿相信他爱我。他给我的关怀比我所认识的所有男人都多。他送了我一个巨大的虹彩螺，他往里吹气的时候还出声了。他送我海螺因为我是双鱼座的。我随口提到我的太阳眼镜坏了，他第二天就给我送来一副新的。虽然戴起来不合适，但我还在用，因为是他送的。他出公差的时候给我带回来一条丝巾，是天蓝色的，每个角上都绣了一群飞行中的鹅。

"它们在往哪儿飞？"我问他。

"飞向自由。"

"你说人能不能飞向自由？"

"人不行，只有鹅可以。"

"如果你是一头鹅，你要往哪儿飞？"

"当然是往你怀里飞！"

我爱他的种种。但却不理解他怎么会爱上我——我没有什么特别的：一个慢慢衰老的女人，平时就折腾别人的口腔，有一个近乎成年的女儿，还有清早抑郁症，只能靠尼古丁和一杯酒来驱除。我能给他什么呢？或许我像他的母亲，或许我符合他的潜意识里的某种概念。感情迸发的时候，人们无法解释原因；感情淡去的时候，同样说不清道不明。

我在找寻解释，想说服自己身边的这个孩子跟别的男人不同，他没那么自私，他本性善良，乐于助人。但尽管如此，事实仍然无法抹去：有朝一日，或许是明天，或许是一个月后，又或许是一年后，他的感觉会淡去。那时候他会怎么做?

他会走,当然如此。

如果他不走,我们只会受煎熬,双方都是。我钟爱的卡雷尔·恰佩克写过一部关于一个女人的小说,这个女人有个年轻的情人。故事以非理性的谋杀悲剧收场。我的故事又会如何结束?

扬翻了一下身,他睁开眼睛,在夜幕中他的双眼是全黑的。"你没睡着?"他问道。

"我醒了,开始想自己的烦恼。"

"你有什么烦恼?"

我想的是你有一天会离开我,但我没说出口。"亚娜不听话。她不好好学习,逃课,还抽大麻。"

"你从来没有介绍她给我认识。"

"她不知道有你。"

"是因为羞于向别人提我么?"

"你明知道不是。"

"她的事情我或许可以帮上忙。虽然我对大麻没什么经验。"他又往我这边靠了一点,然后他意识到我没地方了,于是提出要睡地上。

我跟他说,我想要他睡我身边。他突发奇想,说可以把亚娜的床搬进来。

"现在,大半夜挪床?"

"我专挑大半夜挪床。"

凌晨两点,我们把亚娜的沙发床搬了进来。时隔这么久,两张沙发床重新拼在一起,怎能不让人回忆起婚床。

"搬得我都渴了。"他说。桌上有瓶酒,是半空的。但他不想喝酒。他整个晚上都没喝一点酒。他只是去厨房开水龙头给自己倒了杯脏水。

"你不饿?"我问他。

"我时时都饿,因为我几乎从来没时间好好吃顿像样的饭。"他补充说,在他看来,吃饭是浪费时间。我总算明白他为什么这么瘦。

我要给他刷点黄油面包,但他说他想做点汤。所以凌晨两点十五分,我开始下厨房。他坚持要自己来做土豆汤。我只要准备一下必要的材料就行。

我还没习惯别人给我做饭,无论白天黑夜都不习惯。我不习惯坐在一边看着别人做。"你怎么这么好?"

"我才不好呢。我们聚在一起玩英雄游戏的时候,我通常都选择当坏人。"

"但还是无法知道你本身是个怎样的人啊。"

"那你还问?"

我们喝着汤,他跟我讲有一次玩游戏(游戏规则我全然不懂),他扮演一个中国御厨,要下毒害他的皇帝。

"你下毒成功了么?"

"当然。手段高超,智力过人。"

"你没有给我的汤里下什么东西吧?"

"不然我干吗要自己做汤?"

"原来你留在布拉格就是为了这个。你不介意自己无法宣读论文了?"

"凌晨三点,现在我唯一介意的就是天快要亮了。"

他的回答让我有点失望。他注意到了,他说:"还会有机会的,再等等。"也算是对自己的一番安慰。

我们最后在加宽过的床上躺下,他把我搂在怀里。他再次抚摸我,跟我说着浓情的话。

我的小男生。凌晨三点的你这是在做什么呢?"别出来,"我轻声说,"留在里面。不用出来的,我反正也不会再有孩子了。"

沉默。做爱结束。

"你不介意我没法再生孩子了吧?"

他没有回答，只是说他爱我。

"但我问你问题呢。"

"我回答你了啊。"

"这不是回答。"

"爱一个人，就是爱她的全部。"

"但你其实想要孩子?"我没有问他是不是想跟我要孩子。

"不知道，"他说，"我觉得想要孩子的人是我妈。但这并不重要。"

我不该提起这茬的。我不想让我们之间有别的女人插足。

"你母亲管我叫'小姐'。"我回忆说。

"妈妈觉得给我打电话的都是小姐。"

"很多小姐给你打电话么?"

"那要看你怎么定义很多了。"

"就这件事来说，多过一个就是很多。"

"那就很多吧。"

"我就知道。"我笑着说，外面天已破晓。我虽然在笑，心里却泛起嫉妒和伤感。

他把头枕在我的胸上。做爱之后，他想睡觉了。

"她们找你的时候，你母亲都会说'请稍等，我这就去叫他'是吧。"因为她们是你母亲喜欢的那类，她们还年轻，你母亲想抱孙子，但我没加这句。

"她还能怎么说?"

"只有我打过来的时候才准她这么说。其他人打来都要说请勿打扰。"

"我会跟她讲的。"他笑了，因为他不可能把这话当真。连我都没法认真，但我其实真希望她能这么做。

"你跟她说过我了么?"

"没有，我不跟她聊这些事情。我不想让她干预我的生活。"

"她是个怎样的人？"我问道。

"你说呢？她是个老师。都这个年龄了，却要学着用电脑。不过她很了不起，她真学会了。"

"她有没有干预过你的生活？"

"她试过，毕竟是我妈。哪个妈不干预？"

我想到我也没跟我妈提起过他。区别在于，他不说大概是因为觉得我让他丢人了，而我不说是因为我觉得自己丢人了。

七

我们躺在草地上扯闲天。大家都在扯闲天，但卡佳不在这儿真让我不爽。她才是真正最屌的。我们什么事儿都一起干：一起上电影院，互相借CD，一起去买衣服和饰品，我们都争取买一样的，这样显得像两姐妹。不过我们上周末去她乡下小屋玩过之后，她到家的时候整个人五迷三道的。她爸看出她是嗑了药，用皮带狠狠抽了她一顿，她第二天连学都上不了。她说他这是侵犯人权，扬言要搬出去。不过她爸一句话就让她蔫儿了，他说她要是再敢吸那玩意儿就把她扫地出门。现在她哪儿都不能去，只有上学和回家，回家的时候，每次都有家人来接她：她哥，她妈，她爸，甚至是她那老迈的祖母在校门口等她。真扫兴。

有时候鲁达也很屌，但他有时候就是不鸟我。他长了U2乐队主唱博诺的鼻子，还长出一截，真讨人喜欢，不像我，长了个狮子鼻。而且他的手很大很有力。

他发现我不高兴，于是给我弄了点东西抽，想让我爽一下。我连是什么都没问，不过这货比平时要冲，可能是冰毒混了白粉，反正我开始感觉好起来了。我想干一场，但又不想动。我看着天上，马儿在奔跑，火烈鸟在飞翔。这一趟迷幻旅程真屌。

我旁边那人说条子来了，但我才不在乎呢；我不想起来。他们来就来吧。我身上又没赃物,连一克的药都没有,而且连一个针头都没有。

这会儿我也看到他们了,一群猪。他们带着两头德国牧羊犬,这些犬就是训练过专门来对付我们这种人的。他们已经开始叫骂,说我们是饮用水上面的浮渣,应该被滤出来扬到伏尔塔瓦河里。那是条在此地流淌了一千年的河,没准从大爆炸之后就有了。

"嘿,我们最好分头行动,"鲁达说道,"他们今天看上去来者不善。"

于是我起来了。不远处有一间弃置的小屋,我们常常从院子里的破窗户爬进去。要进院子你得先翻墙,那堵墙已经被老鼠、田鼠以及时间的牙齿啃得斑斑驳驳。

半小时后,我们又聚到了一起。我们一共大概有九个人。我说不准。我太恍惚了,都分不清谁是谁了。我甚至连眼前的人是不是真的在那儿都不知道。幸好这无所谓,什么都无所谓。我不在乎学校,不在乎我妈。我答应给她打电话,但我没打,我觉得完全自由无拘束。

即便是夏天,小屋里还是很冷。地板铺的是石头一类的。墙上尿渍斑斑。有一个铁床架,和一些破旧的柜子可以躺上去。以前还有几张毯子可以盖,不过去年冬天被一些流浪汉拿走了。房子角落里有一堆旧黄页。上次我们在这儿睡的时候,寒气逼人,卡佳和我只好用黄页来盖住身子。黄页很沉,但却给人温暖。房子里几乎没什么氧气。鲁达说氧气就是毒气。烟酒不沾的人为了健康登山呼吸新鲜空气,不知道那是因为山上氧气少,海拔越高,氧气越少。但我们在下面,要不是时不时抽上几口,早就氧气中毒死掉了。

我连到底有几男几女都不知道。

天已经黑了。有人点了蜡烛,但火苗不旺。就像在山上一样,因为爸爸告诉我,火需要氧气才烧得起来。影子在破损的墙上跳动,甲壳虫大得像兔子,在墙上爬来爬去。

鲁达往我身上凑,想上我。那就来吧,有什么所谓。柜子在我们身下嘎吱作响。我说了声"小心点",他让我别担心,说柜子是好木头做的。真让我抓狂。

我也是好木头做的。我能受力,却不嘎吱响。如果他给我浇水,我没准还能长叶,没准还能开花。我想象着我的花朵的颜色。我喜欢万寿菊那种橙色。鲁达从我身上下来,但另一个穿着机车夹克的小屁孩又开始摸我的身子。他的气味很奇怪,下巴的胡楂把我刮疼了。嘿,滚开,你臭死了!

我把他推下柜子,但他已经进了我的身体。

有人开始弹吉他,唱起烂情歌。

我已经对爱有所了解了,是爸爸跟竹竿走掉的时候我懂的。还有一大堆汉子教过我什么是爱,我不知道有几个,因为我不知道那些跳到我身上来的人是不是真的。可能都是我想象出来的。但鲁达不是我想象出来的,他是第一个给我大麻的人。那是好久以前的事了,久得不能再久了,至少有两年吧,还是二十年?我已经一把年纪了,不是么,至少有一百多岁了吧。我都觉得身上开始长青苔了。

那扇没有去路的门旁,有只沟鼠从角落里看着我。你这恶心的家伙,你看什么看?这只老鼠体形有小狗这么大,长着猫的眼睛。可能是一只扮成老鼠的猫,就像汤姆打扮成杰瑞,还是杰瑞打扮成汤姆。

或许都是我想象出来的:青苔、老鼠、这里的人,还有这个臭烘烘的可恨的地方。

但我感觉棒极了。我真的很喜欢这里的人,因为我们是一路人。我们什么都不在乎,所以我们还会笑。我们几乎一直笑个不停,尤其是吸了大麻之后。有人说:"嘿,今天是星期三。"其实是星期六,我们都笑疯了。我真的很爱笑。在家里就笑不出来。妈妈有抑郁症,而且老因为爸爸对她造成的伤害和她的孤独感而消沉——她只有我,她是这么说的,但这怎么够,因为有时候她连我都没有,比如现在。我就这么躺着,感觉比在家里舒服,有朝一日我就这么躺着,青苔会长满我全身,而我却浑然不知。没准儿我逃到别处或飞向远方。

那个恶心的家伙一直唱着情歌,好像世上真的有爱一样。

或许爱真的存在，但它肯定是到山里健行去了，以免中毒。

我以前也跟爸妈在山中健行，我腿酸的时候，爸爸就会把我背起来，妈妈走在后面，每过几分钟就问一次："她会不会太沉了？我来背一会儿吧。"妈妈还会唱：

> 亚娜千万莫心烦，
> 没有食物心放宽，
> 捉条多汁小飞虫，
> 切开照样吃得欢。

我一点都不想待在这儿，我想到山里去健行。

或许我该告诉妈妈我想去山里健行。跟她和爸爸一起去。

爸爸现在连楼梯都爬不动，就算他能走他也不会跟妈妈去。

现在有两只沟鼠了。看什么看，你们这些恶心的东西？

鲁达第一次给我大麻的时候，我很好奇，也有点怕，不知道吸了会怎样，结果一点感觉都没有。我那时候还不知道怎么吸，而且他只给了我几口，不断问我："你觉得怎么样？爽到了么？"

等我回到家的时候，我已经一塌糊涂，妈妈肯定会察觉，但她什么都没发现；她恰好疲惫不堪，万分愁苦；她有烦心事，闹头痛，还因为我没洗碗而发火。

这么好的天谁想去洗碗？我想开心地玩一玩，但刷盘子谁会开心？

鲁达又爬到我身上了，不知道是不是他，他开始用手撩我。我无所谓，他摸得我兴起。

我想去山里健行，但不是跟你，你这恶心的家伙。

第四章

一

爸爸好几年前就买下了那个墓穴,就在奥尔沙尼公墓的边远一角。他的先人都葬在利波瓦的乡下墓地。那边阳光更充足,鲜花更繁茂,每天都有铃声从他们上面经过。那个活活烧死的姑妈文达和玛丽祖母都埋在那里。我外祖母的骨灰很可能被冲进了维斯瓦河,或倒进了什么大型墓葬。不过至少她的名字跟千千万万人一起刻在了布拉格的平卡斯犹太教会堂的一堵墙上。我第一次在墙上看到她名字的时候,感觉很异样,甚至难以想象我母亲的母亲死于这种方式。我几乎为自己能平静生活、没人要杀我而感到内疚。

在墓地脚下有一个张开的小口,准备放入骨灰盒,旁边是一抔新土,堆起来像个刚刨出来的鼹鼠丘。

他血缘最近的亲属都来了:妈妈、妹妹莉达、亚娜和我。我们正等着殡仪员把骨灰盒送来。妈妈拭去眼中的泪水,亚娜明显是觉得无聊了,看着远处两眼无神。过道的另一头有一场吉卜赛葬礼正在进行,可以听到舞曲的声音,旨在陪伴逝者的灵魂前往一个更欢乐更光明的世界。

"他走得太早了,其实他还没多老。"妈妈悲叹说。

我忍住没说,其实爸爸还差几周就七十六岁了,已经活得比本国平均男子寿命要长了,另一件事我没说,那就是比活多久更重要的是怎么活。

我妹妹却管不住嘴巴,说:"他要是少抽几根烟,别吃什么肥膘、五花培根,和那些廉价的烟熏肉没准儿还有戏。除了鹅肉和烧猪旁边配的几片白菜叶,我就没见他碰过蔬菜。"

妈妈感觉这指责是冲着她来的,因为一直以来都是她负责爸爸的饮食,她哭得更响了。

这会儿两个穿着亮黑西服的人从一条边道出现了。他们跟我想象的《审判》中的那两个法警一样——此书的作者此刻就躺在附近的犹太公墓中——唯独缺了那把刀。其中一人怀里抱着装有骨灰的骨灰盒,另一个人拿的是泥铲而不是刀。他们来到墓前,向我们鞠躬,然后两人站立默哀片刻,故作凝重。

然后第一个人凑近那个开口,把骨灰盒放了进去。另一个人把泥铲递给我们,我们往那个浅浅的洞里撒了一些土,小石子打在盒盖上咯咯作响。

就这么简短,短得连上帝的眼皮翕动都不够。没人唱歌,没人演奏,只听到吉卜赛葬礼上传来激情的查尔达什①。不久前我还从电视上看到,在莫斯科有名老妇人头顶高举在我出生那天死去的那位暴君的肖像。如果我在他墓前也捧这么个肖像的话,会让爸爸满意。但我没有这种肖像,就算有我也永远不会捧在手里。我倒是乐意给爸爸拉一段小提琴,要我拉《溃败革命者进行曲》都行,可惜他当初没让我继续学琴。

那两名男子完成任务后,上前表示哀悼,然后等着讨赏。他们各自得到一张一百克郎大钞后,扬长而去,我们则在原地又驻足一会儿。我不知道此刻妈妈或妹妹在想什么。妈妈对爸爸的不忠一无所知,现在更永远不会知道了。或许她在回忆一些甜蜜的时刻——肯定有过的。或许她想的是接下来的日子里她只有跟孤独做伴了。

---

① 查尔达什(csardas),匈牙利民俗舞蹈,起源于马札尔人及吉卜赛人。

爸爸是在家里死的。在最后的日子里，他终日受病痛煎熬。医务所里来了个医生，给他打了几针，但没能怎么减轻他的痛苦。我没问他们给他打的是什么，我大多数时候都不在。我自己有几安瓿的吗啡，是那个手脚不干净的病房护士给我的。我自己从未用过，但我可以给爸爸注射，甚至可以一次全给他打完，缩短他的煎熬。我本可以这么做的，因为他反正也是判了死刑的人了，但我没有。我无法下决心来扮演死亡医生，缩短他的寿命。我没有这个权力，不是么？还是说我只是给自己找借口？做这件事，要么是出于大爱，要么出于大恨——但我两者都没有。我对这个对他人缺乏怜悯的人没有足够的同情。潜意识里，我跟自己说，我们每个人都要承受命运直到最后一刻，命运的安排自有正义，任何人都不该横加干预。

"能走了么？"亚娜问道。

我们把妈妈送回家，我放女儿去她一个女性朋友家了。那个预言我会死于自己之手的宝贝妹妹，要上我那儿去跟我聊一聊。

上楼之前，我看了一眼信箱，取出了里头的唯一一封信：从笔迹我就立刻认出这是又一封匿名信。我迅速把信插进手提包里，以免妹妹问起是谁写的。

我做了几个单层三明治，不过莉达拒吃；她有了一个新的信条：健康饮食。她不碰熏过的肉，甚至连奶酪都不吃。她不吃西红柿，因为西红柿跟土豆一样有毒。她拒绝用胡椒粉，因为里面锌过量还是其他什么危险金属过量，而且还可能是转基因的。多亏了膳食方案，她成功清除了体内全部毒素和毒液，消除了一切病痛，减脂减重，视力和嗓音也得到改善。

我给自己倒了杯酒，她却从手提包里取出一小罐仙露琼浆一类的东西。

家里既没有麦仁也没有发酵蔬菜，我只能给她黑麦面包，还按要求撒上西芹和韭菜。

"你也该养成健康生活习惯啦。"她说完深深叹了口气。奇怪的是，她没像上几次来的时候那样，说我的公寓里烟气逼人，尽管如此，她那自以为是的口吻还是令人生厌。跟爸爸一个德性，好像她最清楚什么是对的什么是健康的——无论是对她自己还是对全人类。

她跟我讲了会儿她成功的音乐会，然后提出为我报销全部葬礼支出。

"我们对半分吧。"我说。接下来好一阵大家都没说话。两姐妹彼此无话可说。

我想起爸爸的日记。我跟她说，我翻阅他日记的时候，发现爸爸有个情妇。

妹妹并没有大吃一惊，只是淡然听之。"没什么奇怪的：哪个男人没情妇？他又不是美国总统，这个险他冒得起。"

我告诉她爸爸似乎跟情妇还有个私生子。我上次翻看他日记，看到一张十年前的死亡通知单，上面写着一个叫维朗妮卡·韦塞拉的人死了。下面只有一个签名，就是她儿子瓦茨拉瓦·阿洛伊斯·韦塞利，还有他的地址。

"你是说死的那人是爸爸的姘头？这个叫瓦茨拉瓦的家伙是我们的半个弟弟？"

"她给他取的中间名就是按爸爸的名字取的。"

"那又怎么样？我们又不认识他——这都多少年了？"

我跟她说这人至少比她大两岁。

"一连四十年我们都对他一无所知，"她算得很快，"何必现在来管他。反正又没什么遗产，我们也没坑他什么，所以他没啥好跟我们争的。"

"但这不光是遗产的问题。"难道她不觉得奇怪么，有个跟我们同父异母的人在世上活了这么些年，我们却对他一无所知？

"爸爸一向如此。他训练有素，一切重大秘密都在妈妈面前藏得严严实实。我们这位亲戚住哪儿？"终于，她突然感兴趣了。

"在卡林。从街名看来，应该是在河边。"

"要是安排顺利的话,我还会去卡林的剧院演唱呢。"

"妈妈从来没有起疑心。"我接着说,无视她即将在布拉格演唱这则重大新闻。

"或许是她故意不想知道。这样对她更好。"

"不,更像是她信了他那套鬼话,什么新伦理。"

我们针对妈妈信了什么和爸爸干了什么争了一会儿。然后妹妹评论说,每个女人都懂得装聋作哑、闭目塞听。唯独我是那个犯傻的人。

"你这是什么意思?"

"你发现卡雷尔背叛了你,除了离婚想不到别的办法。但这对你有什么好处?现在就剩你一个了。"

我忍住没说,我之所以是一个人,是因为我不愿意让自己被奴役。我也没跟她说,做事要听凭自己的感觉,坚持对的,而不是怎么方便怎么来。"你不也是一个人。"

"有什么所谓。我身边不缺男人,而且我又没有拖油瓶。"

"你从来就非要标新立异不可。至于亚娜,我很高兴有她在身边。"

"顺便说说,你那女儿的神色我看着不舒服。"她说。

"也许她根本不在乎你看着舒服不舒服。"

"她的眼睛有点不对劲,"她接着说,"我在公墓里注意到的。人的眼睛通常一善一不善,但她不是这样。"

"你两只眼睛都不善,"我说,"但我也没觉得你不正常。"

"我的左眼比右眼要和善,"她尽力说服我,"但我们不是在谈我。她的眼睛不是善与不善,而是眼神根本就不在那儿,身为妈妈,你应该注意到的。"

"你想说什么?"

"你的女儿在吸毒,"她宣称,"我敢拿性命担保。"

"亚娜才没吸毒,"我吼道,"你是故意想方设法来伤害我们!"

"克里斯蒂娜,"她边说边把手搭在我的肩膀,"我从来没想过要伤害你。是你事事焦虑,自己伤害自己。那种死人一样的表情和放大的瞳孔,我再清楚不过了。"她停了停,然后解释说:"我们乐队里有两个男生注射冰毒,还有一个吸海洛因。你要是掉以轻心,只会对你女儿更糟。我又不会掉块肉。"

"我知道你不会掉块肉。你从来就不在乎我们。"我还想说她那套膳食可能清除了她身体的毒,但清不掉她心灵的毒,但我没说出口。

妹妹走后,我想起那封匿名信,于是从手提包里取出那个折磨我的人寄来的新邮件。

他告诉我他跟随我的每一个脚步,地狱之门在我身后关闭的那一刻已经不远。

二

扬天天想见我,想见面和做爱。他把我当他那个年纪的人了。但我已经不是二十岁的人了。我晚上从诊所下班,浑身酸痛:双腿、后背、胳膊,还有我的心灵。即使我想去见他,我还是个青春期少女的妈,而且这个女孩儿很不省心。

虽然我妹妹从来不放过一次机会跟我讲难听的话,但她的警告就是在我脑中挥之不去。

我看着亚娜的眼睛。她目光呆滞么?她瞳孔放大么?或许我应该每天晚上都把她仔仔细细检查一遍,找找针孔的印痕。但我羞于这么做,这么做把我们俩都降格了。

"亚娜,你整个下午都去哪儿了?"

"公园啊,还能去哪儿?"

"你为什么老去公园?"

"不为什么。那里的人很酷。"

"你在公园里都干什么？"

"妈，你老是盘问我也没用。反正你也不会懂。"

她越来越放肆了，以为她的人生是她自己的事，她的时间怎么花，将来变成什么人，还有平时怎么玩，都与我无关。每次我直接问她有没有注射毒品，她就装出一副受伤的表情：这么邪恶的事情怎么可能发生在我身上？

扬今天给我打了两次电话，邀请我到他们玩英雄游戏的俱乐部去。

我没跟他说我已经上了一定年纪，我这种年纪的人通常没时间，或者没兴趣玩这种扮英雄的游戏，扮狗熊也一样。我问他这种游戏一般多长，他说他们往往一玩就是几个星期。

"中间不停？"

"有休息，"他笑了，"不过大多一玩就玩到午夜。"

我说服了妈妈，让她到我这儿来过夜。前不久我还让她过来多帮我照顾一下小孩，但现在我觉得她连出门都不乐意了。但她爱她这唯一的外孙女，而且奇怪的是外婆在场的时候，我这个青春期的女儿反而有所收敛。

妈妈是晚上七点之后到的，我已经开始梳妆打扮了。"上剧院去？"她问道。

我摇头作答。

"跟人约会？"

"差不多吧。"

"是时候了。"妈妈说。

"不过，妈，我都没说我是跟谁约会呢。"

"我知道肯定是个男的。是来真的？"

"妈，我这人对什么都认真。"

"这话你跟他说去，别跟我说。"妈妈还帮这个她推断出来的男人说起话来。

我不知道跟玩英雄游戏的人见面穿什么衣服比较合适；我从来没玩过任何类似的游戏。或许牛仔裤吧，但我穿裙子比较好看。我要穿那件红色短袖衬衫和一条黑色棉布长裙——黑得就像我对人生的期望。裙子垂到我小腿的一半，足以掩盖我腿开始变瘦这件事。我觉得首饰不合适，但我要戴一条细细的金链，这样我的脖子上不会显得太空。

我打开我收纳细软的抽屉，那条金链应该在一个手表盒子里，但却不在里面。我打开其他首饰盒，还是没找到那条链子。同时，我还发现我从玛丽祖母那里继承的金戒指也不见了。我开始急了。我保管东西向来细心，连手绢或袜子都不会乱放，更别说是金饰了。饶是如此，我还是把全部抽屉打开翻了个遍。

"你在找东西么？"妈妈问道。

"没，没有。"

要是有贼进家的话，肯定还会偷点别的，而且有人闯入我们肯定会发现。

我进了亚娜的房间，让她把噪音关小，问她是不是借了我的首饰。

我感觉她迟疑了一下。"妈，我从来都不戴那种东西啊。"她说道，极力装出不屑的语调。

"会不会是你的朋友？"

"妈，你把他们当什么人了？"关于首饰她一点都不知情，"你要的话，我可以把我的借给你。"她提议说。

但我不想要她的任何项链或戒指。

想到我女儿竟然可能从我这儿偷东西，实在把我吓懵了，我不敢进一步去想。

我去跟妈妈说再见。

"你怎么慌慌张张的。"她说，然后祝我玩得开心。

我会玩得开心的，前提是我能忘掉女儿很可能偷了我东西这件事。

扬在赫拉德切茨卡地铁站外等我。他亲吻了我,说衣服跟我很衬。他很高兴我们可以整晚在一起。他领着我穿过布贝尼奇别墅,尽力跟我解释英雄游戏的意义。这游戏固然有点孩子气,但他们觉得,玩游戏绝对胜过盯着电视屏幕看黑帮枪战火并,或盯着电脑屏幕操控黑帮枪战火并。在这里,你可以亲身参与一切事情;你可以遭遇矮人、巨龙、吸血鬼、怪物;你可以到任何你想去的地方,或穿越时空去见见爱迪生、扬·杰士卡①,甚至拿破仑。他的大部分朋友喜欢幻想人物,比如中世纪骑士或王子,或者跟怪物开战。

我们上楼梯时,他跟我说我不一定要加入。我可以旁观,随时问问题了解规则,不过规则本来就不多。

游戏开始之后我都还没理解这游戏是怎么玩;有太多让人分心的东西了。房间很大,墙上全是大幅图片,漫画中的怪物面孔不怀好意地盯着我。隐匿的音箱放着静谧的冥想音乐。光透过绿色的滤镜打在我们身上,看起来仿佛我们全部溺水了一样。除了扬和我,还有两个女生,一个小伙子,还有一个大腹便便的年轻人,据介绍叫伊尔卡。我可能认得他的声音,因为他从事新闻广播工作。可惜我只听 FM 古典频道。其中一个女生名叫薇拉,眼神看出她爱幻想,她长着兔子牙和修长的双腿。我没记住另一个女生的名字。我发现我最近越来越记不住人名了。但名字不重要。反正这里的人都不再是他们本人,而是变成了他们可能想当的人。这游戏本该吸引我的,因为我总想过一种跟现在不同的生活。卡雷尔·恰佩克写过一部关于这个的小说。生活有许多可能,但人只能过其中一种,而且往往是他们最不满意的那种。不过他们在游戏里给我的生活并不能吸引我。

扬扼要地重述了一遍大家先前接受的设定。"现在是一四三七年,"他说道,可能也是说给我听的,"西翁城堡正遭到围攻。伊尔

---

① 扬·杰士卡(1360—1424),捷克民族英雄,胡斯战争时期杰出的军事统帅。

卡,也就是扬·罗卡奇已经抵御希内克·普塔切克的部队长达四个月了。"那个转世为攻城军队首领的小伙子起身鞠躬。扬继续解释:"罗卡奇先生并不知道普塔切克那边的人正在挖一条地底隧道来渗透进城堡。埃莉什卡,"他示意那名长腿女生,"她的弟弟在城堡里面,她成功取得普塔切克先生的欢心,发现了他的计划。她上次的任务是想办法进城堡,传递这一重要情报。"

"我有一个问题,"那个胖子问道,"城堡里水源是否充足?能不能往护城河灌水?"

扬表示这是不可能的。城堡里的水都不够喝了。不过护城河又深又陡,提供了足够的保护,他让那位胖伙伴放心。

从我看到的来说,显然我的情人扮演的是游戏导演一类角色,负责为其他玩家设定场景,描述他们要进入的时期。他提供角色供他们选择,娴熟地询问他们在特定情况下会如何行事,然后据此决定他们表现得如何。这大概就是他带我来的原因,好让我看看他如何控场,同时也展示他的知识。我有点感动。不过游戏起步缓慢,当那个长腿尤物想方设法要进入被包围的城堡时,我在纠结我的亲生女儿是不是偷了我东西,还是她让她的伙伴来偷的。

他们给我小吃,但我谢绝了,我不想吃东西;他们给我倒酒,我没有拒绝,虽然最近酒精让我抑郁。其实我跟这里格格不入。这里的全部人都非常年轻,太年轻了,以至于我什么都没注意到,只顾在意自己的年龄和我不属于这里。他们都年轻得可以当我的孩子了,包括我的情人。他们喜欢玩游戏。他们还能为想象世界中扮演的角色感到开心;到目前为止,现实生活还没有对他们构成真正负担,即便有,他们依然有气力来承受。

我看着那个急于传递重要情报的长腿空想家。我对她下一步要怎么做不感兴趣,我只是注意到她看我的情人时充满爱慕,但看我时只用眼睛余光。她不喜欢我,我不属于这里。我甚至不属于那个带我来这里的人。跟我相比,她更像是他的女人。很可能一出门她就会去讨他欢心，在昏暗的过道里向他投怀送抱。他又有什么理由不抱她不亲她呢，既然她愿意，而且又是主动要求的。

要说起来，我的人生已经开始奔赴终点，而他的人生才刚刚开始加速。我上楼梯都要气喘，而他则平步青云，扇着隐形的翅膀，在我的上空徘徊。他轻轻一跃，人就已经十哩开外。

这些想象都是无凭无据的。他是爱我的；如果他喜欢的是那头长腿母狼，他不会带我来这里的，他哪儿都不会带我去。毕竟他身边有太多女生，比如他迟早会有秘书，而我一点都不知道。我注意到他几乎从不提及他的工作，仿佛他故意又或者不得不向我隐瞒一样。

他说我对他而言很宝贵。或许我宝贵正因为我不再是个小女孩。

勃拉姆斯的母亲比她丈夫大十七岁。伊莎多拉·邓肯和叶赛宁也差了同样的年龄。他们初次相遇的时候，她四十三岁，他二十六岁。他们竟结婚了。据他们的传记，是她主动嫁他的，是她向他求的婚。毕竟她年纪更大，而且更有名气。她是五十岁死的，而他在三十岁自杀了。他在列宁格勒酒店自缢之前，他切开血管，蘸着自己的血写下了最后一首诗。我可以记住全诗，因为我觉得诗句有种凄婉的睿智：

> 再见，朋友，不必握手诀别，
> 莫悲伤，不必愁容满面，
> 这世间，死去并不少见，
> 活下去，当然更不新鲜。

人们说他疯了。还是说他找到了真谛？如果他没有自杀，他会死于统治这个国家的杀人犯之手，那个死于我出生之日的凶手。

但我不是伊莎多拉·邓肯。我没有名气，我只是跟她岁数一样，知道怎么给人治牙。我的爱人不是个诗人，而且我确信他不会自杀；他享受生活，享受游戏。对他而言，人生还是一场游戏，在这场人生游戏中，他暂时接纳我为另一个玩家，直到他让我走的那一天。

这无法逃脱的必然性和我日后的孤单寂寞袭上心头。我本该待在家里陪女儿的：她身处险境，她需要我。我忽视了她。恰恰在我应该和她在一起的关头，我坐在陌生人之中苦恼不已，而她却可能正在溺水，她拼命想浮起来，双脚踩不到底，叫喊着，挥动着手臂，却都是徒劳。没有人能听得见，只有那个坐在船上的魔鬼，它把她从水里拉上来，口袋里为她准备好了淬毒的针筒。

　　我可以看见她的小胳膊小手摸索着我充满乳汁的乳房；她的手指就像玩偶一样，不过她的手指是温暖的，轻柔地触摸着我的肌肤。

　　突然我看见那只手悄悄伸入我放首饰的抽屉，取走了项链和戒指，交给船上那个假装救她的魔鬼。

　　妹妹说我活在恐惧之中，她一眼就看见的东西我却拒绝去看，万一她的话是对的？

　　我无法在这里继续待下去了；我起身告诉扬我不得不回家。

　　他临时中断游戏，陪我走到前厅。"我猜你是觉得无聊了吧。"

　　我跟他说我不是觉得无聊，只是在担心亚娜。我请他不要因为我离场而生气。

　　他说，我怎么可能生你的气。他反而希望我不要因为他没跟我一起走而生气，他不想扫了其他人的兴致。他陪我走到楼梯前，把灯打开，探身靠近我，小声说他其实更希望跟我在一起。

　　妈妈还没睡，急切地问我玩得怎么样。

　　我跟她说有趣得很。

　　"话说你到底去哪儿了？"

　　妈妈兴致勃勃想聊天。于是我去拿了一瓶弗兰戈维卡红酒，给我们俩都倒了点儿，然后才开始试着讲述我刚才的经历，不过我知道她关心的不是这个。于是我跟她讲了我跟谁在一起。说他可能爱上我了。我还跟她说了他比我小多少岁，说他是个模范小伙子：不抽烟，不喝酒，只是偶尔为了哄我开心才啜一两口。我没跟妈妈说，他的工作是调查爸爸所效力的那群人所犯下的罪。

妈妈显得好像根本没把年龄的事儿放在心上,她问我爱不爱他。

我不好意思像个小女生一样说"是",但我无法否认跟这名年轻男子的感情,于是我说:"妈,我都不止四十五啦!"

"我也是,"妈妈说,"而且已经很久了。"

"但你有我爸。"我试图回忆妈妈四十五岁时的情景。我那时二十三岁。有两个兄弟姐妹,其中一个连我、我妈和我妹妹都不知道。我那时候上大学,在酒吧里闲混,偶尔喝醉,全不管家里。我想不起妈妈那时的容貌。就算没有爸爸,我也无法想象她爱上别人。四十五岁,我以前觉得人到了这个年纪,一早醒来就能听见远处的丧钟。

"亚娜怎么样了?"我故意换个话题。

"她睡着了。不过她感觉不太对劲。"妈妈顺着新话题往下说,"她是不是病了?"

"她说过哪里不舒服么?"

"完全没有。"

"那你为什么觉得她病了?"

"她叫冷,"妈妈说,"她穿着毛衣,缩成一团,好像发了烧一样。在这样的大热天里,这不正常吧?"

"你有没有问她为什么发冷?"

"她只说她觉得冷。她坐在扶手椅上,一直盯着前面,仿佛前面有人一样。她还自言自语。她大概是太累了。"

"荒唐,她有什么可累的?"

"现在学校里课业压力可大了。我在广播里都听说了。"

"压力许是不小,但这一点都碍不着亚娜。"

"反正也快放假了,"妈妈说道,她还是重复着旧调,"她终于可以歇口气了。你们俩都得休息休息。"

对,快放假了。我一直在为度假攒钱。我们要到海边去。我已经预订好要在克罗地亚度假了。我要把我的小姑娘带到离这里很远的地方去。我要带她越过海洋,到一个沙漠小岛上去,那里没有毒贩子能找到她。如果有毒贩子找上我们,我就勒死他,把他抛尸海里,被判无期徒刑都在所不惜。

三

我找遍了整个公寓都找不到我的首饰。连续一个星期,我早晚检查自己的钱包。今天早上我发现三百克朗不见了。一夜之间不翼而飞。

亚娜回家只是略晚了一点。她把书包往衣帽架下面一扔,然后朝卧室走去,要放她的噪音。

"亚娜!"

我的语调引起了她的警觉。"怎么了,妈?"

"我需要跟你好好谈一谈。"

"你哪次不是跟我好好谈?"

"少装蒜。你逃学……"

"我们老早就聊过这个了啊。我现在已经不逃学了。"

"你还学会偷东西。"

惊愕片刻之后,她说:"没有。"

"有,你自己清楚。"

"我从来没有偷过别人东西。"

"别人我不知道,但你偷过我东西。你好像觉得我的就是你的。"

"我没这么觉得。"

"那我的首饰呢?"

"我不知道你在说什么。我猜你肯定是放错地方了吧。"

"亚娜,你自己清楚是怎么回事。"

"你的首饰关我屁事。"她咆哮道。她表现得好像很受伤,我几乎两腿发软。

"昨天晚上我钱包里少了三百克朗。"

"我没拿。"

"那请问谁拿了?"

"你自己丢别的地方了。你的钱不关我事。"

"你怎么没说关你屁事。是不关你事,只是你拿走了而已。"

"我没有!"

"你还继续撒谎。"

"我没有!"

"我一猜就知道你拿钱来干什么。"

"我没有拿钱。"

"那我现在就带你去找个不用预约的诊所,立马给你测个血液,听听他们怎么说。"

"我不要去什么诊所。"

"我叫你去哪儿你就去哪儿。"

"我不去。"

"亚娜,你不知道自己在做什么。一旦你开了头,你就永远出不来了,你这辈子就毁了。全完了。"

"我没开什么头。"

"那你要钱干什么?"

"我没拿你钱。我什么都没拿。"

"你偷我东西我已经知道了。其他的我自会查出来。"

"我哪儿都不去。"

"你觉得我真的会眼睁睁看着你把自己毁掉么?"

"你自己还不是毁了你自己。"

"亚娜,不准放肆。"

"爸爸以前就老说……"

"甭跟我提你爸,我一个字都不想听。"

"我哪儿都不跟你去。"

"那我找人来送你去。"

"那我就离家出走。"她突然开始歇斯底里地吼叫,"你真卑鄙。你居然查我。你打电话给狗日的学校问我有没有逃学。现在你还说我偷钱。你就会跟我说我该怎么样,否则就会如何如何。这是我的人生,不是你的人生。反正你已经把自己的人生搞砸了,你来管我的人生干什么?"

我的汗毛都立起来了,我上前打她,虽然她已经比我结实比我强壮了。但就在那一刻,我的膝盖突然不听使唤,我平时拔牙跟歪曲牙根较劲时都很稳的手,开始像叶子一样抖起来。

我女儿趁着我片刻的软弱,从我眼前溜走,片刻之后前门砰地一响。

我转身去追,刚好看到她消失在街道转角。我知道我是追不上她的,但我还是接着跑。我沿着街道狂奔,车子从我身边呼啸而过,我在陌生的路人中穿行,他们不认识我,不在乎我现在苦痛至极,他们根本不在乎我是否存在。

但我是存在的,而且孤身一人。我找不到人可以求助,找不到人给我建议。要是我跑去找那个一遍一遍说爱我的男生,那个玩拯救西翁城堡游戏的男生,他准会吓怕,觉得我是在给他添负担,而这本来就不关他事。孩子又不是他的,而孩子的父亲恰是最帮不上忙的那个。

我可以打电话给我的姐们儿露西,她肯定会想办法让我振作起来。但我要的不是鼓励,而是行动。

明天一早我要取消诊所的安排,带亚娜到无预约门诊去。

前提是她今晚回家,而且我能够把她拖过去。

四

我的宝贝女儿在新闻联播之后回家了。我什么都来不及说;她就进了房把门锁了起来。第二天一早她出门,简单说了句她上学去了。

我可以跟她打一架，但恐怕我打不赢。反正我也无法决定到底要不要带她去戒毒咨询所。没必要让她去跟真正的瘾君子碰面，然后得出结论，跟这些人相比她就像初雪一样纯洁。我得要先找人咨询一下。

我只认识一个可以给我建议的人。我已经二十年没跟他说过话了，几天前在一个餐厅偶然碰上，我对他也不怎么友善。

我并不乐意跟他说话，但我还是从诊所给他拨了个电话。

我很惊讶，电话居然立刻拨通了，他听上去似乎乐意跟我见面。他说只要我愿意，随时可以去卫生部办公室找他。

从家里到卫生部距离很近，不过就跟我的大多数同事一样，我厌恶那个机构，无心踏进里面一步，所以我答应跟他找个酒吧见一面。

我们在黄昏时分见的面。他肯定会以为我从上次重逢就一直在想他。或许他收到风声，了解我的现状，知道我孤家寡人，想伺机博取我的欢心，而且还不用负责任。他再一次夸我比多年以前更美了。他信誓旦旦，说我是他见过的最美的女人——他肯定跟其他人也是这么保证的。不过我不是为他的花言巧语而来的，我既不想念他的人，也不惦记他的恭维；我来这里是为了请他提点建议，看我该拿我女儿怎么办。

他听着我说话，故作关心的样子。我跟他说的一切在他听来都是陈词滥调，就像别人跟我讲他们牙痛一样。

他觉得我需要放宽心。他回忆我们年轻的岁月：我们那时候就更像样么？我们不也跟父母对抗么？教育需要冷静和耐心，他跟我这么说，用的是他安抚惊恐家长的常用套路。

然后他建议我去查清楚我女儿到底吸食的是什么。如果是什么猛药，那就必须立即采取行动。不过，如果她只是偶尔飞一下叶子，他建议我别小题大做。关键是要搞清楚她都跟什么人来往。如果是一群不良青年，那我应该努力让她远离，虽然这可能才是最棘手的问题。幸好还有一周就放假了，他建议我带亚娜到远远的地方去，这样我可以随时盯着她。

他还问亚娜在家里感觉如何。家长往往意识不到自己常把孩子往他们不想走的路上推。有时候是过分严厉,有时候是过度溺爱。他随口说了一长串他专为这种场合准备的建议:我一定不能像老师一样对待女儿,不要跟她讲大道理;一定不能让她在外头过夜,但也不能让她有种被监禁的感觉。我需要让她感到被爱。

他说话的时候,眼神一直在侵犯我的身体,跟许多年前一样;或许这才是他唯一感兴趣的。对我女儿,他自然是丝毫都不在乎。他又怎么会在乎呢,他不也拒绝了当时跟我怀的那个孩子么。

或许他想听我说自己有多悲哀,受冷落,很寂寞,没有能力处理人生对我的安排,我女儿也因此受连累。然后他就可以主动提出要帮我,这样我又有他的事要烦了。

他又继续说了一会儿他的现成建议,我自己都能编出来。不过,得知亚娜的情况并非个例,我心下略为安慰。

我谢了他。他让我打电话告诉他事态发展,需要建议可以随时跟他联系。"我下周要飞去伦敦,"我们往外走时他跟我说,"想不想跟我一起走?你的机票我包。"

就算付我钱我都不跟你去,但我没这么说。"你知道我有个女儿要照顾。"

"今晚怎么样?"

"今晚我也有女儿要照顾。"

我走路回家,越靠近我们的住宅楼,我就越焦虑。

不过女儿在家,正坐在扶手椅上,头上顶着湿毛巾。

"头痛?"

"有点儿。不过没事儿。"

她看上去脸色苍白。"你吃晚饭了么?"

"我不饿,我头痛。"

"上课怎么样?"

"老师们都走人了。我们就在学校里放羊。"

沉默。我不能让她觉得在家像坐牢。我要让她觉得在家像女王一样。

"你下周就开始放假了。"

"我知道。"

"我七月份暑期工休。我前两周预订好了瓦尔的度假小屋。"

沉默。"我不想去海边。"她终于开口了。

"为什么不想?"

"我哪儿都不想去。"

"你是哪儿都不想去,还是不想跟我去?"

她迟疑了片刻,然后回答说:"我宁可待在家里。"

"你整个暑假都想闷在家里?"

"家里或家附近。"

"但我不想。我盼着休假盼了一年了。"

"没人不让你去海边度假。"

她傲慢的回答把我激怒了,但我尽量保持冷静,"把你一个人丢在家里?"

"有何不可?"

"因为我不想丢下你一个人。"

"妈,你要搞清楚,我已经不再是一个小女孩了。"

"我不是非要怎么样。而且你给我记住,你还没有完全成人。"

"我讨厌在海边闲混,纯粹浪费钱。"

"钱的事情你别管。你想怎么样?"

"待在这儿。"

"每天半夜才回家?"

"对。"

"你是嗑药嗑傻了吧。"

"假期我想跟我喜欢的人一起过。"

"这我懂。"

她吃惊地看着我。

"每个人都想跟自己喜欢的人一起。你以为我不想么?"

"这就对了。"

"但你还是要跟我走,因为我不会把你留在这儿,让你夜里跟那群朋克混混游荡。你以为你喜欢他们,只是因为他们放任你做你想做的事,因为他们跟你一样混日子。"

"妈,说什么都没用。我不会跟你去海边的。"

"好,那我们就不去海边。"

"我哪儿都不跟你去。"她的表情桀骜不驯。她已经不再是那个星期天早晨会钻进我被窝的小女孩了。我知道自己难辞其咎。我一直都忽视了她的不对劲。我想让她有一个跟我不一样的童年,我想让她有更多的自由。

但什么是自由?这扇通向未知空间的大门,连成年人都会在里面迷失,而我的小女孩还不满十六岁。她在一片充满诱惑的风景里迷失,但这其实是个沼泽,她会一直陷进去,直至有一天彻底消失。

我意识到眼泪正从我眼中掉下来。我快速从脸上抹去泪水,但还是止不住哭。

她看了我一会儿,突然把她发痛的脑袋塞到我膝上。"别哭了,妈妈。我不是故意的。你想去我们就一起去吧。"

五

我邀请克里斯蒂娜来参加一个我想出来的游戏。这游戏不算太疯,甚至说不上太孩子气。这是一个没有怪物的游戏。我邀请她来,因为我想让她见见我的朋友。不,我是想跟自己证明,她是我的,不光是私底下,在人前也一样。我想让薇拉看到我跟她在一起。

但我不该这么做的。克里斯蒂娜在游戏时感觉不对劲,或者说她讨厌这个游戏。我本该知道她是个脚踏实地的女人,不是爱玩的类型。她尽力想让我高兴，但我看得出她并不自在。两小时后，她决定要走，我并没有试图挽留。

我们继续玩，几乎玩了整个晚上。薇拉表现出各种不屑一顾。我们道别的时候，她再也克制不住，问我："那件古董你是从哪儿捡来的？"

"不是我捡来的，而是我从档案里发现的，"我反唇相讥，"她祖上显贵。"

"我不知道她祖上怎么样，反正她屁股是不小。"

我说她这样很可悲，说我可怜她。

她回答说，谁更可怜她不知道，但她知道我绝对是更傻的那个。

我回到家时天已破晓。我感到我生命中发生了一件大事。

那晚当克里斯蒂娜走后，我们继续玩这个游戏，我突然意识这个游戏无法给我什么乐趣了，我只是在浪费时间。仿佛我通过她的眼睛看到了自己：一个小男生，还在玩游戏，而没在干该干的事，比如完成学业。

有人热衷于赌博，但我不是这种人。在英雄游戏中，谁都不能指望得到什么经济上的回报来改变你的人生。假装活在童话人物之中，固然需要一定的想象力，但同样需要孩子气，而这种孩子气跟我的年龄和我从事的工作是不相符的。

人们通常玩游戏来逃避单调乏味的工作。但我的工作并不无聊。一个一个档案调查开去，每个档案都在不同程度上反映出人性的高尚、卑微和邪恶，这样的工作完全不会无聊。有时候我觉得自己像个窥私者，又像一头盘旋在沙漠上寻觅腐肉的秃鹫。有时候我也会梦见一些人，素未谋面的人，但他们的私生活暴露在我面前，而且是以一种扭曲的形式呈现。与此相比，在一个充满精灵、巫师、吸血鬼或九头龙的幻想世界里行走，是一种解脱。进入一个规则由自己拟定、可以凭一己之力影响事件发展的臆想世界，这感觉妙不可言。我读到的档案中，好些告密者选择告密明显是出于同样原因：渴望对他人所不知道的事态发展有所影响。他们相信自己有魔力,可以左右人类命运,然而他们中大多数人不过是工具,不过是其他自以为有这种魔力的人的傀儡。而他们又是别人的傀儡,如此类推,无休无止。

我看重的是我能够让这个游戏圆满结束,至少是一个让人能够接受的收场。而这是我在我的私生活或工作中从来做不到的。也是时候了,该开始为我自己的一些事务谋求能够接受的收场。不过似乎命中注定我无法做到。

镇压过童子军拥护者的鲁卡维奇卡-哈德克先生,自然在讯问时没有出现。他发来了借口,还附上了健康证明,说他的身体状况不宜出行。当他拷问别人的时候,那样的健康证明却不管用。如果他想找谁,就算人在医院病床上,他的狗腿子拖也会把人拖过来。

所以我们只好自己去找他。

位于梅斯泰茨的那座老人院坐落在一个新哥特式建筑里,四周是广阔的英式公园。这实在是一个舒适安逸的好地方,一个剥夺过他人自由的人在这里安度余生。

院监表示乐意把她的办公室暂时借给我们办公。她还把她上了年纪的打字机借给我们。我的上司问他们对鲁卡维奇卡先生是否满意,院监再次配合地作答,说他是个随和、话不多的老人,他还带了他的金丝雀过来一起生活。显然那只鸟是他唯一的乐趣了。他的妻子已经去世,而他的子女不来看他。他在这里没什么朋友,不过他对大家十分友善,护士对他口碑不错。

一名护士将这位过去至少用过两个化名的人领了进来。他靠两支拐杖的支撑站立:一个不起眼的,臃肿的老人,一脸皱纹,透过他余下的灰发可以看见他发白的头颅。他把拐杖靠墙放好,在一把扶手椅上坐下来,然后问有什么可以为我们效劳的。

翁德雷介绍了一下我们俩,然后表示无意对他久做打扰。翁德雷说想请他作为证人回答几个问题。毫无疑问,他知道这跟什么有关。

那位老人全然不知,至少坚称全不知情。不过他还是让我看了他的身份证，以便我在陈述中录入必要信息。

"鲁卡维奇卡先生，你从一九四九年开始使用哈德克这个名字为国安担任审讯员。"我的上司开始了审讯。

那位老人一脸冤枉，说肯定是搞错了。

"我们有文件可以证明，"翁德雷边说边从公文包拿出整个文件夹。"我们带来了。你要不要看一眼？"

鲁卡维奇卡－哈德克从口袋里拿出眼镜盒，但他摇了摇头。他一看文字就累，而且对我们的文档没有兴趣。

"我看应该不用我们给你讲你所拥有的权利了吧？"

"我倒是从来都乐意听人给我讲讲呢，"老人笑了，"尤其是让你们这对讨人喜欢的年轻人来讲。"

我的上司读出了关于证人的相关法律条款，然后问："但你不否认你曾经是国家安全部队的一员？"

"我为这个组织效力过一段时间，"他承认说，"五十年前的事儿了。我原本做学徒要当细工木匠，但我在部队当兵的时候，他们招人了。我觉得这份工作应该会更有意思。"

"所以你就化名哈德克为国安当审讯员？"

他解释说，组织有时候要求大家使用一些特殊的名字。过了五十年，他真想不起当初用的是什么名字了。

"那被你审问过的人的名字呢？"翁德雷问道。

"我没有审问过任何人。"

"你想不想看一看你审问过的人写的陈述？"

"人们什么话都说得出来。我跟你说过了，我对你的文件不感兴趣。"老人看上去好像生气了，伸手要去够他的拐杖。或许他是想吓唬我们，或者是想让我们知道他可以随时想走就走。"我做过什么没做过什么，我应该是最清楚的。"

"那你做过什么？"

"我坐在办公室里。还有什么要问的么？"

"好。那你在办公室里都做些什么?"

"长官,你觉得五十年后你还会记得你今天做了什么吗?还记得你到了一家老人院见了一个老头儿,还以什么荒唐的罪名指控他么?"

"我们目前还没有对你做出任何指控。我们只是在说你的工作和你用过的名字。你觉得这样构成指控么?"

"这年头,谁知道。"

"我来给你念几个名字,"上司无视他的抨击,继续说道,"然后你告诉我们这些人的事情。"然后他开始念出被定罪的童子军军官的名字,其中包括我的父亲。

那老人摇头否认。不,他一个都不记得。"这些都是什么人?"他问道。

翁德雷解释说这些人都被安上了莫须有的罪名。而他们不法行为的所谓证明,是由一个叫哈德克上尉的人提供的。

"不知道,"他说,"既然定罪了,肯定是他们干了什么吧,不过跟我无关。这些名字我一个都不认得。"

"那鲁巴斯这个名字呢?"我插嘴说。

他看了我一眼,仿佛在说,这儿没你什么事儿——你只要写下我什么都不记得就好。不过让我吃惊的是,他看起来突然好像记起了什么。"我记得一个叫那个名字的人曾经在波希米亚地区当过足球教练。"

"真有意思,你记得一个足球教练,却记不住你审讯过的人的名字。"

"我已经告诉过你了,我没有审讯过任何人。"然后他补充说:"真可惜我不能再活五十年,不然我到时候就可以问你们记不记得我的名字了。"

"要记住你的名字可不容易,"我说道,"鲁巴斯先生,因为你这个人名字太多了。"

他咧嘴一笑,仿佛我这句评论让他感到得意。他接着说:"你们还年轻,不知道五十年是怎么回事。更别说活上八十年了。所以你永远不会理解那时候发生的事,无法理解到底是怎么回事。我们想要构建什么,不像现在,人们只追求钱财。"

翁德雷试图多问几个问题,但我们都知道问不出什么来。那个老人以他那八十个年头为掩护,以时隔半个世纪为借口,假装什么都记不得,一切事件,所有他审讯过的人的名字,甚至一个跟他共事过的人的名字都记不得。他唯一记得的就是一个足球教练的名字。能够指证他的证人已经全死了,而我们手上能对付他的所有东西老早就被限制规约给罩住了。

没有意义再浪费时间了,没必要给这个人什么成就感——在八十岁高龄依然战胜阶级敌人。我所拟出的陈述里面一件事实都没有,解释不了任何事情。

"真是个话不多的老人,"我们开车回布拉格时,我说道,"可惜他没给我们看他的鹦鹉。"

"是金丝雀,"翁德雷纠正我,"或许他真的很喜欢这只金丝雀。在一个正常的政权下,他本不会审讯或刑讯任何人。他本该一辈子做桌子或棺材。他有没有良知本来不关任何人的事,而且没人会发现。我们现在拿他怎么办?部里刚刚发下来一条讯息,说我们在浪费资金。我现在觉得他们是对的了。我们挥霍时间,浪费汽油。就算凑巧能给一个案子理出头绪,也永远没有结果。检察院只会欢欢喜喜地把全部材料退还给我们,说证据不足,无法提起诉讼。他们以为过了五十年,还能像一个月前发生的案子那样找出证人和证物。"

"他们不是这样以为,"我反驳说,"他们只是喜欢这样装腔作势罢了。"

然后我们俩沉默了。我因为绝望而不能自持。我想到就是这个人曾经有权凌驾在我父亲之上;他毒打折磨父亲长达数周,不止我父亲,还有好几十人,这些人我永远无法查明,也永远算不清有多少人。我们对他无计可施,因为我们跟他不一样,我们遵从无罪推定原则。因为我们跟他不一样，我们是体面人。

或许我是个体面人，但在那一刻，我觉得体面是一种阻碍。我感觉我又失败了，这又是一件我无法完结的事情。站在更高的律法角度来看，在他嘲弄受害人时，我只是袖手旁观。真希望我能当他面说出我对他的看法！

看来爸爸永远无法讨回公道了。那我呢？

我感到面前是无尽虚空，突然之间我连活都不想活了。

我能实现什么？我的希望要放在何处？

回去的路上，我焦急地想着克里斯蒂娜。有朝一日，我连她也会失去。爱情是我人生中又一个无法成功的领域。

我第二天见到她时，问她知不知道自己出生的准确时间。

"你是想给我绘制星盘么？"她惊奇地说，"最好还是别了。没准你会发现我什么可怕的事儿。"

"我只想算算我有多大机会。"

她把出生的时辰告诉我了，但跟很多人一样，她不知道确切分钟，可是即使四分钟的误差也会导致出错。我尽可能负责地绘制出了她的星盘，参详了我俩关系的前景。虽然我们俩的元素水火不相容，我们还是有望成家的。根据古占星术，我们同属木星，木星主家庭。

克里斯蒂娜无疑出身高贵。她就像一个地下湖泊。她体内藏着激情，一旦爆发，既能带来生机又可能造成毁灭。但影响到的不是她周边的人，而是她自己。

她心地善良，关心他人，她的愿望是为别人消除疼痛，正因为如此，尽管她生命中出现过诸多可能，她还是选择了她现在从事的工作。她宽宏大量，但又容易焦虑。她渴望婚姻，但害怕背叛。那我有多大希望？我不知道。

我们处得不错。跟她一起时，我从未感到跟其他女人在一起时的那种空虚。我感觉她一切都体验得淋漓尽致，包括我们的每一次对话，这是我前所未见的。对她而言，一切事情都发生在喜与悲，乐与苦的边界。我认识的大多数女人都喜欢闲聊,但她却力图避免。

有时候她会跟我讲她的病人,以及这些人身上的命途诡谲和时运流转,但多数时候我们谈的是我所调查过的人身上的命途诡谲和时运流转。

在做判断方面,我比她更绝对。我跟她说了爸爸的事。我还提起我在老人院跟那个家伙的会面,我确信他就是刑讯我爸爸的人。我跟她讲在假装失忆的罪犯面前我们如何无力。我大胆认为,衡量剥夺他人自由的人所犯下的罪,在这方面根本就没人干出过什么实事儿。我跟她说,正因如此,我要尽我所能来追究他们的罪,不让他们逍遥法外。

克里斯蒂娜坚持认为这对谁都没好处。谁有资格来评判,几乎所有人都自愿不自愿地卷了进去。其实我们不断被卷进去。"就像你我之间那种可能存在的纠缠。"她说道。

我不明白她的意思。

"我爸爸是民兵的一员,负责政治审查,"她解释说,"他会将你父亲视为敌人。"

"你会认同他吗?"我问道。

"我受不了他。我无法忍受我的父亲,"她重复道,"从我一开始懂事之后,我就连见都不想见他,话都不想跟他说。"

"你看嘛,"我说,"你几乎在父亲在世时就丧父了。那你所谓的纠缠又从何说起。"

"在你父亲眼里,我父亲同样不可接受,"她说,"但现在我们俩却睡在一起。他们俩谁都不会批准。连你母亲都不会答应。"

"我们能躺在一起真好,因为我们彼此相爱,"我说,"别把我们的父母扯进来。"

后来,我走的时候,我才明白她的父亲的确是其中一个迫害过我父亲的人。这不是她的错,正如我父亲遭迫害也不是我的错一样。尽管如此,我还是不愿去想我们俩的背景差异。我忽略背景差异,故意去忽略，正如我忽略她抽烟的习惯，虽然我从她的头发里都能闻到烟味。

其实，要活下去就只能忽略我们不喜欢的东西，忽略这个世界和世人困扰我们的地方。

六

几乎晚上八点了，亚娜还没从学校回来。

今天是发成绩单的日子。女儿昨天刻意收敛脾气，一副息事宁人的态度跟我宣布，说她数学会不及格，另外至少有五门拿及格，操行评定会是良。我下定决心不去吼她或者以任何方式责备她，但她没有回家。

我先是给妈妈打电话，以防她上妈妈那儿去了，然后打给了亚娜最要好的朋友。我跟她说上了话，但她说她完全不知道亚娜的事情，至少她声称如此。

没过多久，妈妈打电话给我，让我做点什么。

"我也知道得做点什么，问题是做什么呢？"

"你也知道怎么回事儿，"她催着我，"孩子成绩不好，出于良心不安或恐惧，离家出走，甚至自暴自弃。"

"妈，这世上还有亚娜害怕的人？"

"你应该清楚。"

"亚娜已经不再是个孩子了。她可能只是跟朋友出去玩了。"

"但她至少会先给你打电话，对么？你得赶紧报警。"

"我再等等。"烟抽完一根又一根。我还给前夫打电话了，虽然我知道打了也是白打。

没在，他都至少三周没见过亚娜了。他很难过，因为他感觉很糟糕，不知道自己还能活多久。他开始跟我枚举他的各种不适。他现在只关心他自己。我结束了这番没有意义的对话，又点了一根烟。我的手指发抖，我想哭。天大地大，除了妈妈之外，我就没有别人了，而她已经上了年纪。不对，还有一个可能爱我的人，但他能怎么帮我呢？他很可能会觉得我是瞎紧张。我几乎没跟他说过任何关于亚娜的事。他俩的年纪比我俩的年纪还近，让我很尴尬。

我再等半个小时，还没消息就去警察局。有一样东西全世界都有，那就是警察。帮助热线和警察，后者只会过来做个笔录了事，仅此而已。

电话终于响了。不过只是露西打来跟我说她有多凄凉，说她想念那深色皮肤的情人。她正要跟我长篇大论，我就打断了她的话，跟她说了我的燃眉之急。

"她会回来的。"朋友试图让我宽心。

我挂电话的时候，已经认定亚娜不会回家了。她正坐在什么地方跟她那伙人喝酒——但愿只是喝酒而已——还有寻欢作乐。我才是那个因为恐惧而颤抖的人，她知道她什么都不用怕。至于她的良知，她偷我的首饰、偷我的钱、跟我撒谎的时候，她的良心完全碍不着她什么事儿。那她怎么还会为了成绩单做出这么极端的事呢？

我本不该让事情发展到这个地步的。她一回家我就要开车径直送她到波赫尼茨精神病院的毒品急诊处！他们会给她验血，那样我就能知道她到底干了什么。

但她要是出了意外呢？她可能是喝醉了或嗑了药，乱跑被车轧了。她还可能遭人袭击了。

我真的应该去警察局，但我还在犹豫。我不想让他们把她列入什么名单，然后像搜捕逃犯一样搜捕她。

扬，英雄游戏高手，又有侦探方面的经验，他是我最后的希望了。我终于给他打了电话，把我心里的恐惧与他分担，同时因为把他扯进来而表示抱歉。

他不等我细说，就说他这就过来。

虽然他不到半小时就赶到了，但是等待的过程显得无比漫长。

他问我亚娜要拿的是什么成绩单,她是否抑郁,喝不喝酒,平时跟什么人混,上哪家酒吧。

我一五一十地告诉他,亚娜平时跟朋克搅在一起,我不知道亚娜上哪家酒吧——她跟我说她平时就在公园里坐着。

他问我之前有没有去公园找过她。

我从来没有,因为她往往比我先到家,一周有三天我要在诊所待到六点才下班。

我的回答自然无法让他满意,我猜他会觉得我是个不尽心不称职的母亲。

他沉思了一会儿,然后说朋克一般喜欢在康帕岛扎堆儿。"就算在那儿找不到亚娜,我们也会有所发现。"

他说什么我都会同意,只要能让我们有事儿做就行。我领他到我的车里,不过我让他来替我开,因为我心太乱了。

晚上这个点数,街道都已半空,很快我们就开上了什米霍夫区。他在一条小路上把车停好,我们走下台阶前往康帕岛。吉他的声音已经传进我们耳朵,天已经黑下来,但我还能认得出朋克的发型。这就是我们要找的人:我光看背影就认出了我女儿。我冲她跑过去。"亚娜!"

她转过身来对着我。"妈,是你么?你在这儿干吗?"她浓妆艳抹活像巴布亚的选美王后。

"是我要问你在这儿干吗?"不过我还是觉得松了口气,幸好找到她了,幸好她还活着。

"我在这儿,就这样。学校今天开始放假,不是么?"她态度傲慢,不想在她朋友面前丢面子。他们注意到了我,但大多数人显得漠不关心。

"你怎么没给我打电话?"

"电话卡没钱了。"

"你就不知道我会担心你吗?"

"妈，你就别小题大做了。"

"好，我什么都不说。拿上东西，跟我走。"

她转过身去背对着我，这就是对我的回答。

"亚娜，起来跟我回去！"

她没有看我。她连动都没动。不过扬凑过去说："你没听见么？"

"你是什么人？妈，你还带了个条子来？"

一想到"条子"这个词可能会激起其他人对我们群起而攻之，我的血液都发凉。

"不是，"他说，"你错了。我只是喜欢你母亲，我不能袖手旁观看你这样折磨她。"

"我没折磨她。"她回答道，不过她被刚才听到的话惊呆了，她起身跟其他人说："那就再会吧，明天见。我得跟他们走了。"

"你的成绩单呢？"我问道，因为我看她只拿了个帆布小包。

"那儿呢。"她指着那条河说。

"你把成绩单扔了？"

"对。那玩意儿太恶心了！"她发出一阵陌生诡异的笑。我一言不发。

扬让我们俩坐在后座，然后转过来对我女儿说："你已经晕乎得找不着北了吧？"

她看了看他。"不关你事。"然后她吼起来，"你又不是我爹！"

"亚娜！"

不过她又发出那阵陌生诡异的笑。"我感觉棒极了。"她告诉我们，"我才不在乎你们怎么想。"

"但我在乎你血管里有什么，我非得查清楚不可。"

她笑起来。然后她开始叫嚷，说谁都别想给她抽血。她哪儿都不跟我们去，要我立刻放她下车。

我不想跟她争。我只是告诉扬车往哪儿开。

"你要把我关进疯人院？"

"我只是要搞清楚你到底怎么回事儿。"

"我不会跟你去的!"车还在开,她试图开门。我一把抓住她,用胳膊箍住她的腰,用尽全力抱住她。我们打起来。她成功地开了一点窗户,然后大声呼救。当她意识到没人能听见之后,她就拼命想勒死我,还往前扑向扬,踹他的座椅,大吼说她不在乎,要死一起死。"我要杀了你。我恨你。你真卑鄙!我要杀了你!"

我总算把她拽回座位上。我压在她身上,可以闻到她的口气,一股诡异的恶臭。我压在她身上,她挠我,咬我的手,还用膝盖顶我的肚子。她比我年轻,比我有力气,她的大脑已经被毒品搞得不清醒了。我知道我压不住她,或许她能跳下车或把我踹下车;或者她会从后面扑向扬,去夺他的方向盘。她真的会把我们所有人都整死。

她突然投降了。她沉默不语。我注意到她一脸是血。片刻惊慌之后,我意识到是我手划伤流出的血。

精神病院长长的外墙在黑暗中出现,扬在门前把车停下。

"你要把我留在这儿?"亚娜问我。然后她抽泣起来。"妈妈,你不会真要把我留在这儿吧?"

不过门已经打开,我知道我必须把她留下来。

七

这里一切都白惨惨的:墙壁、床单、电灯,还有人。除了偶尔挂在灯上的黑蝙蝠外,一切都是白的。那个精神病医生根本就脑子有病,我第一次见他还以为他是个化装成医生的疯子或者瘾君子。他们管二楼那间牢房叫解毒室,他们第一次拖我进去的时候,我尽我所能拼命反抗,但他们都训练有素,而且用的是注射器而不是手铐或鞭子。他们给我打了一针,然后我就像睡美人一样睡了差不多一个月。我醒来之后心情极坏,我让他们给我滚。那个化装成医生的疯子兴高采烈地说我这是典型的戒断症状。他还说我的血里面全是各种垃圾,我能活下来就该庆幸。

那些东西不是我调配的，是鲁达调配的。

我反正是要逃走的。

解毒室里一共九个人——太恐怖了！里面还有几个酒鬼。我们彼此交流各自的人生故事。雷娜塔已经二十五了，但她看上去五十岁都不止，她说她吸毒已经八年了。这是她第三次进来，她说反正她打算自杀。她已经试过很多次了，但总有人坏她的事儿。她上次要卧轨，结果火车距离她不到半码的时候停住了。火车司机跳下车，把她拎起来，他震惊之下重重捶了她一拳，然后吼着说要宰了她。那这个白痴刚才干吗要停车？

雷娜塔说我应该感激我妈拖我来："别人鸟都不鸟我，你看我现在是什么样子。"

解毒室里还有一个妓女。她名叫罗曼娜，她讲故事的时候可有意思了。她说她有一晚接了八个客，赚的相当于政府部长一个月的工资。她说她生在西西里岛，那里半数的人其实来自印度。她是迦利女神的转世，迦利是印度最凶残的女神。这个女神甚至打败了自己的丈夫——她丈夫也是个神，她还踩着他胸膛跳起胜利之舞。在西西里岛，罗曼娜学会了巫术，知道如何毁掉男人。

她说只需要两周，她就能让任何男人变成一个离开她就没法活的行尸走肉。有一个天主教神父的儿子想感化她，但是只过了两周他就老了一百岁，后来吃什么药都没用。另一个人，做生意的，开始去墓地挖骷髅，然后用尸骨来砸自己的脑袋，直到把自己活活砸死。还有一个在大学里教魔法的教授，自从认识她后，夜夜赤身裸体爬上屋顶，在上面坐着，风雨不改。她说他就这么坐着，直到有一晚他冻在了烟囱上，消防员只好过来把他拎下去。她有十几个情人都跳窗自杀了。她还曾经暴揍过一个重量级摔跤手，把他从阳台上直接丢进了一个水泥搅拌机里。

显然她是在扯淡，不是扯淡就是嗑药之后来了一趟绝佳的迷幻之旅,不过她这人真有意思。

最糟糕的就是他们把我跟一个老巫婆关在一起,这个人简直就是爸爸那竹竿女人的转世。她看上去像个人,但其实早就变成了吸血鬼,而且她要害我。我猜她是见谁害谁,但我讨厌她来吸我的血。我告诉了一个护士——这个护士有点像妈妈的助手埃娃——她让我别怕,她会在我睡觉的时候看着我。所以我只能在她值班的时候才能睡觉,即使是她值班的时候我也担惊受怕,我睡前先在脖子上围好围巾。

外面真好,我是说窗户外面,因为他们不允许我们出去。这才是最让我生气的地方,外面正在放假,其他人都在康帕岛上混,而我却像个被压碎的西红柿,在这儿等着发臭。

我反正是要逃走的。

我们还一直接受治疗。有个穿着白大褂的女人,金发明显是染出来的,她过来跟我们喋喋不休地讲吸毒有多蠢,尽管我们都知道毒品有多赞。那头猪说她讲这些都是为了我们好,还让我们跟她重复,就像爸爸喜欢让人复述一样,让我们说吸毒很蠢,我们不会再犯。她还问我们各自家境。听说我妈是个牙医,她很高兴。"有个这样的妈妈,你还让她难过。别再让她难过了。大声说出来,或者至少在心里面默念。"

太恐怖了!

我从没想过原来爸爸以前是在给我做治疗。

妈妈把我弄进来,真是气死我了。她还好意思老说每个人都是自己命运的工程师。爸爸以前见她吃药吃得五迷三道就大发雷霆,这时候她就会这么说。

我不羡慕她有那些药。我对她感到惋惜胜于一切。她几乎一直抑郁,因为她只嗑合法药物。然后第二天早上她就会发抖,但她不能加量,因为就像她说的,她还得"在别人的臭嘴里钻洞"。她完全无法想象在绝佳的迷幻之旅中彻底放空是什么感觉。她怎么就不能不来烦我呢？

她还有个汉子。这真是吓了我一跳。他真瘦，看上去就像一条肿胀的绳子。我猜他也嗑药，但他摆出一副正人君子的样子。妈妈是彻底迷上他了，虽然我那会儿精神恍惚，但我一眼就能看出来。我真心希望她好，那样也许她就不会总对人生不满了，到时候就会放我出去了。

星期天，我从解毒室里放出来后，她第一次来看我。她给我买了一个蛋糕，一些橙子和一本卡雷尔·恰佩克的故事书。蛋糕是她自己烤的，所以有点焦。我倒宁可她给我带一盒快乐丸，但对她我是不能做这种指望了。她说我肯定不会在这里待太久，但我自己一定要努力。然后她又惨无人道地大谈把我送进来是如何为我好，因为她爱我，不想看我毁掉自己。

我假装照单全收，保证我会尽全力改过自新。

尽全力逃走才是真的，只要一有机会我就这么干。

但我不知道我要往哪里逃。如果我回家，妈妈必定又要送我回来。罗曼娜让我别担心，说她会照顾我。

不过我要是跟她走，那我就死翘翘了，到时候肯定是成天跟那些我压根儿不认识的人上床！

外祖母也来看我了，告诉我妈妈因为我的事情苦恼不已，还说她自己也很苦恼，她知道我是个聪明的姑娘，她说她全部希望都寄托在我身上，因为我是她唯一的孙女。之后那个姜黄色头发的家伙来了，就是那个跟妈妈一起绑架我过来的人。他给我带了一朵花，紫色的。我猜应该是鸢尾一类的。真让我彻底崩溃。先是把我拖进这个疯人院，然后又拿着一朵花出现。有人给我送花，这还是第一次。除此之外，他没怎么讲教育性质的鬼话。他跟我讲了会儿他饲养毒蛇的故事。

据说那毒蛇非常毒，他如果被咬了一口，不到半小时就一命呜呼。我说我希望那条蛇从未咬过人。他笑得很厉害，鼻梁上那副列侬款的眼镜上下跳个不停。他还跟我说他发现我家里有架子鼓,他说他以前也打鼓,打的是印第安手鼓。他还学过如何用鼓、旗子和烟来发信号。他一直在显摆,于是我跟他说我往信箱扔信扔得很准,而且我能记住我用得着的所有电话号码——换句话说,大概有四个号码。

他起身之前,开始盛赞妈妈,说她多么了不起,人有多好,而且绝无仅有,还说她如何爱我。

我没有跟他吵。我对妈妈没意见。我只是跟他说,如果她真这么好,她就应该在那个吸血女巫把我的血吸干之前把我带走。他又笑了。他老是笑嘻嘻的,很讨人喜欢。

昨天,那个治疗师又来劲了,我们所有人只好跟着重复,说我们再也不吸毒,再也不吸毒了,我们再也不使用注射器了。我开口说:"我们不想当傻叉,我们想变得圣洁。我们想在屁股上长翅膀,这样我们就能变成天使。"作为惩罚,我被踢回了楼上的解毒室。

现在看来罗曼娜是没法罩我了,她昨天试图用淋浴软管上吊自杀。太恐怖了。我们全都震惊了。他们把她拖出来的时候,我听到那个长得像埃娃的护士说:"要是雷娜塔这么干,我尚且能……但罗曼娜怎么会……?"

但我一看就知道罗曼娜不是自杀的,这是那个吸血女巫干的好事儿。她把她的血吸干,然后用淋浴软管缠住她的脖子,要掩盖她的痕迹。如果我还不逃的话,下一个就是我,我跟她会是同一种死法。

他们说他们会尽力挽救罗曼娜,不过他们要是把竹竿转世留在这里的话,她会把我们统统干掉的。

我昨晚太害怕,不敢睡觉。我注意到那个女巫老怪溜出去,很快两只蝙蝠就飞了进来,挂在灯上,较大的那只就是她。

我下床跑去找那个护士,她人真的很好,跟我一起回来了。"看,没蝙蝠。"她跟我说,"你仔细看看。"

我仔细看了看,灯上的确没有蝙蝠——因为它们刚刚飞走,灯还在晃呢。

第五章

一

不知怎的我生命中的一切都乱了套。我取消了假期,取消了海边之旅。我那小男生跟他的朋友到斯洛伐克矿山去玩一周,带着一个小小的帐篷和大大的背包。要是能去,我也跟他一起去了。我以前很喜欢斯洛伐克。自从我那唯一一次婚礼之后,我们每年夏天都去一次:划船、滑雪,或者像扬现在这样在山间峡谷里游荡,倾听斯洛伐克语,那在我听来绵软而充满韵律的语言。

捷克斯洛伐克在我的婚姻崩溃之前先瓦解了。我为之哭泣,但我无能为力。我连自己都帮不了。

我的米老鼠会说一点斯洛伐克语。他跟我说:"你眼睛有着维朗妮卡的颜色。"斯洛伐克人管那种婆婆纳属的蓝色植物叫维朗妮卡。我问他爱的是克里斯蒂娜,还是斯洛伐克的哪个维朗妮卡。

"要是斯洛伐克有哪个维朗妮卡能有你的双眼、你的乳房和你的鼻子,像你这样睿智和温柔,像你在床上那么撩人,我会爱上她的。但是斯洛伐克哪有这样的姑娘,全世界都没有啊。"他浓墨重彩地恭维我,这个骗子,就知道我爱听。

他邀请我与他同去,但是亚娜住院的时候我不敢离开。万一发生什么事情,万一她逃跑了呢?他还提出要为了我留在布拉格,但我拒绝让他因我而留下。他走之前说他回来后还有两周的假,让我到时候再跟他到别处私奔。

热浪袭来,城市空了一半,就像我的候诊室一样。连埃娃都放假去了。不过没有她我也能处理好剩下的几个病人。

一整天我大部分时间就坐在诊所里抽烟,喝掺了几滴酒的矿泉水。我的大褂下面除了短内裤外什么都没穿,但我还是火热热的。但我庆幸还有诊所可以去,因为我在家里感到不安。公寓空荡荡的。我怀念亚娜的嘈杂声响。我怀念有人可以照顾的感觉。我怀念亚娜两面三刀的假意友善。我怀念有亲近的人可以说话的感觉。

"其实,你为什么觉得自己不能再生小孩了?"扬突然这么问。

"因为我太老了,"我回答说。

"就这个原因?"

"这个原因就够了。"

"你没那么老,"他说,"我妈一个朋友四十七岁的时候还生了一个孩子。"

"那我得抓紧了。"我边说边转过脸去,不让他看到我泪在眼眶里打转。

或许我还能再生一个孩子。医学带来了各种奇迹。医学上出了试管婴儿,成功克隆了已经绝种的袋狼,用不着多久,他们就能给埃及木乃伊人工授精了。可是这不光是怀孕生小孩的问题,还关乎养育。我不知道我还有没有这个气力。不是现在,而是五年或十年之后。

要是我可以停止损害自己的健康就好了。我不敢想自己十年后会变成什么样。这个小男生现在说爱我,十年之后等我满脸皱纹,甚至得拄着拐杖蹒跚而行的时候,他会怎样?他会消失;他会去找个年轻的,留下我自己和我的孩子在这样一个世界里——毒贩子在学校走廊里兜售他们背包里藏的货。透过臭氧层的空洞,天上下起紫外线的雨。

还有如果十年后我已不在——我的肺被焦油堵住,其余全被肿瘤吞噬。我至少该把烟戒掉。不过如果我戒烟,我会开始发胖,最后变成一团丑陋的肉球。除非我能像我第一任也是唯一一任丈夫要求的那样,开始锻炼身体。我以前还锻炼身体,但那时候我还有这个体力。

再过十年,几乎可以肯定亚娜已经离开家了。至少当我从诊所蹒跚回家的时候,家里还有人在等我。至少我还能有个可以盼的人。

"对不起,"我的情人看到我快哭出来,他说,"我只是想让你相信你其实一点都不老。"

心有多老,人就有多老。但我没这么说,只是试着跟他打趣开玩笑。

或许我对他有失偏颇,我还是难免会拿他跟我前夫做比较,虽然我知道他跟我前夫不同。他温柔,而且并不只讲理性。

我说服自己去相信他不一样。但所有男人都有种自私,有种躁动,使他们无法留在一个女人身边。我切不能忘记这点。

科斯特卡神父在诊所里出现。他的牙齿所剩无几,但还要再拔一颗。我给他打了一针,让他放心不会痛。那颗牙已经很松动,我看就算不打那一针也不会痛。

"我不怎么害怕疼痛,"他说道。他照旧用眼睛跟我微笑着,虽然我那身为民兵的父亲已经不在人世,我仍然觉得内疚。

他坐在手术椅上等着药物发挥作用。我下定决心跟他坦陈我和我女儿之间一直存在的问题。

"我亲爱的年轻女士"——他一向这么称呼我和埃娃——"人们以为牧师会把所有问题归咎于缺乏信仰。但信仰不是唯一要紧的东西。使徒保罗谈的是信、望和爱。他说,这三者之中最伟大的,是爱。今时今日,要相信《圣经》的道理并不容易,但年轻人缺的不光是信仰——他们缺少爱。我说的不光是你女儿。有太多的年轻人想逃离这个世界,这三样东西他们一样都找不到。再要补充的话,就是人们缺乏处事的意志或技巧。我们太骄傲了,因此无法将自己与命运调解,无法将自己与身边的人调解,更别说认识我们天上的父了。"

这会儿他的牙龈已经麻痹,我准备好了工具。同时他又补充说孩子就是我们自己的一面镜子。我们看见他们,看到他们的过错和缺点,但其实这些是我们自身的过错和缺点。

我只花几秒钟就拔掉了他那颗松动的牙齿。

他把嘴里的血吐出来,漱了漱口,然后感谢了我:"不过我猜你想听的不是我刚才的那番话,年轻的女士,你想要更具体的。"

我跟他说,或许他讲的正是我需要听的。至少是需要从他这里听到的。我随便找一本心理学老教科书,就能找到一堆声称符合科学的建议。

他走了之后,我才想起我忘了问他在哪里可以找到希望,如何滋养爱,爱才能长久,如何养育我的孩子却不把她惯坏。不过这些需要我自己来发现。

我从诊所离开后,直接去了戒毒所找亚娜。

他们带她来见我。她一脸苍白,看上去有点浮肿。"嗨,妈!"

我看着她,觉得锥心地悔恨。我感觉糟透了,我觉得自己犯了错,甚至比她更有这种感觉。我问她近况如何,她开始责备我把她留在这座"监狱"里,这都可以理解。不过她也承认这是有一定道理的,因为各种治疗开阔了她对一些东西的见解。"尽管他们有时候白痴得很。"她赶紧补了一句,不想显得一下子让步太多。

然后我们散了散步,但是边走动边说话不方便,于是我们在一张长凳上坐下。不远处有几个精神分裂患者或是酒鬼正在给花圃除草。我拿出一个我为她烘焙的杏挞,女儿津津有味地大嚼起来。我问她跟她一起生活的人怎么样,她轻蔑地说全是些疯子和瘾君子。她不知道关于这些人还有什么可说的,也不知道自己怎么会跟这些人混到一起。

"亚娜,你记不记得我跟你说过我祖母?"我问道。

"哪个祖母?"

"我妈妈的妈妈,我完全不认识的那个外祖母。"

"哦,对。她死在什么集中营里。"

"他们用毒气把她毒死的。"

"对,你说过。"

"我跟你说的时候,你说这太可怕了。可是你现在就在慢慢毒害你自己啊。"

她用怜悯的眼神看着我,仿佛想让我知道我对现实生活何其无知:"这根本就是两码事。"

我跟她解释说,唯一的区别在于那个岁月里一些人轻贱别人的生命,而她则是轻贱自己的生命。

她愤怒地摇头,这跟她为我准备的那出表演有点出入。她一开始试图说服我,说如果她真的做出那种事,那我讲的也许有道理,但她从来没有吸过毒,所以我不该继续把她留下来。她说这里的环境太可怕了,而且他们是治不好她的,因为她根本就没什么要治的。

"噢,亚娜,怎么没有。你别忘了,他们在你的血液里查出了什么我可是知道的。"

"就那么一次。"

"这招对一无所知的人或许还行,但在我这儿是行不通的。"

"真的就那么一次,我再也不会了。我已经醒悟,知道这很傻了。"

"你要我怎么相信你?"

她向我保证她再也不会做这种事了。她还发了誓。

我什么都没说。我不想看轻她的誓言,但我知道她的决心我是不怎么信得过了。

"妈,你不能把我丢在这儿!我会发疯的。"

"你体内的毒更会让你发疯。你就在这儿待着,直到痊愈。而且恐怕不是两三周能完的。"

"你是说真的么?"

我点点头,她抓起剩下的杏挞就往地上砸。然后起身跑走了。

我有冲动想追,但我知道我不能这么做。

153

晚上妹妹莉达给我打来长途电话，问我亚娜的近况："妈妈告诉我你把她关进疯人院了。"

我回答说自然不会把她跟疯子关在一起。

妹妹说她也没这么想，不过尽管如此，她还是觉得我没给她选个好地方。

"这里对谁都不是好地方。"我说。

"我们不争这个，"她说，"我听说他们那里效果不怎么好。你不能让女儿出院后有故态复萌的风险。"然后她接着说他们乐队那个吉他手在布拉特纳一个社区接受过治疗。他们把他治好了。她认识主管这个社区的治疗师。据她说，他人不错，而且她可以说服他接收亚娜。

我不太确定。我还没习惯让妹妹来帮我，而且还是她心甘情愿来帮我。"但我对那个地方一无所知。"

"肯定是要先去看看嘛！"

"我要考虑考虑。"

"克里斯蒂娜，"她说，"你可以考虑，但你不会有更好的选择。"她让我记下治疗师的名字和地址，催促我立刻采取行动。"你可以过来接上我一起，"她提议说，"我星期三有空，我跟你一起去。"

或许我妹妹是真心为我难过，或者至少是为亚娜难过。我不敢去相信，尽管如此我对她的关怀还是心存感激。我跟她说我会取消周三的手术安排，然后开车过去。

二

我的男朋友从斯洛伐克给我来电话了。他告诉我那里很美，而且他们要继续往韦尔基－索科尔峡谷和别拉－多利纳走。

我跟他说我知道那里有多美，而且说他玩得开心我也很高兴。但我没问他，如果他真的像他说的那么爱我，没我在身边他怎么能玩得开心。

他接着说不能跟我在一起他很难过，不过他特想见我。

他还没有想我想到要回来的地步。他总不能因为我想他就不去韦尔基－索科尔峡谷吧？

我不知道周六下午该干什么。

至少，我可以去看看妈妈。妈妈一直是那个安慰我的人，不是因为她会说些抚慰人的话，而是因为她总能找到合适的视角来看待我的烦恼。或者说至少她总能听我把话说完，然后用她的亲身经历来安慰我，跟我讲她处于更深的逆境却没有绝望的故事。

她已经接受了爸爸的死，但她还是每个月至少两次去附近的公墓，把鲜花插进我买的那个花瓶里。大理石墓碑没有污迹，但她还是要多此一举地去擦拭。另一方面，她开始与她久违的故友往来，还跟她们一起上剧院，这是她以前从来没做过的事。

我提出给她买条狗，买只猫，或至少买一只鹦鹉，这样她的公寓里就不至于没有一丝生气，不过她拒绝了。她不想要一个活的伴儿；她现在觉得照顾谁都是一种负担。另一方面，她自己买了一大堆室内植物——仙人掌和常绿植物——来填满她房间里每一寸空出的地方。

她又开始笑了，通常是笑自己。甚至连其他人会觉得气恼或灰心的事，她也能笑出来。她喜欢给我讲附近住的心不在焉的怪癖老人和老奶奶的故事。

但我担心她的身体状况。有时候她会出鼻血，而且流血不止，最近我不得不带她去医院看看了。照理说她需要吃强心丹和降压药，但她总是"忘记"每天吃药。我一说她，她就说她什么药都不用吃，说她觉得自己很健康，说我因为几滴血就大惊小怪。

我还没坐下来，她就开始烧水冲咖啡，还给我拿了一块刚出炉的大理石蛋糕。然后她给我展示了一株开紫花的植物，她内行地称之为苏铁。她问起亚娜的近况。

我们聊了一会儿，聊我那不听话的女儿和她治愈的可能性，妈妈说她也需要为此负上一定责任,让我吃了一惊:"你从来不肯接受你爸的信念,"她说,"但我又没有更好的可以给你。"

"但我们说的是亚娜,不是我啊。"

"你自己没有的东西,就无法传承下去,"妈妈教导我说,"所以你只好给她买东西。"

我没问那我该给她什么。

"你的外祖母当年还继续上犹太教堂去,她是这么跟我说的。"妈妈开始追忆。其实她并不知道她被毒杀的母亲信主是否遵循犹太信仰。如果是的话,她肯定没有严守戒律,因为她嫁给了一个非犹太人。尽管如此,她还是把她从祖辈获得的一些东西传承了下去。但她死前还没有传递完。她留在世上的就只有我母亲一人,但我母亲已不再能传承什么。在她看来,仿佛一切值得表述、值得感受或值得相信的东西都在那场可怕的战争里葬送掉了,所以她什么都没有传给我。

"可是妈妈,你给了我最宝贵的东西。"

"什么东西?"

"你爱我。"

"对,这倒是值得骄傲的——我还不是一个没心没肺的母亲。不过你跟我一样清楚,你还缺点什么。"

"我们都有缺憾。这年头谁还上犹太教堂?还有几个人去做礼拜?"

"我说的不是这个。"她解释说,她想到的是一种延续,这种延续被纳粹的出现打断了,但之后她却没有试图修复。或许也是出于爸爸的原因。他肯定觉得这是没道理的。

她这话说对了。爸爸拒绝接受在他看来没有道理的东西。但凡他不接受的东西,他都认为是错的。

妈妈等待我的反应,但我没说什么。的确,我缺了点什么。我除了叛逆什么都没有。如果有人问我不想要什么,我能回答出来。但问我想要什么,这我却很难说清。或许是不欺骗和不受骗吧。做一个对人民有用的人。活在爱之中。都是些老生常谈的东西,没什么崇高的目标。

"我愧对我妈妈和我同样惨死的叔叔婶婶和祖母。"妈妈悔恨地说。

"你亏欠他们什么?"

"这正是我跟你解释的。我只是把往事当成一场可怕的灾祸,但是除了不跟我的亲生父亲说话之外,我还做了什么呢?"

她跟我说她没能保持那种延续。一切本该与她关联的人或事,她都割断了纽带。她不想再跟那些惨死的人有任何共同之处。她一辈子勤勉,但除此之外她事事点头,免得我爸老发脾气。她让我们在与他人没有关联的环境中成长,她绝不希望我们想象自己跟那些被杀害的人有任何共同之处。

"妈,你何苦自寻烦恼。"

"我不是自寻烦恼。我只是在想你,更是在想亚娜。也许如果她知道自己的归属,她会过得更好。"

问题是,我们的归属到底在哪里?我跟自己说。在第二个千禧年之末,在六十亿人之中,在一个全球化的世界里。全球化这个时髦说法,描述的就是这种情形:希望日渐式微,唯一巨大成就只有超级市场。

我们属于大爆炸一百四十亿年后的世界,我的前夫会这么说。一个按照目前事态发展,在上帝眨几次眼后就难以为继的世界。

但我这只是给自己找借口,从而不去思考妈妈试图告诉我的东西,不去思考为什么我人生中有这么多失败。

"我在你爸爸的坟上种了些蓝蜡花,"妈妈换了个话题,"你注意到了么?不,我猜你没上那儿去过。"

我跟她说我最近忙得顾不上去公墓。我有时间宁可去看亚娜或者来看她。

"你还是应该偶尔去一下的,"她敦促我说,"他毕竟是你父亲。"

我向她保证我会找时间去，我突然想起他不仅仅是莉达和我的父亲。不过幸好妈妈不知道。

我走上炙热的街道，街上几乎空无一人。能走的人都出城了。我往公墓的方向出发，但没去那么远。在弗洛拉，我进了地铁站，至少那里比较凉快。

而且，我下意识知道自己在往哪儿走。我在卡林下了车。那个叫瓦茨拉瓦·阿洛伊斯·韦塞利的人可能是我弟弟，他的地址已经在我的记忆里生根。我不知道我能不能下定决心上门造访。我不知道该说什么。我总不能按响门铃，然后问一个陌生人，不好意思，你是不是我弟？

他可能长得跟我相像。如果是的话，我会立刻拥抱他。弟弟！是我，克里斯蒂娜，你同父异母的姐姐。

不过有个陌生女人突然伸手抱住他，肯定会把他吓到吧。

我都不一定要进去。我只要看一眼他住的地方就好，前提是他还在那儿住。

我转进那条街道，街名透露出附近有河。可是现在这条河已经被工厂建筑、丑陋的仓库，以及由墙壁与停车场围成的迷宫遮得严严实实的。我走在对面的人行道上，走过邋遢的公寓楼，楼和楼之间还嵌了许多小商铺。有吉卜赛儿童在四车道的大马路边玩耍。

我找的那间房有两层楼。泥灰脱落的地方，透出里面斑驳的石墙。一台电视机正透过打开的窗户怒吼。破败的前门敞开着。我犹豫片刻，但是来都来了，我自然不会守着门不进去。

过道泛着霉菌和德国泡菜的味道。我没找到住户名单，不过门后墙上一角钉着几个信箱。其中一个信箱上写着我这个素昧平生的弟弟的名字。名字是用大写字母写成的。字母向左倾斜，下部却是修饰性的圆体。我感觉看上去似曾相识。我努力回忆却难以置信，其实是迟疑不肯相信我刚刚弄明白的事。我不是唯一一个出发去寻找失散的异母姐弟的人。他已经找过我，还给我留下了恐吓信，只是他忘记署名而已。

于是我找到了我要找的那个人,那个并未邀请我的人。我本可以转身离去,但我继续沿着走廊往下走,去寻找写着他名字的那扇门。

就在一楼。光看字迹我就认出来了。我按下门铃,等待着。

很长一段时间,没人应门。然后门突然开了,我之前却并没有听到脚步声靠近。我大为惊骇,发现我正跟我坐着轮椅的父亲面对面,我从儿时起就记得父亲是这副模样。浓密的金黄色眉毛、泛灰的头发、冰冷的蓝眼睛和大大的凸下巴。他以一种不信任的眼光看着我这个陌生女人。

我自我介绍后,说:"我总算找到你了。"

"你指的是?"

"我一直想要一个弟弟,"我说,"但我却不知道有你。我在爸爸留下的笔记本里读到过你。你知道他已经死了吧?"

"克里斯蒂娜,进来吧。"他倒着轮椅后退,我没有转身逃走反而进了这个公寓。客厅的门敞开着,我猜那是公寓里唯一的房间。家具是黑木做的,年代比刨花板要早。一张矮桌上放着一台电视机,角落里另一张桌子上放着一架两头电灶。墙上挂着颜色浮夸的油画,上面全是奇异扭曲的形状,变形的人体和动物,还有树桩。上面都题了一行向左倾斜的字。天花板的钩子上挂着两个鸟笼,里面各种鸟类一动不动地待在里面。他顺着我的目光看去,说:"这些都是标本。克里斯蒂娜,克里斯蒂娜,"他接着说,"妈妈跟我说起过你。"他摇着轮椅到桌前,拿起几页纸,揉成球然后丢进废纸篓里。或许这些是他给我写好的信。"我来冲点茶。"他提议说。

我说我来烧水。

"不,不,我习惯了什么都自己来。不过你可以去打些水。水龙头在过道里。"

我接过水壶,走出去过道里接水。我不知道我怎么还在这儿,不知道我跟他有什么可聊的。

"爸爸怎么死的？"我回来后他问道。

"他长了肿瘤。"

"你可是医生啊！"

"我只算半个。"每次有人提起我的职业我都这么说。

"我知道，妈妈告诉过我。我从未见过我父亲，"他补充说，"所以如果我没有对他的死表露出悲伤的话，请不要感到冒犯。我想你跟他相处的时间肯定比我长。"

那是肯定的。但这跟他想象的却不大一样。尽管如此，我还是突然对他有种歉意。

"我也想当医生，"他说，"不过却出了这事儿。"他示意他的轮椅。"所以我放弃了。"

"怎么出事儿的？"

"我潜到河里，却撞上了岩石。"

"很抱歉。"

"我开始画画，"他指着墙上的画说，"这些都是我的作品。"

"我看出来了。这些……这些画都很有意思。"

"我以前给一个手工艺品厂设计玩具，还有纺织品，不过这年月我什么活儿都接不到了。这是个很操蛋的世界。他们巴不得把残疾人统统送进毒气室！省下钱来，还能给四肢健全的人减税。"

热水壶叫起来。他摇着轮椅过去，倒了点茶叶进一个滤器，然后把热水浇上去。他拿出来的杯子很大，而且看上去不怎么干净，不过他这儿怎么会有干净的杯子呢？

"加糖还是朗姆酒？"

"我不吃糖。"

他到橱柜取下一瓶朗姆酒。往我的茶里倒了一点儿，然后往他的杯里倒。他给自己倒的朗姆酒比茶水还多。

"出了这样的事，我真为你难过，"我说，"有人照顾你么？"

"我自己照顾自己，"从他的声音里我听出了爸爸冷酷的果决。

"妈妈去世前一直照顾我。那边那张是她的照片。"他朝桌子一指，一张加了框的小照片立在上面。

我起身走过去看。照片中的女人大概是我的年龄，可能还更年轻；这张照片显然是有年份了，从发型来看大概是六十年代末的样子。我端详着那张脸，却没发现什么有趣之处。对这个爸爸背地里爱着的女人，我不知道该说什么。

"我女朋友以前会来看我，"我的异母弟说道，"不过她已经结婚，现在有孩子了。我还有其他朋友，"他立刻补充道，"他们偶尔顺道拜访我，帮这帮那，但他们没时间来照顾我。爸爸从来没有来过，连事故之后都不曾出现。他毁了我妈和我的人生。我潜到那条河里只是为了证明虽然我没爹，但我也是个人物。有时候一次犯傻就能决定你的整个未来。"他的茶喝完了，现在他只往杯子里倒朗姆酒。

他让我感到消沉。我啜着茶，反复想着面前这个人是我弟弟。我本该对他有感情的，但我怀疑我做不到。

"你跟我想象中不大一样。"他突然说。

"你怎么想象我的？"

"我原以为你会丑一些，"他的坦率让人意外，"你有一个女儿？"

"对。"但关于她，我什么都不会跟他说。我不想让他了解我的痛苦，或者我的欢乐。

"找时间带她来看我吧。"

我沉默不语。

"前提是你还愿意来看你残废的弟弟。"

"这并不重要——这轮椅……"我说，"你什么时候想让我来，或者需要什么东西，我就来。"

他没答应，但也没拒绝。"工作怎么样？病人多么？"他问道。

我跟他说刚好应付得来。

"那你赚不少咯！"

我跟他说不怎么样，只够母女过活。

"我需要一个牙桥，"他微微张嘴，指着里面说，仿佛是要给我看另一名牙医的手艺，"我的牙医要收一万五才给我做。这只是几分钟的活儿！而我却得攒两年的钱才付得起。"

我跟他说我从来没收这么贵。如果他来找我，我可以免费给他镶配牙桥。这比他给我写恐吓信实惠多了，但我没说出来。

"我不知道你怎么看待我，"他说，"我不算是你的家人，对么？"

"我们都不知道有你这个人。"

"听好了，"他说，"我应该先跟你提个醒的。我有时候很怪僻。我会想象很离奇的事情，比如把自己想象成大独裁者。或者是集中营的指挥官。一个专门关女囚的集中营。我面前有大堆的女人，我可以为所欲为。你懂我意思吧？我想怎样就怎样：我可以让她们把衣服脱光，或者严刑逼供，然后我再想象她们所犯的罪。"

"你说这些只是为了吓唬我。"我说道，我真的感到一种不安，但更多的是厌恶。

"不，这些只是我想象出来的。我连一只苍蝇都没伤害过。或许我脑袋撞上岩石的时候，身子出了什么事儿，比如脑部受损。我的天，哪有集中营指挥官坐轮椅的，这根本讲不通嘛。"他笑了一下，"不过这会是恐怖片里不错的桥段。你能想象出来么？坐着轮椅的指挥官，手里拿着赤热的火钳，往赤身裸体站着的一长队女人身边逼近……"

"别再说了，"我要求道，"我不想听。"

"你觉得我是个疯子或者变态，对吧？"

我想起了爸爸的姐姐文达。"或许你有遗传，"我说，"基因方面的。爸爸那边的人都有。"

"我不知道。我还以为爸爸是个正常人，至少没发疯。"

"是，他没发疯。不过他懂得怎么伤人。毕竟你自己也发现了。"

"对，我是发现了。再来点茶么？或者来点这个？"他举起酒瓶示意。

"不，不用了，谢谢。我只是想看看你是不是真有其人。爸爸的日记里说得不太确切。"

"显然我长得很像他。"

"的确，像极了。"

"我就怕长得像他。"

"我懂。"我站起身。

他送我到门口，当我伸出手要跟他握手的时候，我感觉他眼里噙着泪水。或许他是因为时隔多年找到了异母的姐姐而感动。可是他之前就知道我；他早就找到我了。更或许他是因为失去了假想敌而难过。

道别的时候，我无法勉强自己再次开口邀约，让他有需要就来找我。反正我的地址他也清楚。要不是因为他坐轮椅，我还会跟他说，别再给我寄那种信了！好让他知道我心里有数。不过我觉得他也不会再写了。他会找到别的方式来宣泄他那种施虐狂想。

我没有回地铁站，而是朝反方向去了。我不想走在人群之中。河岸不会太远，但是人们在我和它之间建起了四车道马路，边缘还筑起了围栏。我过了马路，沿着围栏快步走着，虽然围栏可能没有尽头。车从我身边呼啸而过。围栏上方有标牌，上面写着疯狂的广告语，在它们上方悬着一阵热腾腾的略带蓝色的烟雾。

我见到了我的弟弟，他辱骂我，因为我有爸爸，而爸爸从来没去看过他。我猜他想象过我赤身裸体地站在他的集中营里，而他用赤热的火钳来烫我的情形，因为我独享了他父亲的关爱。

我不该生他气的。他继承了爸爸恶毒的灵魂，除此之外，不幸的命运还将他交付给了轮椅。

围栏终于出现一个缺口：外面有条预制的水泥路，似乎可以将我引向一个现款取货的批发商铺。我沿路而行，立刻发现自己置身于一个全然不同的静默世界。道路在墙壁之间蜿蜒，附着的常春藤反而掩饰了墙壁的破朽。巨大的机动车轮胎、塑料袋和生锈的桶就散布在边上。我是唯一一个朝这边走的人。那光荣的商店仓库已经关了，可能因为这是周六下午，但更可能那个店从来没开张过，因为没有人会到这里来。我一直往前走：这里一个活人都没有。但我可以听到远处河船的汽笛；也许我能找到一条通向河边的路。我本该恐惧才对，但我感觉自己醉了，仿佛走在凄凉的梦中。我在梦里不会害怕，只有醒着的时候才会。道路围着一个高高的装着铁栅的飞机棚急转，眼前突然出现一幅奇景。道路尽头，在一个垃圾场中间立着一个诡异的庞然大物：两座塔，塔顶都腐蚀得很巧，这两座塔就像两头矗立的化石恐龙，脑袋交缠在一起。我感觉这可能是一个旧的集市帐篷，靠吹热气鼓起来的那种，更可能是一个弃置的电影布景。不过走近一看，我发现这是一座钢筋废墟，有着巨大的墙壁，大概是战前建起的一座军营的残骸。

垃圾堆发臭，大群苍蝇在上面嗡嗡作响。我绕过去，终于看到了伏尔塔瓦河的一条支流，脏水慵懒地流淌着。我靠在一棵老去半僵的柳树上，想点一根烟。我的手指在颤抖。这里连一个活人都看不到。如果真有人来，他没准儿会杀了我；死亡的气息盘踞在土地跟水域之上，没有一丝可取之处。我想象亚娜来过这地方。我突然意识到我理解她了。我能明白为什么她喜欢嗑药了，嗑药可以让这个世界看上去有所不同，很可能比现实更好，至少让人更能接受。

三

今天是星期天。我本可以睡懒觉，但我五点就醒了，而且我知道我没法再睡了。跟我那弟弟又非弟弟的那次会面压在我的胸口。仿佛我现在才完全意识到发生在亚娜身上的事有多可怕。我想着她，开始追溯过去，寻觅我那小女孩开始堕落的时刻。如果真有那一刻的话。

也许我妹妹是对的，她认为我跟我那不忠的丈夫的离婚这一举动是愚蠢的。如果我能控制自己，假装视而不见，或者看见了但做好准备耐心等待我的夫君殿下清醒过来，回到我身边，一切都会对我的小女孩更好。但也可能更差，因为他开始粗鲁地对待我，甚至当着她面也这样，有时候我忍无可忍，开始哭叫或跟他吵嚷。

爱情走的时候，满足感也随之而去。谅解也同样消失了。不过我怎么就无法抓住那份爱呢？

然而我的小女孩需要爱。当卡雷尔离开我的时候，我试图把爱给她，但是爱不可能不断给予，至少我做不到。有时候我的孤独感重重压在心头，沙子在我脚下碎裂，我感到饥渴。我渴望一个深情的男人；我白天里如此之渴盼，以至于在梦里情人们都到我身边来，在我耳畔软语温存，亲吻我的乳房，进入我的身体，在梦里我因陶醉而颤抖。我只有过一个真正的爱人，但却以悲剧收场。从此以后，我害怕再一次失望，对男人我还能期待什么呢？

然而我再次屈从了诱惑。我知道失望在所难免，但我试图不去想它，不去考虑未来。

昨晚入睡之前，我想象那个诱惑了我的人在山里游荡。他说整队都是男的，也许他说的是实话。做我的男人吧，我亲爱的，我乞求他。做我的男人，不要抛弃我，哪怕只到夏季结束为止，哪怕只是上帝眨眼的几分之一的时间，请别抛弃我。

正如妈妈所说，我缺了什么。这是一个我无法窥探的维度。我无法打开通向它的那扇门。爸爸把门向我锁上，而我唯一一任丈夫在上面添了把锁。门的后面是什么？是上帝么？是某种不会消失的爱，就像人与人之间的大爱？是内心的平静，人世的宁静，而非死后的安宁？我情绪低落时常将后者视作解脱。是从日常纷繁中脱拔出来的心灵的高贵么？是那种让人能够专注自我和灵魂的空灵么？我从来找不到时间和场合来审视内心。难道门后面是音乐之声？拉奏音乐以前可以让我释怀全部的苦痛和焦虑，为我重新渴望调解。但我没有坚持。我看着自己被人从音乐放逐，现在顶多只是偶尔哼唱一下，或是放一下别人谱写或演奏的音乐作背景。

不如去看看我的小姑娘？她试图用她的方法来弥补所缺，这并不是她的错。问题是把矛头指向我就等于承认她是对的。把毒药注射进静脉的人是她，但拿着注射器的人是我。

但我没去看女儿，起床第一件事是去看她父亲。我心里想的是和解。

他开门的时候，对我的到来并不惊讶。"我昨晚梦见你了。"他让我在扶手椅上坐下后说。

"你感觉如何？"

"可能好一些了吧，"他说，"我的体重还增了一点呢。"

"那是好事啊。"我把剩下的杏挞拿出来，放在一个我不熟悉的盘子里。虽然他没有留在我身边，但旧盘子旧碗都留下了。"你梦到我什么了？"

"我梦到你把我当场抓住。"

"什么当场？"我假装不知道。

"我跟一个女孩一块儿。我们躺在酒店房里，里面挂着红窗帘，铺着波斯地毯。酒店的电梯坏了，楼梯被封了。我以为楼梯被封，电梯不灵你就没法抓到我们。但你爬脚手架上来了。"

"抱歉让你不安了。"

"真奇怪，这么多年了，我还是害怕被你发现。"

我没跟他说有些罪孽是跟人一辈子的，但我告诉他亚娜进戒毒所了。

他吓了一跳。想到女儿进戒毒所，他一时接受不了。身为运动员和教师的他一向是节制的楷模、一切罪恶的死敌——不忠除外。"有这个必要吗？"

"你不会真觉得我是因为好玩所以送她进戒毒所的吧？而且我也不打算把她留在那里。我要带她离开布拉格。"

"你就是这样做重大决定的？你就没想过要跟我商量一下吗？"他语带责备。

我尽力解释说我必须迅速采取行动。而且距离我们上次聊她的事已经很久了。他对她的事情不感兴趣了,他有别的烦恼。而且我不想在他手术刚过就让他心烦。

他站起来,在房里来回踱步。他以前每次准备开口训我之前都会这样。"统统都是借口,都是对我的偏见。你当然应该事先问我,"他说,"我毕竟是她的父亲。而且对这种事情我还是有一定了解的。"

我感到旧时那种不确定感和恐惧又回来了:在他严苛的眼中我做错事了,搞砸了什么,犯下了罪。

他说最近几年,每次见到亚娜都觉得她越发像我了。她更多地遗传了我的基因。他回忆起第一次见到我的时候,我就是那个样子。我以前会在酒吧里跟一群人混,喝得酩酊大醉;那时候毒品还很罕见。但我不讲秩序,缺乏敬畏之心。

我说我自那时起已经变了。

不过在他看来,秩序感是天生的。

"那我生下来就是个错。"

他让我不要出言讥讽,然后发表了一通关于正确教养子女的教学讲话。当然他列举了我的全部过失,这些我全都清楚:我不爱做饭,购物不够用心,不懂管钱,给自己买衣服花费过多,更别提我抽烟的毛病,还有多次跟女性朋友夜间外出,回来时醉醺醺的。我们的小女孩会怎么想?我给她树了个什么榜样?

这长篇檄文我都会背了。我们还生活在一起的时候,我多少次懊悔不已地听他数落我。我会为自己说话,捍卫我的一点隐私权,一点私人空间,还有我允许进入私人空间的人。但我从来没赢过,最后总感觉像头被鞭打了一顿的野狗。我的确试过少抽点烟,但没能坚持太久,可能因为这是我人生中为数不多的乐趣之一。

毕竟,一个好榜样比任何说教、禁令和处方都重要,我的前夫继续说道。

我应该振作一些。毕竟我已经不再低他一等了。我不该让自己被一个抛弃过我的人威吓,受一个抛弃了我和我们女儿的人威吓。我们还是尽我们所能解决自己的问题吧。

尽管如此,我还是没有出言顶撞,我只是在他的激烈抨击中起身离开了房间。

走到街上的时候,我猛然觉得有件事情他说对了:我的举止像亚娜。但我忘了拿起那盘杏挞摔在地上。

四

这房子是一个木制农舍,有点年久失修了,孤独地立在一个高地牧场的边上。通往农舍的小径很窄,如果两辆车相向而行,那谁都过不去。我们在正门前停下来。一个吉卜赛小姑娘从农舍里偷看一眼,然后又消失了。农舍旁边有个谷仓,母鸡和鸭子就在两者之间的空地上走来走去。我们还能听见附近猪栏里的猪叫饿。

"很美吧,你觉得呢?"妹妹问道。

"田园风光很不错,"我谨慎地说,"而且又是夏天。"

心理治疗师在他的办公室里招待了我们,他的办公室里空空荡荡,只有一张桌子、一把椅子、一个档案柜,墙上挂着一幅弗洛伊德的照片,旁边是一张圣人的彩图。弗洛伊德、那位圣人和治疗师都蓄着胡子,不过治疗师还有一头黑发,而且不像那位圣人和弗洛伊德,他穿着一件T恤衫,上面写着"基督教青年俱乐部"。他和莉达的交情到了直呼其名的地步。她管他叫拉德克。

他让我详细讲讲亚娜的情况。我努力把所有细节一一提及,包括让我感到羞耻的事,亦即我女儿似乎不光跟我撒谎,还从我这里偷东西。

然后他问我家里有没有人吸毒或对其他东西成瘾。

于是我承认自己吸烟,还有每天喝酒,虽然只是适量而已。我年轻的时候不时喝醉,但那已经是很久以前的事了。她的父亲在这方面却堪称楷模。跟他相比,我一直在损害自己的健康,他以前常常因此批评我。

他在一个便笺簿上记笔记,不时点点头,仿佛在说,对,就是这样。不过他什么都没说,只是邀请我去疗养院参观。

房子宽敞而简朴。一切都看上去破破烂烂的,家具无疑是一些仓库的压仓货或是别人丢弃的杂物。我注意到有几个窗格碎裂了。除此之外一切都干干净净——地板因为刚拖过,还是潮的,四周没有喧闹的声音。但跟环境相比,我更关心以后亚娜要打交道的人。但是短短一次造访又能弄清楚多少东西呢?一个小伙子,大概二十出头,正在一个古老的手磨机上磨什么东西,另一个人正在用独轮手推车运送粪便,那个吉卜赛小女孩正跟另一名男孩一起锯木头。有那么一刻,他们让我想起靶场上的人形靶子,只不过他们全穿着牛仔裤和T恤衫。

厨房里,两个女孩子正在准备晚饭。我们参观了其中一间卧室。里面有三张床,其中一张床上,一个一脸疲惫的年轻女子正坐着抽烟,她仿佛没有注意到我们在场。

"莫妮卡,你怎么啦?"治疗师问道。

"我不想再活下去了。"她说道,连看都没看他一眼。

"会过去的。我们今晚谈谈。"他承诺道。

"她才刚来两星期。"我们离开卧室后,他告诉我们,仿佛因为这里有人不想活而跟我们道歉。他不必跟我道歉。这种感觉我太常有了,以至于我现在还活着,自己都感到吃惊。

回到办公室后,他跟我说,如果我们愿意,可以让亚娜过来,但这个必须是她的个人决定,没人能强迫她留下来。"我们每天都有一次小组治疗课,"他说,"而且每个人都得工作,工作是治疗的一部分。等他们情况改善,他们可以去上学,但学校离这里有一定距离,而且冬天路不好走。"他提醒我说这里安排很严格。"毒品自然是禁止的,但是酒精和性也不允许。如果他们吸烟,可以取到香烟。一开始他们必须待在这里,第一个月里不允许书信或访问。无论是谁,打破规矩都要离开疗养院。如果有人觉得制度太严,可以走。如果有人逃跑,那这个人必须离开。这里条件相对艰苦,尤其是冬天。"他说道,再一次提起冬天的状况。

"冬天还远呢。"我说道,暗自希望他会认同我。

"没您想的那么远,"他又补充了几句,仿佛为了粉碎我的一切虚妄的希冀,"从您描述的情况看来,我不认为亚娜可以在冬天之前回家。我是说治愈的情况下。您必须安排她中断学业。"然后他继续说,能够完成整个疗程的人,其中一半都没再复吸。最后他告诉我每个月我需要支付多少钱。还有好多我想问的事情,不过他解释说小组治疗课很快要开始了,而且很遗憾无法邀请我们旁听。但即使我再多待一会儿,他还能跟我说什么呢?一切全看亚娜的意思。我无法想象她动手锯木头或清理猪粪,我太惯她了。

回家路上,莉达和我在镇上一家酒吧稍作停留。她只要了面包和奶酪,我要了碗匈牙利红烩牛肉汤。我饿坏了,从早上起来就没吃过东西,但除此之外,我一想到把亚娜送到这么边远的郊外,而且不能来看她,我的胃就翻腾。

"别担心,"妹妹告诉我,"他能帮到她。他很了不起。他知道如何找到根源,这才是最关键的。"她犹豫了片刻,然后补充道:"他还帮过我。"

"你?"

"你很吃惊么?"

"我完全想不到。"

"七年前,我找他看过门诊。我没告诉你,也没告诉老爸老妈。这跟你没关系,是我自己的事。首先是我自己的事。"

我想问她吸了什么,但我觉得这是在刺探隐私。所以我只是问,"他找到了什么根源?"

"空虚。失望和空虚。"

"我从来没想到。"

"因为你一直觉得我自我感觉良好。这只是我在你们面前演出来的。我跟一个乐队一起巡演,出过几张CD,但是有千千万万这样的乐队,有几百万张CD。别人买不买你的唱片根本没区别,因为一年之后没人会记得。没有什么比从事别人根本不在乎的文艺工作更糟的了。"她补充说她羡慕我的工作,因为我的工作有意义——帮助减轻别人的痛苦——而她所做的只是在我们周围添加一些噪音。人们为她鼓掌,但只要有人能帮他们暂时忘却他们的生活,他们可以为任何人鼓掌。

"我完全猜不到,"我说,"从来没想过。"

"我们彼此了解太少,我们都全神贯注于自己的麻烦,都对彼此装模作样。"

"他怎么帮你的?"我想起来要问。

"他帮助我认识我的真实感受,并且接受现实。不再好高骛远,也不再高估自己的能力。"

"你现在都好了么?"

"这要看你怎么定义了。我不再静脉注射了。偶尔会跟哥们儿喝个大醉,有时候,比如音乐会散场后,我不高兴反而开始哭。我把眼睛都要哭出来了,然后开始打嗝。还有的时候,我会到商店里给自己买一堆没用的衣服,最后全部送掉。除此之外,我还不错。"

我开车送妹妹回家。分别的时候,我们互相拥抱,这是很多年来第一次。

五

我们看见了一头山猫和一只天上飞的猛禽,我认为是隼,但伊尔卡坚持说是鹰。薇拉支持我,其他人则支持伊尔卡,因为他主持广播节目,大家认为广播主持错不了,虽然事实恰恰相反。

我本可以再理论一番的,因为我爸跟我以前常观察隼,但我觉得没有必要为了头扁毛畜生多费唇舌。

我们以每天二十公里的速度行进。本可以走得更快，但是路线比较艰苦：有时要穿过狭窄的峡谷，有时要爬梯子或攀登陡峭的石阶，而伊尔卡除了背他的背包和帐篷之外还要兜着五十公斤的赘肉。

我猜上山顶会闷热难当，不过在峡谷里，太阳不怎么晒到我们，晚上也挺凉快的。

我跟薇拉说的话并不比别人多。有一次我们爬梯子的时候，在背包上我帮了她一把；我们要跳过急流的时候，我也会把手给她。每次碰到她的手，我都心里一阵激荡。我们以前去电影院或剧院，还有在她的学生公寓独处的时候，我们都一直牵着手。我们会十指紧扣，我能感受到她手指间的脉搏——这是做爱前的美好前奏。

每天晚上她独自回到帐篷里，我都尽量不去想做爱或想象我们赤裸相拥。或许她在等我去找她。如果我进她的帐篷，我猜她不会把我踢出来。我尽量去想克里斯蒂娜，但她却似乎非常遥远。她住在另一个世界里，那个有工作和要务的世界，那个有所长、主任、警长和属下的世界，更别提那一份份的检举文件，而写下这些文件的一个个畜生仍然逍遥法外。

我们在这里沿着荒废的轨迹走。我们成功走出了森林，我们会半裸着身体在草地上晒太阳，生火煮饭，饱餐之后唱歌，临近傍晚开始搭帐篷。当人们共享不寻常的经历时，他们会紧密维系在一起。我发现哪怕是受苦或迫害也比平静单调的无所作为更能把人凝聚起来。

这正是我所惧怕的——我讨厌那样的生活。我对一切显得特殊或怪异的东西感到兴奋。这正是毒蛇或希特勒、斯大林的人生故事吸引我的原因。他们的命运像绷紧的弦。他们所攀登的高山山顶藏在云里，山底被鲜血浸染，而他们俩最终都坠落山底。

我并不渴望高耸入云的山巅，从上面摔下来往往是致命的。我一刻都不想留在顶峰，因为上面总是孤独的。他们让斯大林躺在地上死前饱受痛苦折磨长达数小时，他们不敢爬上他们眼中斯大林那让人敬畏的高度，然而其实斯大林已经在地上四仰八叉浸在自己的尿里①。而斯大林的最大的敌人、他的同路人希特勒比他更早堕马。直坠入地下碉堡，为了逃避审判，他让自己的随从开枪把自己打死②。他连一场葬礼都没有，那上百万向他致敬，喊"胜利万岁"的人里肯定有人愿意参加。结局是杰作的冠冕③。

我唯一想拥有的命运，是那种能让我摆脱平庸和空虚的命运，空虚之中死亡在向人眨眼。问题是我不知道我要怎样做才能成就这样的命运。我通常最后沉浸在白日梦之中。

在这里每过一刻，我都觉得我离自己的日常生活越来越远。最近这几天，我感觉我的头脑变得清澄了，我终于能够辨明我所关注的一切事物的清晰轮廓。我甚至还能看清未来的轮廓。

我开始明白我所从事的工作正在毒害我的灵魂。工作迫使我去关心前人的种种可鄙勾当，如此之密切以至于我最后看不到别的东西了。我们每个人都跟这些勾当有所关联，不论是跟自己相关，还是经由父亲母亲。我有这种感觉——就像索多玛——在我们的城市里找不到十个义人。

在我离开布拉格之前，我尽力绘出这个城市的下个世纪的星盘，该图预示了这座城市在二〇〇六年的衰亡。我努力查明这衰亡是因为战争、洪水还是从天而降的灾祸——虽然洪水也是天灾。但我现在明白，预示的不一定是那种毁坏建筑的灾难，同样可以是道德的衰亡。

在我们游荡的第五天，我躺在帐篷里一直无法入睡。我仿佛被一种难以名状的躁动攫住了，这是一种预兆，有件无法避免的事情要发

---

① 1953年3月1日，斯大林房里一直没有动静。警卫迟迟不敢进入，直到当晚十点才借故闯入，看到中风倒地的斯大林。警卫求救后，贝利亚和马林科夫前来探视，称斯大林"睡得很好"。斯大林当时裤子已经尿湿（失禁），在此窘境下僵卧多个小时，没有得到任何救助。

② 苏联怀疑希特勒并非自己扣动扳机自杀，而是在服毒后由随从开枪打死。

③ 原文为拉丁语谚语。

生了。

突然我帐篷的门帘被掀开了,借着暗淡的月光我看见了薇拉。

"是你吗?"我问道,不久以前,我们做爱的时候,我也会这么问她,但现在这个问题意义已经不同。

"是我,"她低声说,"米老鼠不过来,山只好过去。"

"我有好多座过不去的大山呢。"我说道。不过她快速脱掉田径服,在我身边躺下。

月色闪耀,一束皎洁的月光穿透帐篷的布料打在我们身上。我可以听见河流的低语,一只鸟在我们身边或许就在我们头顶尖叫。我们做爱了,她的呻吟比以前哪次都厉害;不知道这是因为陶醉、胜利感还是悲哀。

"你爱我么?"她问道,"告诉我你还爱我。"

但我沉默不语。

她突然一把将我推开,然后开始穿衣服。我跟她走出帐篷。星星在我们头上闪烁,仿佛格外明亮。

"对不起,"我说,"重新开始真的没有意义。不会有结果的。"

"谁说要开始了?"她激动地说,"我就是想看看我还有没有本事让你来求我。"

"但我没有求你吧?"

"没有?你刚做完那事居然还好意思当我面说这种话。你个卑鄙、恶心、满嘴谎言的畜生。"

或许她是对的。仿佛我一直在等她到我这儿来,等她跟我做爱。

当我还努力想成为一名历史学家的时候,我曾经读到过一些探讨禁欲的中世纪传奇。这些作品贬斥了财产、食物、酒水,当然还有性爱——对于传奇的作者而言,性是原罪的结果。他们谴责肉体欲望之甚,乃至于认为最好的夫妻是到死都保持童贞的夫妻。那些作者的虚伪让我感到恶心。他们嘲笑身体的欲望,然而没有这种欲望,他们根本不会出生。但是他们有一点值得肯定:认识到人必须看到欲望以外的东西,对自己的所作所为负责。

我转身回到我的帐篷。重新躺下,试图去想过去在我身上发生过的好事,或者有什么我依然向往的东西,但我什么都没找到。

第二天早晨我们在罗日尼亚瓦的镇上停留。我们很快就分开自由活动,各自去看自己感兴趣的东西。我穿过闷热的街道和巷子,午前的大热天之下,除了偶尔有光着膀子的孩子和吐出舌头的狗跑过之外,四处没有什么人影。一个偏僻的糖果店有售意大利雪糕,不过附近一家占卜小铺的招牌让我更感兴趣。

我一打开门,立刻触动了许多铃铛,但里面唯一有生命的是一只肉桂色的波斯猫。它跳到柜台上,用它那黄色的恶魔般的眼睛盯着我。天花板上吊着的一把干草药使店里弥漫着一股香料的味道。

最后,店铺后面的一扇门嘎吱一响,一个满脸微笑的女人穿着一条长长的紫色睡袍出来了。即使商店门牌上没写,我也能猜到她涉及某种巫术。"这位年轻的先生,您是要占卜么?"她问道。

她有一头蓬乱的黑发,印第安人的深色眼睛,脖子上戴着一条沉甸甸的项链,似乎是金子做的,她棕色手腕上戴着的镯子似乎也是金的。

我问她用什么来算命,她说她靠的是上帝给的灵感。她说她可以看一眼我的掌纹,但没有必要。但她要先看看我的气场,才能拉开隐藏我的未来的那扇百叶窗。她招手示意我跟她进一个凹室,那里有两把褪色的扶手椅和一张小桌子,上面散落了几朵干花。让人惊叹的是这个地方凉爽宜人。

她指给我,让我在其中一把扶手椅上坐下,然后面朝我坐下来。她让我把双手放在桌上,手心向上,什么都不想,只是往她的方向看。她抓起我的手片刻,但似乎并没有专注于此。她问我是否无论好坏都想知道,我点点头。她放开我的手,凝视着我,喃喃自语一些听不明白的话。然后她说我的气场开始逐渐清晰,说我正从气场出现,在向上飘浮。她看出我是个好人,有多种才能,但我经历过重大的痛苦。她还看见我在棺材前哭泣，蛇在缠绕着我的双腿，不过让我不要怕，因为它们不咬人。

"年轻的先生，您会长寿，您将来得的病不会对您构成威胁。我能看到您指尖冒出火花，您肯定用您的指尖触及过很多人。小心，务必小心，否则您会引火自焚。"

那只猫悄悄溜进房里，跳到那女人的膝上，但这位占卜师似乎并未注意，她的注意力似乎全集中在她眼前出现的画面上，那些她向我描述的画面。她很专注，也没有借助卡牌或水晶球一类外在道具来迷惑我，这些让我很受触动。

就在不远的将来，她继续道，她看到我的路上有好些障碍：这些障碍坚实而强大，我攻克不了，只能绕道而行。她说我会爬进一种媒介或载体，乘着它登临皇家高地，挡路的敌人无一可以战胜我。她说我有许多朋友，尤其是其中一个，这个人强大而善良，而且会支持我。那场要颠覆我身边城市的灾难会与我擦肩而过。

我想问她指的是什么灾难，但我害怕打断她的预言。

"我还看到一个女人，"她接着说，"她比您年纪大。她在遥远的地方，正在等您。但这不是您的母亲。没错，她在找您，因为她正身处险境。您可以从重大险境中救她出来。您会得到丰厚的回报。"她沉默了，举起双手似乎要给我祝福。然后她站起身来。

我给了她两百克朗，然后回到烈日中去，强光让我失明。

我突然焦虑起来，我从邮局给克里斯蒂娜打电话，但是打不通。一跟其他人碰头我就说我要赶下一趟火车回布拉格。薇拉毫无疑问认为我是为了回避她，但我不在乎她怎么想。

在火车上，我越发焦虑。我知道有人在给克里斯蒂娜寄匿名恐吓信。另一种可能是有人不敢直接攻击我，转为攻击她来威慑我。我想到克里斯蒂娜有多柔弱，或者说是脆弱。谁都能伤害她。有些人一发现别人的弱点就迫不及待要加害。

以前受害者被当作烈士来尊敬，现在受人尊敬的往往是施暴者。

一到布拉格，我就在火车站前面第一个电话亭立刻给她打了电话，问她是否一切都好。

她说一切都好，很高兴我还没有忘记她。她想见我，但是她和亚娜正要出门。她正要开车送她到距离布拉格很远的另一个治疗中心。她不确定晚上是否能回到市里。但她第二天肯定会在家。到时候就她一个人，我可以过去跟她一起。

我问她要不要我陪她一起去。她犹豫了一会儿，然后说不用了。

我本该把话说得更清楚，让她知道她身处险境，要她带上我一起。但我不知道危险是否迫近。正如著名的诺查丹玛斯说过：一切关于未来的真相都是无法完全定论的①。

我有点后悔，为了她我提前结束假期赶回来，但她却似乎并不急于见我，我跟她说我明天恐怕不行，但我一定会给她打电话。

六

夏天临近尾声，妈妈家门前的椴树已经开完花了，秋的忧郁和疲惫早早地降临到我的身上。我开车把亚娜送到那个我一整个月不能去看她——连信都不能给她写的地方。

现在我可以放假了，但我突然一个人哪儿都不想去。扬说过要跟我一起上什么地方去，但我们连一起外出一整天都没试过。我感觉他心里有事，他话比以前少了。他说他有很多事情要忙，说他要赶在被人开除或吊销机密材料访问权限之前，查阅尽可能多的文件。我没有试图让他改变主意：我其实有点怕一直跟他在一起；他充满活力，而我则是个疲惫的中年妇女。而且我已经习惯了身边不常有男人。

然而有一晚，我忽然问起跟他同去斯洛伐克的有哪些人，他为什

---

① 原文为拉丁语。

么没跟我讲他们的事儿。我问他这个问题，就跟我问他白天怎么过，最近读了什么有意思的东西，或者问他有没有听来什么新的笑话没有任何区别。但我注意到这个问题让他不悦。他问我为什么这么问。

"当然是因为我对你感兴趣啊。"

他说跟上次邀我参加游戏时见到的是同一拨人。之所以没跟我讲那次旅途是因为他觉得谈论旅游没有意义。自然风光是语言无法描摹的，除了诗歌之外，而他又不是诗人。谈论我不认识的人也没什么意思。而有意思的事情，比如占卜师的预言，他就把她预见的内容全告诉我了，而且自从他回来之后，他就把那些无关紧要的事全部抛诸脑后了。我想起有一次他跟我描述内心不安的人面对他同事的质问时的表现。他们会各种长篇大论，解释自己为何什么都记不起来。

我突然焦虑起来。"也就是说那个长腿女孩儿——你以前交往过的那个——也去了？"

他迟疑了片刻才回答，仿佛在考虑该给我什么回答，甚至在猜测我是不是知道什么或有所怀疑。

然后他回答说，她也去了。

天已经晚了，我们该睡觉了。我们刚做完爱没多久，他对我很温柔。我本该安静些，不应一直问问题的。但焦虑已将我攫住，无法排遣。

"她没有试着诱惑你一下？"我问。

他沉默了，然后以问代答："她为什么要诱惑我？我跟她已经分手了，不是么？"他坐起来，下了床。

"你上哪儿去？"

"我口渴。"

他去了厨房。我等不下去。我穿上睡袍跟了过去。他正往两个玻璃杯里倒酒。

"你是想跟我喝点酒？"

"对，我想来点儿。"

"但你还没有回答我的问题。"

"我不知道你为什么这会儿突然要问。"

"现在问跟其他时候问有什么区别。"

"但我那时候就问过你要不要跟我一起去了啊。"他提醒我。

"但我去不了啊。你是想让我陪你去,好保护你免受前任的诱惑么?"我这才明白。

"我不需要什么保护。我爱你,难道不是么?所以我才想你跟我一起去。"

他还在逃避问题。

"但那时候是晚上,周围的人都睡了,她溜进了你的帐篷。"我替他回答了。

我看得出我让他窘迫不安了。"要是她找过你,跟你乱说什么话,你千万别信。"

"她没找过我,"我说,"没人跟我乱说什么。都是我想象出来的。如果没这回事儿,你早就跟我说她和你们一起去了。"

他没说什么,他都没有试图反驳。他什么都没有承认,但什么都没有否认。他不是个撒谎的人,但他不知道如何忠于一个人,就像其他所有男人一样。

"你看吧,"我说,"我都不需要占卜师来告诉我发生了什么,跟我说我身处险境。"

"我爱你,"他说,"我一刻都没有停止过爱你。"

"你把别人抱在怀里的时候也没停止过?"

他没有回答。他接着又试图跟我解释:他们交往了近两年。他不想伤害她。但他还是伤了她,因为他跟她说不想再和她有任何关联。

"因为你现在有了我,"我帮他把想法说了出来,"你不需要跟我解释什么。我很高兴你还替前任着想。这就是说我可以指望你也会为我着想。"

他重复说他爱我,说他没有爱过其他任何人。他解释说有时候身不由己,会做违心的、做完立刻后悔的事。他希望我能理解。

我跟他说我什么都能理解——人生已经教会了我。但这不表示我什么都能接受,并对此安心。我痛恨背叛。我就是因为背叛而离过一次婚,剥夺了亚娜完整的家庭。

他愤恨地问我是不是要他跪下来求我。

我跟他说我不喜欢别人下跪,更不喜欢别人问我他该不该下跪。

我感觉我的小男生迷茫了——他不知道是应该感到冒犯,还是应该哭泣。他不是个撒谎的人,但他不知道如何忠于一个人。更可能是他后悔自己没有撒谎。但他很快就会学会。或许我应该感到高兴,因为他还不懂撒谎,但是此刻我能感到的就只有失望,以及疲惫。

"克里斯蒂娜,"他恳求道,"没什么事,不是什么大事。你一定会原谅我的。"

"我不知道你还指望什么,"我说,"是指望我给你点忠告?还是继续跟你上床?"

他迟疑了。他问我他是不是该走。

我说他走的话我会很感谢的。

七

我的新监狱叫日丽园,我立刻觉得叫荒冢园还差不多,因为周边最近的就是一个荒废的墓地。虽然我得承认这里的确成天太阳暴晒,我刚来头几天就晒黑了。我在这里算是"非强制停留",我非得宣称我是自愿选择这所监狱的。我一开始还闹腾,但我知道我非得上别处去才能甩掉那个吸血女巫,才能不用去听那头淡金色头发的猪唠叨,还说全是为我们好。但我说我不要去什么森林之中的疯人院,我宁可上吊。妈妈试图说服我,说是为我好,还说那地方有多棒。爸爸就是在那儿附近出生的,一直生活到我这个年纪,而且似乎他的什么曾曾曾姑妈还住在附近,不过这关我屁事。妈妈接着还说我不会在那里待太久,而且那里也不是特别恶劣,好歹还有电。我跟她说,那可真不得了:有电——我都兴奋得颤抖了。我问妈妈他们有没有什么电椅之类好玩的东西,或者早餐之前电击一下过把瘾。妈妈生气了,说她不跟我说了,只要我愿意,大可以留在这儿。我开始慌了,怕她真把我留在这个疯人院里,所以赶紧说行行行,是为我好,只要她乐意,她用火箭把我送上月球都行。

我算了算,发现荒家园有八个戒毒者,包括我在内。里面有几个已经在里头困了六个月了。莫妮卡是唯一一个刚开始第二个月的,她准备溜号。她告诉我她来这儿之前在一家医院工作。那里简直是天堂,她说:放眼四周全是药品。他们以前会把罗眠乐顺走,给那些生病的老女人一片安慰剂了事,然后他们就能美美地来一程迷幻之旅。他们偶尔还能弄到吗啡;那真是太帅了,因为这样他们这就不用跟阿拉伯商贩买那些贵东西了。她爱上了一个已婚的医生,跟他搞上了,不过事情败露后,他把她给踹了,她就只剩下毒品了。她领悟到没有毒品的人生没意义,而且人天性卑鄙。

所以我看我们可以一起逃走。

帕维尔,已经服完了兵役,他的一手扑克戏法和在人眼前让茶水从杯中消失的绝活儿让我们非常震惊,他说这地方跟他们当时在军队里一样烦:累人的值日、厨房轮班、养猪养羊。连惩罚都一样:多数是关进营里。我反正也还没有准假,所以他们没法从我这儿再剥夺什么。拉德克在帮助我们重新变回常人,每次亲爱的拉德克发现地板没有完全刷干净,我们就得重刷一遍。光是第一周我就刷了三回卧室地板。我还被指派去照看我们的四只母鸡、一只鸭子和几只小鸭。它们总是一见我就跑,尤其是那些小家伙。上星期,一只松貂把其中一只小鸭抓了去。拉德克说这是命该如此,让我不要太难过,说松貂也是上帝所造。其实我一点都不难过：我还挺高兴的，少了个小东西让我操心。我管那些猪叫"香肠犬"，因为它们都好小，而且它们一饿就叫唤——它们老是饿——惹得周围的狗跟着吠起来。

除了这些，拉德克人还不错，有他酷的地方。他自己有大概十八个小孩，晚上还能找出时间来看我们。有时候他跟我们讲他的人生故事。因为他去教会，别人不准他上学——他去的是一个地下教会。他只能打工过活，几乎各行各业都干过：盖房顶、铺路、送货，在干洗店打工——他们用某种酸来煮衣服，蒸汽出来的时候，比一般的毒品还销魂。有时候，他的人生有点像动作片，因为他老在帮那个教会做事。有一次，条子跟他搭话，想栽赃他酒后驾驶轧死了孩子。他说他不可能轧死人，因为他连车都没有，而且从来没有开过车，那些讨厌鬼说这就更可疑了，于是把他给逮捕了。他们说要把他带到监狱去审讯，如果他敢半路逃跑，他们就开枪毙了他。他不信，因为他们如果真要打死他，就不会当他面说这话了。尽管如此，等他们到了那里，他拒绝离开，最后他们是用抬的。这事儿千真万确：他们把他抬出来，扔进一个牢房里，让他整晚受冻，不给食物，他们第二天晚上放他走了。他还跟我们说他始终没有对这些条子发脾气，因为在他看来，这些人根本不知道自己在干什么，因为接受的训练和电视的影响他们已经完全精神错乱了。

拉德克真的很懂剖析别人，让大家可以形成对自己的看法。他不会喋喋不休地讲吸毒多可怕，只是帮助我们从正面去思考，让我们认识到为什么我们需要吸毒而其他人不需要。我已经知道我吸毒是为了气爸爸，因为他认为发现了大爆炸之后他们就可以只管自己，对他人置之不理。他就是这么做的。拉德克感觉我不想当爸爸那样的人，也不想当妈妈那样的人。

我感觉我现在对自己该了解的全了解了，对爸妈也是一样。对自己和周围的人形成一种观点，这是至关重要的。

我好喜欢大家坐在一起聊每一个人。比如说帕维尔，他认真地跟我们说有一次他吸了毒开始神志不清想上他亲妈，他妈震惊得不得了，不停地说，帕维尔，你肯定是把我误认作别人了，是我啊，我是你妈啊——太恐怖了。

上星期当我在厨房轮班的时候，我忘了点意大利面，大家午餐本来是要吃这个的。我被罚第二天继续在厨房轮班，晚上还要去清理动物粪便。我想把屎倒在拉德克的窗下，但这对我没有任何好处，因为我肯定得清理干净然后用抹布来擦地。不过我好歹砸了两个盘子来泄愤，假装很难过，说是盘子太湿从手上滑落的。

这里的男生挺不错的，我觉得他们喜欢我。有一天帕维尔给我采了一些菊花，还帮我打扫了厨房。洛伊扎快要回家了，他提出要帮我补习数学。不过我跟他说我没到可以开始学习的阶段。就目前来说，我得集中精力跟自己作战，克服坏习惯。还有一次他说他确信我能挺过去，他让我相信自己。我不知道我能不能挺过去，我想要的是逃出去。不过除此之外，我是相信自己的。

有个小讨厌是在我之后来的，两周后当了逃兵。我很好奇拉德克会说什么，不过他只说如果有人不想待在这儿，那大可以走。

前天我收到了妈妈的第一封信。她说她想念我，说她跟拉德克通过电话，拉德克对我很满意。你能相信么？我忘记点意大利面，摔了盘子，他还能说对我满意。他十分清楚这些盘子不是从我指间滑落这么简单，知道我全是装的。妈妈还给我寄了两百克朗，等我有准假之后可以用，她还说她会开车过来，期待见到我。她一句都没提她那个姜黄头发的男人；她也没把信给他联署。或许他已经像爸爸一样把她给甩了。要是真这样的话，我真替她难过。我也开始想她，还有鲁达了——我记得我们一起玩得多开心，不过我最想的还是我的小房间，没人会早上六点把鼻子探进来然后喊："起床起床！"

莫妮卡昨天购物的时候在超市里灌了一瓶啤酒，在那儿工作的一个娘们儿跟拉德克打了小报告。所以莫妮卡立即被"关营房",此外她还要把过道和楼梯统统擦一遍。太可怕了!她晚上跟我说她被折腾够了,她要逃跑,问我要不要一起。我说我来这儿第一天就在想这么干了,如果她跑我也一起跑,不过我不知道该往哪儿跑。

她提议去找她住在皮塞克附近的姨妈。她不会赶我们走,我们甚至可以帮她干农活儿直到我们打算好下一步该怎么走。我在塔博尔也有一个姨妈,不过她认识拉德克,所以我猜她肯定会让我们滚蛋。

拉德克碰巧参加什么治疗师会议去了,所以唯一管事儿的就是马迪亚了,这个女生比我们大不了多少,才刚开始培训。她晚上老跟我们一起胡闹,唱唱歌,弹弹吉他。我们早上还得喊她起来。我有点替她难过,她因为我们而摊上这破事儿,不过拉德克不是那种人。他会说这是命,如果有人不想在他的日丽荒冢园待着,大可以随时走人。

于是那天下午,当我们所有人都该去森林某处拾柴的时候,我假装头痛得厉害。莫妮卡在厨房轮班,要刷盘子。其他人一走,我们就收拾好背包,也走了,不过是朝反方向走。

那真是光辉的一天,我们俩都想不通我们怎么能忍这么久:喂羊、拾粪、刷地板,还有不停地讲自己的事儿。我们走出森林的时候,成功截下一辆特拉贝特①搭便车,开车的是当地的一个笨蛋,正带着他老婆去布拉特纳看牙医。

真巧,我说,我妈妈也是个牙医,不过她在布拉格。

听说我妈也是牙医,他们高兴极了,问我们是不是要回布拉格,问我们从哪儿来。我跟他们说我们是来旅游的,因为这里太美了,我们怎么看都看不够。

他们高兴坏了,还说车上苹果随我们吃。

我开始说日丽园,说我听闻上面的森林里有个农场,里面住了些

---

① 特拉贝特(Trabant),前德意志民主共和国(东德)汽车品牌。

吸毒者。问他们有没有听说过。他们说知道，说现在许多年轻人沉迷那玩意儿，真可怕，住上面那些是最糟的：他们偷东西、酗酒，而且还乱交。

"那上面的人可真惨，"我说，"幸好我们没往那边走，不然这次旅途的美好回忆就全毁了。"

他们在布拉特纳的城堡前把我们放下，还说他们很高兴遇上这么优秀的年轻女生，难得还有年轻人懂得领略自然之美。

后来莫妮卡说我这人很有趣。她知道我从妈妈那里得了钱，就把我拖进最近一家超市，尽管我不怎么好酒，我们还是买了一瓶伏特加，毕竟我们也买不起什么真能"走一程"的东西。

第六章

一

我想念亚娜。我从诊所下班后,那空荡荡的公寓我甚至不想回去。扬给我打了几次电话。我还跟他说话,但我不想见他。至少我这样告诉他,也是这样告诉我自己的。不过挂电话后,我感到如此凄惨和孤独,竟哭了出来。

有时候我跟露西一起,而且几乎每天都去看妈妈。我还去看我的前夫。我会从商店里给他买点东西,给他做顿晚饭,就像我几年前一样。不过他几乎粒米不进。他很快就衰颓了——他本来就是个老人。

人生悲凉。几乎每个人最后都只剩自己一个。或许过去人们还有上帝与他们同在,不过其实上帝并没有与他们同在,至多是他们心里装着上帝罢了。

我不介意自己一个人,我介意的是我人生失败,身边的人也失败。我没有能力独立应对我女儿,只好把她交由陌生人看管,为此我很自责。我气恼自己,在她最需要我的时候,我竟把能给她的仅有的一点时间浪费在了一段空虚的、不实际的爱情里。

或许我懂牙齿,但我却连最亲近的人的心都从来不懂。

候诊室从早上开始就一直是满的,但我有冲动要离开这里,去森林里独处,最好是密林深处。问题是我逃离得了城市,逃避不开自己。

我静静地工作,甚至没跟埃娃说话。刚巧这天严重病例一个接一个。骨膜炎、三宗拔牙,最绝的是最后一宗竟然是"八号牙"。电话铃一直没停过,仿佛是有意气我。

我连"八号牙"都处理过来了。我来说埃娃来写病历,病历还没写完,电话又响了。我都听到埃娃在说:"皮尔娜太太现在恐怕不方便接听电话;她正在做一个拔牙手术。"接着她听了一会儿,然后跟我说:"似乎是有要紧事儿。跟亚娜有关的。"

"请漱一下口。"我对病人说完,拿起听筒,传来一个女孩子的声音,告诉我亚娜失踪了。她跟莫妮卡一起逃跑了。莫妮卡是谁?噢,对,我想起来了。就是那个新来的,说不想活的那个。"她要是晚上还不回来,"她告诉我,"我们就得报警找她了。如果她到了家,请跟我们联系。"

"你觉得她会回家么?"

"多半不会。"

"那我该怎么办?"

"不知道,"电话另一头说,"我是新来的,拉德克黄昏之前都不会回来。"她保证说亚娜一出现他们就给我打电话。

"她逃跑了?"埃娃渐渐明白状况了。

我点点头。

"那你准备怎么办?要不今天就先到这儿?"

我给妈妈打了个电话,让她知道是怎么回事儿,然后要她到我的公寓去,等到我回家。病人都已经预约好了,打发他们走也没有意义——反正在家里除了等也不知道能做什么。而且守在家里的感觉更难受。

"她肯定会出现的。"埃娃想让我振作起来。"他们很快就会给你打电话,你就等着吧。"

但没人给我打电话,于是我继续工作。我的手指按着套路来,插入合适的钻头,使用正确的力道。我甚至还能说话:问东问西,下达指令，同时想象着某个灯光昏暗的贼窝，里面全是瘾君子，某个变态狂或是皮条客开着一辆车，就是这些人把我的小女孩从我身边夺走的。

"疼么？"

"不疼，大夫。您的手真巧。"

我是手巧，但自己的事就从来处理不好。

"好，就这么多，"埃娃突然宣布说，然后她把通往候诊室的门打开了。"要不要我给预约明天的人都打个电话，跟他们说你明天来不了？"

我耸耸肩。我不知道自己明天能做什么，也不知道那时候他们能否已经找到亚娜。"别，甭打电话了。"

二

回到家里，妈妈问我具体情况，但我什么都不知道。"要是亚娜回来了，"我突然想起，"不过没上这儿来，而是去了你家怎么办？"

不过妈妈早想好了，她在门上留了便条，说她在我这儿。"你不该把她送到那么远的地方去的，"她批评我说，"她不适应那种生活方式。"

"难道我要让她继续过她日渐适应的那种生活方式？"我不知道这一天剩下来的时间我要怎么过。我一根一根地抽烟，人都坐不住。我在公寓里走来走去收拾东西。我必须找点事做。我又给日丽园打了个电话。那个女孩告诉我，他们仍然没有出逃者的消息，不过社区的男孩子们决定出去找她们。

"你说他们能找到么？"

"也只有他们还有点希望。他们了解这两个女生，知道在哪里可能找到她们。"

我尝试给我知道的亚娜的女性朋友打电话，但没一个人接电话。

没人在家。自然如此，因为还在放假。

我让妈妈留在公寓里，我出去找亚娜。

"上哪儿找？"

"不知道。到处找找。"

"那你什么时候回来？"

"不知道。"

"这有什么用？"

那你说什么有用？我没有反问她。我跟她说我要是光坐着什么都不干，我会疯掉。

"冷静一下，克里斯蒂娜，别慌慌张张的，"她劝我说，"你找不到她。而且自己还可能会出事。你看你都紧张成什么样了。"

"妈，我不是个小孩子了。"

我先是开车到康帕岛，但是我们上次找到她的地方现在只有几条狗跑来跑去。

我跑到公园边上的老水轮磨坊，仿佛想把亚娜从水里捞出来。有一对男女在一张长凳上亲热，但他们没有注意到我。

你们有没有看到我的亚娜——十五岁，蓝眼睛，高额头，双腿修长，朋克发型？我没有问他们。我冲回车里，往南方出发，逆着水流的方向，离开了城市。我把这辆破车马力开足，车都开始悲鸣了。乡村从我身边一闪而过，就像斑驳的色块。

克里斯蒂娜，你要去哪儿？你完全不知道要往哪儿去，对不？

我要找到我的小女孩。

天大地大，你要怎么找到？要是找不到她，你会怎么办？你要怎么继续活下去？

我下了高速公路，驶过普日布拉姆，眼前突然出现公墓的围墙和圣十字教堂。

我停车走出来。我的双腿不听使唤，眼前忽明忽暗。

天还亮着。我不知道为什么在这里停下来。毕竟亚娜又不可能去拜访她父亲的亲戚，她都不认识他们。即使她朝这边走，她又怎么会在这里逗留？

我在这里停车是因为我不敢开到她逃离的地方。我是为了自己而在此停留的。我是因为雅各布·扬·莱巴的墓而停下来，他写的《圣诞弥撒》总让我喜极而泣，虽然我不相信有上帝在马厩里诞生为婴儿。我是为了这个某天早晨觉得活不下去的作曲家而停下来的。他只比我现在略大一点，但他当时已经穷途末路。他尚有一个忠实的妻子和一群乖孩子。

他在兜儿里揣了一把剃刀，往那片名叫"缝隙"的树林走去。据说他坐在一块大石上，他的人生已经没有能透出一丝希望的缝隙，他割开了自己的喉咙。我的前夫就是这么讲的。

我兜儿里没有剃刀，但我却不怎么想活了。我的男人对我不忠，我唯一的孩子逃跑了。

女人一般不用剃刀；通常是用药片或煤气炉。我的手提包里有一瓶镇痛片，绝对可以永远终结我的痛苦和失望。那片名叫"缝隙"的树林还在，只是树已经变了。他们在作曲家结束生命的地方立了一块石碑。我的第一任也是唯一一任丈夫带我和亚娜去看过，那时候我们还在一起。

我们现在已经不在一起，我们已经分离。

我不该浪费时间。我必须继续开车去找我的小女孩。但现在，又一个小女孩悄悄走到我背后：那永恒的婴孩，上帝的使者，她在我耳边细语，说她也是我的小女孩，我随时都能找到她，她会拥抱我，永远陪着我，我们在一起会很幸福，一切的恐惧和痛苦都将消失。

那个小女孩答应带我到树林里去，她好体贴，还从后面为我扇起微风。找块石头坐下来吧，她劝诱我说，服下你带着的东西，然后在苔藓上躺下，然后就没事了：不会再有人从你身边逃走，不会再有人伤害你或让你失望；不会有人背叛你，不会有人对你有所求，我也不会；在你前往那永恒宁静的路上，只要你愿意，我会一直这么轻轻地为你扇去凉风。

那个小女孩的声音温柔而充满诱惑,她挥一挥手,雾气就将我包围,这就更好办了。

好吧,我跟她去。

就在那一刻,管风琴突然从我身后教堂里奏起,我认出了那熟悉的旋律。谁会在盛夏之际演奏《圣诞弥撒》?或许是死去的作曲家从他谱写过的上千首作品里挑出了最能抖擞灵魂的那一曲。

"这就是我出生的地方,在罗兹米塔尔的边上,"我的前夫指给我们看,"那里就是我上学的地方。你听到那合唱了么?我以前还会跟着唱:先生早呀,快起床吧!放眼天际——艳阳高起。亚娜,你在那儿坏笑什么?"

"原来你也要上学啊,爸爸!你那会儿肯定是个小不点儿。"

我可怜的小女孩,你妈妈是个疯子;她是个悲伤绝望的人,她跟你一样在毁自己。她在深渊之上摇摇欲坠。如果她一声惨叫跌进深渊,那你怎么办?

我转身朝教堂方向走,驻足倾听,回忆我们还相亲相爱一起生活的日子。那位小天使,那个小女孩已经失去耐性,悄然离开,没再等我。

我试着打开教堂的门,想进去感谢那位管风琴师,但门是锁的。天知道距离上次有人进去已经时隔多久。管风琴也静了下来。

我现在才注意到教堂不远处有一个电话亭。

是的,我的亚娜和莫妮卡已经被人找到了。这两个女孩子逃跑之后喝醉了。她们会遭到惩罚,除非其他人决议把她们俩彻底赶出去。

"我能不能开车过去?我离你们那儿不远。"

三

我抵达日丽园的时候已经是傍晚。

他们不允许我和亚娜独处。

"我的天,妈妈!你来这儿干什么?"他们领她过来时,她惊呼道,"你来了真好。他们肯定不让人来看我了。没准还要给我剃头。"

我的小姑娘只想到她自己。她不会去想想,别人跟我说她逃跑的时候我是什么感受,不去想想她这样折磨我的时候,我都经历了什么。

"你为什么突然就这么逃跑了?"

"我们没有逃跑,我们只是去散散步。"

"背着背包去散步。"一个男生调侃了一句,他显然也是来这里接受治疗的。

"我带齐东西以防下雨,你个笨蛋。"亚娜解释说。

"为了防下雨,你们可带了不少东西呢,"拉德克插嘴说,"而且你们本来就不该去散步,这你清楚。"

"好吧,"亚娜让步了,"不过我们真的有回心转意,"她转过来对我说,"是要给我剃头,要赶我走,还是要让我清理猪栏一个月,就看他们了。"

精神治疗医师脸上露出和解的表情。"他们不会赶你走的,你看着吧,"他说,"你煮的汤不错,弹得一手好吉他。我们舍不得你。"

我想问她知不知道她如果在这儿都无法过关,那就没有别的地方可以帮她了,不过拉德克把她打发走了。"我们会处理的。"他边解释边引我往他办公室走。

他让我坐下来,正对着那了不起的弗洛伊德的肖像。我现在才意识到我差点就服从诱惑,去往永恒的宁静了,因为我觉得生无可恋。我感到泪水从我眼中滚落,但我止不住泪水。

"别让自己心烦了,"他边说边走到我身边,抚摸我的头发。"他们几乎个个都想逃走,我们第一次都放他们走。有的人会潜逃一个月,然后回来求我们重新接纳他们。当然,还有一些人逃走之后我们就再没见过。"

我点点头表示理解。我想问问他除了这件事之外，他对亚娜的表现是否满意，但他能说什么呢，她今天才刚逃跑过。我只是说了声："抱歉，亚娜给您添麻烦了。"

"完全没有。我们在这儿就是干这个的。你也看到了，所有人都以为过了一两周总该有什么起色，但大多数情况下，这需要好几个月才行。我们没有不耐烦的权力。我们没人是圣人或天使。"

"我知道。"

"您的妹妹和亚娜本人都告诉我您有抑郁症。"

我点点头，不过我说看不出这有什么关系。

"喔，这跟亚娜关系可就大了。"

"我一直试着在她面前掩饰。"

"但她还是觉察到了。或许她只是叫不出名字或无法解释。不过如果一个母亲不确定自己想不想活，那孩子的世界就失去了一根支柱，孩子们就会想逃避这个世界。我们这里的目标就是让他们学会认清和理解自己的感受及其原因。这是他们最终不再去寻找错误的方法来逃避的第一步。"

我点点头。我知道这是对我的控诉，我试图不让眼泪涌出来。

"我不是在批评您。"他说道，仿佛他读出了我的想法，"这种不安全感是更深层更普遍的，关乎我们所有人。这些人，"他指着窗外跑过的身影补充道，"他们没有安全感。当他们身边的一切仿佛茫然没有方向的时候，他们不知该往哪儿走。他们可能拥有各种物质，但物质只能加强他们的空虚感。他们清楚这一点。他们跟那些循规蹈矩、一切逆来顺受的乌合之众不同。他们只是对我们闭上眼不去看的那种空虚很敏感。除非我们有办法填补这种空虚，否则我们治不好他们。"

我知道他这番话对我同样适用。我同样被空虚包围，想要填补却无能为力。

"当然，我们采取治疗，"拉德克补充道，"不过我们还努力确保他们每个人学着了解他们的责任：对自己和对广义的生命所负的责任。让他们养羊、养猪和养鸡，不是为了节省食物支出，而是为了让他们融入自然界的秩序。是为了提醒他们，他们所做的事情不是为了快感，而是出于延续生命带来的益处。不过最重要的是我们要教会他们耐心。有时候你可能在某个清澄的瞬间猛然发现你苦寻多年未果的东西。关键就是不要在那一刻来临前就把自己给毁了。"

四

早晨已经有了凉意，雾蒙蒙的，空气恶浊。人们更容易得病了——还有牙痛。候诊室一整天都是满的，我和埃娃连吃饭的时间都没有。很疲惫，但至少胜过独自在家。

我没法把心思放在任何事情上。我读不进书；我放音乐，但过了一会儿就意识到我完全没在听。感觉仿佛迷失在一个迷宫里，没有气力去寻找出路。

我几乎每隔一天就去看一次我前夫。他也是独自一人，比我更寂寞。而且他知道自己行将就木。既然他自己知道，他也就不再焦虑地问东问西，不过我看得出来，他还是被恐惧裹挟了。谁能不怕呢？我也怕，尽管我常常将死亡看作是一种救赎。

我帮他购物，给他做些淡乎寡味的病号饭，他只吃一两口就不吃了。我给他剥橙子，分成一瓣一瓣的，像喂小孩子一样。我确保他定时吃药。当我看到他为恐惧所困的时候，我会抓住他那骨瘦嶙峋的手，跟他说话。我跟他讲参议院大选，不过他已经丝毫不在乎了；我跟他讲波希米亚东部发大水，但他这辈子都不会再去波希米亚了；我给他念亚娜寄来的信，这封信他都没有取进屋。

"想想真奇怪，"上次看他时他这样说，"世界还会继续下去，但我却看不到了。世界会往哪里继续呢？"

我不知道该回答什么。我只是看着他凹陷下去的眼睛，不说话。

他也保持沉默。过了好一会儿，他说他觉得人类不可能再延续一千年，更别说十万年了。这不是因为他已然临近终点，不是因为世界对他不再有意义。而是因为在他看来人类无法按照自己设下的节奏继续下去。他们要么会毁掉地球，要么会毁掉自己。时间会继续前进，宇宙同样如此，但是此间不会再有人能察觉到了，他为此感到悲哀。

　　他阖上双眼。刚才那番话让他筋疲力尽。他为刚才那番临终之人的无用感慨表示道歉。

　　回到家，我感到一阵疲惫，这种疲惫跟我时常感觉到的那种有所不同。这种感觉就像我所承担过的一切负担、我遭受过的一切失望、我喝过的全部的酒、我抽过的所有的烟和我一切不眠的夜统统熔合到了一起。我在夜里醒来，感觉无比紧张，以至于无法继续入睡。我起身走到窗前，凝望着窗外空荡荡的街道，抽起烟来。我努力回忆一些美好的事物，但我看到的只是骨瘦如柴的小孩子在路上乞食；我看到那些长着我父亲面孔的家伙，坐着轮椅挥舞着炽热的火钳，在街上叫嚣横行。在黑暗中，炽热的火钳像火把一样闪耀。我看到我的外祖母站在一个巨大的铺着瓷片的房间里，头上的花洒喷头传出气体的嘶嘶声。她身边全是人。他们叫喊着倒下来。我看到一辆鬼魅一般的车驶过，里面的人从车窗往外扔白色的小袋子和注射器。我能看到我的男朋友赤身裸体躺在那个长腿荡妇的怀里，听到他们狂喜的叫喊。我看见一些盗贼在跳墙，另一些悄悄地爬上房屋的墙壁。我想起我自己的女儿是怎么偷我的首饰和钱财的。这些画面向我聚拢，我开始透不过气。我可以听到民兵的大踏步，看到父亲攥着来复枪的手把，像盯着敌人一样盯着我看。

　　或许我对他有失偏颇，我们其实只是关系不融洽罢了。

　　在他日记的后面，我读到他亲手为亚娜制作五岁生日礼物的那段。

我给她做了一个小涡轮机。把水浇上去的时候，水流会带动一个脚踏发电机，可以让一个小灯泡发光。我花了一个多月才做好，不过我感觉亚娜不怎么喜欢，克里斯蒂娜还生气地说，爸爸，这好像说不过去吧。这明显是给男孩子的玩具，不是给女孩子的。在我那受过教育的女儿眼里，我从来是个傻瓜，在她的影响下亚娜也这么看我。真让我感到凄凉。

爸爸想让我的小姑娘高兴一下，可能也想让我高兴一下。他没有去买，而是亲手做了一个玩具，但我却对他嗤之以鼻。

我不太懂得顺从。我不知道怎么跟爸爸和好，不懂在丈夫背叛我之后如何共处，同样无法接受恋人犯下的小错。我连父亲临终前都没能跟他重修旧好。我无法跟他和好，正如我无法看见我在天上的父。

我头很痛，我想作呕。我的偏头痛要来了。我服了一片药，但立刻又吐出来了。

第二天我跟露西约会去了。我在努力地寻求朋友的支持：把手给我，陪我说话吧！

她交了个新男友。据说是个高个子年轻人，又聋又哑。他们俩在酒吧里坐着的时候，他用一块小黑板跟她写下信息，说他有多开心，多喜欢那杯酒，还有多想亲她。他现在住在她那儿，不过她让他留着他先前租的那个单间，这样将来还有地方回去。不过到目前为止他们俩还在一起。她说他做爱时有一种她从未见识过的激情，当他吼叫的时候，你根本看不出他其实又聋又哑。

"你不怕伤害他么？"我问她。

"他？他跟我在一起高兴着呢。"

"那他将来不跟你在一起的时候呢？"

她笑了。她问起扬："既然你们相爱，何不住在一起？难道已经结束了？"

我不知道如何作答。露西会认为一次意外的、而且坦白承认的不忠是无足轻重的小事。我只是跟她说我累了。亚娜在一个戒毒所里，我的前夫就要死了，妈妈虽然笑呵呵的，但身体其实并不好。

"但我问的是你。"

"我没精力做任何事，更别说跟别人一起生活了。"

她无法理解，当她坠入爱河的时候，她比从前精力更旺盛。

我跟她说人与人不一样。或许我已经不爱了。我只有失望而已。

"他想要什么？他爱你么？"

"我不知道他想要什么。不过反正他迟早会离开我的，虽然他口口声声说不会。"

"你有毛病吧。干嘛去想将来可能发生的事？"

"因为我会担心的。我已经在担心了。"

"克里斯蒂娜，你要看开点。我们现在活着，但谁知道明天还在不在。"

我去喝了杯水，但又吐了。

五

我不知道该怎么办。

我无法集中精力，没法去想别的事，我只想让克里斯蒂娜回心转意。上班的时候我盯着屏幕，或者坐在那里盯着一页页纸看，完全读不进纸上写的内容。

我们晚上本来是要继续游戏的，但我取消了。或许部分原因是我不想见到薇拉，但更大程度上是因为我现在已经无心游戏了。

伊尔卡是我唯一坦陈了事情始末的人。他跟我说："我从未想过你会做这么蠢的事情。她本来一点都察觉不到，你怎么就自己全招了呢？"

我解释说，我担心薇拉给她打电话把秘密泄露了。

伊尔卡觉得她做不出这种事。"你干的工作搞得你自己开始疑神疑鬼了。人人都可能是告密者。话说回来，即使她说了，你还是可以否认啊。毕竟，这可是你平时一整天在想，甚至玩游戏时都在琢磨的事儿啊。你很清楚自己无论如何都不该承认，哪怕别人刑讯你也不能认。"

我跟他说这不像什么以前的审讯。正因为我爱克里斯蒂娜，我才觉得跟她撒谎是不光彩的。

"你个白痴，要证明你的爱，又不是只有这种方式。"

所以我就是个白痴，我不知如何是好。

我梦见一天晚上，我到克里斯蒂娜面前，求她重新爱我。

她说："但你让我很失望。"

我保证再也不会让她失望，我愿意为她做任何事。

"好，"她同意了，"那你就把那两份都删了吧。"

我知道她是想让我找出她父亲和她前夫的档案，然后销毁。她的要求让我大为惊恐，因为在梦里我们俩都是非常重要的特工，销毁我手上的档案会造成深远后果。但我太渴望得到她，所以我答应照她说的做。"你现在可以重新爱我了么？"我问道。

她点点头，然后开始像艳星一样，风骚冶荡地将身上衣服一件一件脱下来。然后我们疯狂地做爱了。

我醒来之后感到悲凉。仿佛爱是可以通过从电脑的存储空间中删除数据来赢得的。

那天早晨，我给克里斯蒂娜打电话，问她近况如何。

她的回答简短而冰冷。亚娜还好，她觉得疲惫。她在读一部美国小说，里面有个女孩服用百忧解①。出于礼貌，她问了我的状况。我跟她说我想她。我提出要见她，但她找了借口，说她不在状态，说她如何过劳，说她如何疲惫。

妈妈问了我好几次薇拉的事。我不喜欢她过问我的私生活，但是

---

① 百忧解（Prozac），一种口服抗抑郁药。

在某一个脆弱时刻，我告诉妈妈我跟她分手了。

"你跟别人交往了？"

我点点头。我羞于承认我目前没有对象。

妈妈让我找时间把新女友带回家来。她想见见她。

我没有答应。我没法答应。妈妈还想打听更多，我开始朝她吼起来，我说我无法忍受她干预我的人生。

妈妈大发雷霆，她现在不跟我说话了。

上班的时候，风闻他们要么会关掉我们部门，要么会想方设法让我们无法运作。只有几个无可救药的理想主义者还有兴趣曝光昔日的罪恶。而他们充其量是其他人的笑料。翁德雷跟我说他决定辞职了，因为他觉得我们的工作没有意义。我简直感觉遭到背叛。我知道他们要找谁来顶替他，但我不愿意在我不了解的人手下工作。

前天，我一整天都独自待在单位，全部时间花在电脑上琢磨自己的星盘。意外的是，我并没有发现什么天崩地裂的预兆。从工作方面看，这也说得通。我的感觉跟翁德雷有相似之处，我知道我迟早是要离开的。但要怎么解释克里斯蒂娜方面星象的平稳走势？或者她会回到我身边，一切可以继续；又或者我们的关系其实并非我认定的那么轰轰烈烈。开始过，要结束，好为下一段感情让路。

昨天我买了一大束红玫瑰，在克里斯蒂娜诊所的门外等她。

她看到我之后大吃一惊。我感觉她宁可转过身去找地方躲。但她朝我走来，跟我打招呼。她拒绝接受我的花，也拒绝跟我找地方坐下来说话。所以我们就沿着街道走了一小段，我手里一直捧着那束花，活像个吃了闭门羹的追求者。

我努力解释我不是有意不忠，只是事出偶然。薇拉过来找我，我当时不够坚定，没能将她赶走。我从未假装是圣人或修士，我只是屈从了那一刻。我承认我表现得很没有脊梁，我父亲肯定会比我处理得好，不过我保证我不会再犯了。

她说我或许是愚蠢或许是天真，但她不喜欢没脊梁的人，尽管她从自身经历发现大多数男人都会做同样的事。没脊梁的人，换句话说是大多数男人，这些人说的话当然信不过。她知道她无法再信任我了，没有信任为基础，爱还有什么意思？

我问她如果我当初全部抵赖，她会不会继续爱我。

"我反正也看得出来，"她说，"然后我就会把你看成一个骗子。"

我不是骗子，我是白痴。所以我现在孤家寡人。

六

每次电话铃响，我都感到锥心地痛。对方开口之前，我都害怕得不敢透气。

从诊所回家的路上，我看见孩子们从学校里跑出来，我努力不去想我的女儿，她没在上学，我甚至不知道她还能不能重返校园，能不能回归正常生活。不过到目前为止她没有再次逃跑。相反，她给我写了两封信，她在信中显得有悔过之心，还跟我大谈我们过去犯下的种种错。

  妈妈，你对自己太没耐心了，所以你总是对自己不满，没法去爱自己。

我从她的字句里能读出治疗师的声音。不过或许她是对的。或许他们俩都对。我是该对自己对别人更耐心一点。

临近晚上，电话铃响起，听筒里传出一个陌生女性的声音。她的名字我也完全没概念。不过她不是戒毒所的人。原来是我前夫的邻居。她为来电打扰而道歉，然后告诉我邮递员有一封挂号信要给他，但是屡送不达。"您丈夫不会又住院了吧？"

我丈夫老早以前就不是我丈夫了，但我没这么说。我不知道他是不是被送进医院了。就算是我也不会知道，没人来告诉我。

"不过如果是医院来人把他接走，楼里肯定有人会看到救护车，"那位邻居肯定地说，"不知道能不能麻烦您过来开一下公寓的门，以免他出了什么事儿。"

"可是我没钥匙。"

"您没钥匙？我还以为……"

"您该给他上一任妻子打电话的。她比我更可能有钥匙。"

"我不认识她。我从来没听说过她。他只跟我聊过您。而且我也见过您来。"

原来我前夫跟邻居们说起过我，他都说我什么了呢？

"您也没钥匙，那我怎么办呢？"

"我不知道谁还有钥匙。我从来没问过他。"我从来没想要他公寓的钥匙，虽然他很久以前提过要给我一副。

"我们是不是该报警？毕竟他一直病得很重，这您也知道。"

我答应会打电话去他上次那家医院。如果他不在的话，我会告诉她。

"不过，大夫，您能不能过来一下。您是个医生，而且大概也是他最亲近的人……"

我前夫没在医院，他们没他的消息。

我三天前去看过他。他那时候非常虚弱。他喝了一点甜茶，不过什么都不吃。"我不久于人世了，"他宣布说，"我知道，但我没有气力再争取了。其实早死几天晚死几天又有什么区别。"

我为他感到难过。我知道他有多想活，有多好胜。我在他身边坐下，拿起他形如枯槁的手，轻轻抚摸着。

他哭了出来。他说他过去亏欠了我们，他感到很抱歉。"我是个自私的傻瓜。我置你们俩于不顾，不过现在我也遭报应了。"

"别自寻烦恼了。反正事已至此，也无法改变什么了。"

"你会宽恕我么？"

我跟他说痛苦已经过去，我感激他给过我的所有相处的美好时光；还感激他给了我亚娜。由不得我来宽恕谁。只有上帝才能宽恕世人。

"上帝！我过去几天也一直在想他，"他说，"上帝不是别人想象的那个上帝。上帝就是时间，或者说时间就是上帝。它创造了太阳、地球和生命。他是永恒的、无尽的，也是人类无法理解的。"

我走到他的公寓，按响门铃。不过里面没有动静。给我打电话的邻居开了门。"大夫，您觉得他会在里面么？"

我怎么知道。

"或许他刚好不大舒服，没法过来开门。他最近都没出过门。"

我跟她说最好还是报警。

"您是说我来？"

"您是他邻居。您比我更了解他。"

她让我陪着她，跟她一起。我毕竟是个医生，而且还是那个可爱的小女孩的妈。

于是我就在那个陌生人家里坐着，等那个邻居打电话报警。我就这么坐着，我知道此刻起身离去是不对的。那个女人给我冲了杯咖啡，我问她能不能抽烟，她给我拿来了烟灰缸。

我们没什么可聊的，所以她就跟我讲我的前夫，说他如何打理楼前的草坪，说他有一次帮她换轮胎，说他身体还行的时候老帮她提东西上楼。

他从来不帮我提东西上楼。他说他不想把妻子惯坏。

警察一点动静都没有。邻居又打了一次电话，他们说目前缺人手，因为他们正在处理一宗行凶抢劫。我们只能耐心等。

现在连警方都要我学着耐心了。

我们又喝了一杯咖啡。邻居端出糕点，但我不饿。她问我介不介意她开电视。

我不介意放电视，虽然我在家不看。

我只是半个医生，我总这么说，但即使我对医学一窍不通，我都知道隔壁公寓里那个男人是永远不可能来应门了。

最后，两名警察出现，还带了一名锁匠。他们问明了我们的身份，以及是否确定房里有人。

我们无从确定，但人八成是在里面。

门上装的是保险锁，所以只能用电钻来卸下来。锁匠问他的活儿谁来付钱。

邻居看着我——毕竟我是他前妻——我点点头。

年长的那名警察又试了一次门铃，铃声长鸣颇有官僚架势。然后他就交由锁匠接手了。

不到几分钟，锁就钻出来了，门开了。我看到前厅墙上挂着的显赫证书。没人愿意走进去。

"大夫，还是您来吧，"年长的警官建议说。

我打开了客厅门，一眼就看到了他。他半卧半坐，倚在沙发的靠垫上，看上去就像一尊蜡像。我的第一任、唯一一任和永远的先夫。他死去的双眼仿佛直直看着我。我从未想过为他合上眼睑的人会是我。

七

幸好我不用剃头，他们只剃了莫妮卡的头，因为是她带头的。我得要砍满满一车的柴，而且别指望有准假了。尽管如此，他们还个个显得好像让我们烂在这里是对我们大发慈悲。莫妮卡每晚摘下头巾看到自己变成个光头仔，都要哭她从前那头美丽的黑发。

"我们真是蠢猪，居然在那家傻了吧唧的酒吧停下来，"她一直反反复复说个没完，"要是我们当时一直朝我姨妈家走，我们这会儿已经到了。"

"也许我们就进了牢房了，"我跟她说，"要是让警察给逮住，天知道他们会把我们关哪儿去。"除了砍柴之外，其实这儿有时候还挺酷的。

反正男生也没让我一个人把活儿全干了，尤其是帕维尔。他从我身边走过的时候，呆头呆脑地看了我一会儿，然后说："给我吧。"然后接过我的斧头。他那双手就像熊的手一样——如果熊掌能算手的话，他在一分钟内砍的柴比我两星期能砍的都多。我猜他是有点爱上我了，因为他对我特别好，而且我们做小组互评的时候，他不停地说我有多棒，说我人又酷，做的土豆汤又好喝，而且人还很逗。我有一天在猪圈里喂"香肠犬"，他从我身后将我抱住，要亲我。但我害怕，因为性爱在这里是明令禁止的，就跟各类毒品一样。要不然我还挺喜欢他的，因为他这人话不多，不像别的大嘴巴一直絮絮叨叨，他表演魔术的时候，脸上会浮现出魔术师大卫·高柏飞的那种微笑。他让我抽一张牌，然后猜出我手上拿的是红桃K。"你个傻瓜，这是他布好的局，"莫妮卡说，"因为红桃K的寓意是爱。"

有一天，拉德克邀请了一个小家伙过来给我们发表演说——"来点新意"。那个小家伙没跟我们讲毒品，只是在讲农药，还有被雨水冲刷进河流的各种物质，说我们把毒素喝进了肚里，用污染过的水来煮汤。他还热衷于节水干厕，认为这是人类的未来。我问他十八层的高楼怎么用干厕，但他眼都不眨就回答说这种高楼很快就会全部倒塌，而且干厕哪里都可以建，唯一要做的就是安排运屎。他管这叫"排泄物"。他走之后，我们震惊得一整晚说不出话来。我们已经很久都没有这么爆笑过了。拉德克气坏了，因为我们不够重视，他说如果我们清楚我们的饮用水里都进了什么东西，我们就要由笑转哭了，还说要我们好好想想未来在何处。

妈妈给我写了封信，信中说她和外祖母都很想我，说她希望我能坚持下去，别再逃跑。她还说她发现了一件事，不知道该不该跟我说，但她还是说了。她似乎是发现了她同父异母的弟弟——也就是我的半个舅舅了。他潜水的时候头撞上了礁石什么，于是就坐上轮椅了。我真的很震惊。她在外祖父以前的书信里读到过，此前她完全不知道，而外祖母现在还不知情。妈妈让我不要在祖母面前提起。她说之所以告诉我，是为了让我明白我能跑来跑去，健健康康，有多么可贵。还说我将来成为什么样的人全看我自己，还有什么我一定不能毁掉自己一类的鬼话。这话由她来说真是荒唐，她这人是在系统性地自毁，爸爸以前就这么说。

这封信真是让我惊到了。这让我意识到人的本性有多么卑鄙，莫妮卡说得没错。我想起爸爸跟一个该死的竹竿跑了，又被她踹了，然后是妈妈发现了一个坐轮椅的异母弟。或许有一天我也会发现一个闻所未闻的残废异母弟，不过要再过一百年才能发现了。我也卑鄙：我没告诉妈妈我偷了她的项链和那枚戒指，没跟她说我和男生上床。

我还意识到，我完全不知道到我离开这里以后，我该做什么，因为我读书不行，我现在连以前勉强能过关的科目都要不及格了，自从我来到这儿之后，我记忆里偶然留下的任何东西都荡然无存了。人生真是太恐怖了。

我突然陷入危机，我迫切需要嗑药麻痹自己，至少把自己灌醉，虽然酒醉一直对我没什么吸引力。我跟拉德克说了，他说我有这样的危机是正常的，这明显表示我还没有痊愈。他说我如果没有偶尔出现这种渴望，反倒奇怪了。他因为我勇于说出来而夸奖了我，尽管他平时都不怎么夸别人，充其量只是咧嘴一笑。他还让我耐心。耐心是最关键的，留心周围，发现生活中的美好事物。这倒没怎么让我高兴，因为我环顾四周从来都找不到什么特别美好的东西。

就在那晚，拉德克突然来找我，让我跟他出去一会儿。我就出去了。我们往农场上方爬了一小段山坡，来到一个视野绝佳的地方，可以俯瞰全景——一边是布拉特纳，远处是山丘，另一边是泰梅林核电站。刚好月亮洒下清辉，我想象那一幢幢的高楼就像准备飞往月球的火箭。不过拉德克没在看风景，他在仰望星空，他说："好多星星，你说是不？"

"对，"我说，"从这里看棒极了。"

拉德克说星星有亿万颗，但是很可能上面都没有生命。生命是最大的奇迹,无论你相信世界是上帝创造的还是自然进化的,这都是最伟大的奇迹。如果你不懂得尊重自己体内的奇迹,你也就无法尊重你身边的生命,可悲的是,人们不知道尊重自己,他们毁了自己也毁了身边的一切。我们的任务就是要把生命的奇迹延续下去。

那一刻我想起爸爸给我展示土星和土星环,跟我讲大爆炸。不过爸爸跟我讲星星是为让我了解它们,他严厉地看着我,我怕他要我跟他重复每个环的宽窄。我意识到拉德克完全不是在说星星,他是在说我。我觉得好可惜他不是我爸,就在这时,他说:"你妈妈不久前来电话,说你爸爸死了。"然后他抚摸着我的头发,叫我坚强一点。

我们在那儿又站了一会儿。我什么话都说不出来。然后我一路往山下跑,在某一处绊倒了,摔在草地上。我不知如何是好,我将草一把一把地连根拔起,塞进嘴里,直到我快要窒息。

第七章

一

我开车接亚娜回家,好让她参加葬礼。她已经从父亲的死中恢复过来,恐怕还乐得有借口从戒毒所军事化管理中暂时解脱。她就只爱她自己,没有时间去考虑其他任何人。

在她的心理治疗课上,她学会了如何肆无忌惮地思考和谈论自己。她告诉我她过去有多不堪。她说她第一次抽烟是在十二岁,第一次吸大麻是十三岁。而且过去一整年中,她都在注射或是吸食各种乱七八糟的东西。她还跟男生上床,她甚至记不全是哪些人,因为他们对她而言没有意义。

"你真的跟他们睡了?"

"妈,那还用说。"

"从什么时候开始?"

"我不记得了。"

我脑中一阵刺痛,紧接着这种痛感传遍全身。我眼前的一切东西都开始摇晃,道路开始模糊。我的小女孩在那儿,她正躺在那儿扭动着身子。她还只是个未满十四岁的小女孩。

我在某个乡村酒吧前停了下来,以免从我的小女孩身上碾过。

我们下了车。

"妈妈,你脸色苍白得像张纸。你还好吧?"

"会好的。"我说道。我想叫喊,我想质问清楚那帮畜生的名字,然后拿手枪将他们统统打死!我会留下最后一枚子弹来自杀,因为我这母亲当得太失职了。

我们在吧台坐下,还是早晨,但酒吧里已经烟雾缭绕了。我们喝着难喝的咖啡。我想让她停一停,给我时间喘口气,但她一直说个没完。

"到后来,其他东西对我都没意义了。"她在说自己吸毒的事儿。"我甚至随时可以去偷。我们有组织地偷所有我们能偷的东西,从商店里偷,从超市里偷。我还从你那儿偷东西,不过你已经知道了。然后我就什么都不在乎了,去上学,还是被人抓起来关进监狱,我都无所谓。哪天有什么事儿我都不管,我只想给自己来一针。"

这些事儿我听人说过,从电影里看到过,还从书报上读到过,但是一想到我的小女孩儿亲身经历过了这些,我跟她生活在一起却没有发现蛛丝马迹也拒绝往这方面想,一想到我为了跟爱人幽会把她一人丢下,我就感觉仿佛有人在往我的胸口敲钉子。我还是没有变。我一动不动,毫无防备,直到有人在我胸口放上钉子,举起锤子开始敲下去。这跟我当年拒绝接受前夫——如今是亡夫了——对我的背叛,如出一辙。我总是说服自己,这种事不会发生在我身上,这种不幸只降临到别人身上。

我的小女孩接着跟我讲戒毒有多苦,说她以前无时无刻不想逃跑。"不过我现在可以由衷理解和感激,"她用了一个有悖她个性的词,"我以前只是想逃避生活,逃避一切让我烦心的事情。无论是家里还是学校。逃避一切。我也开始理解你和爸爸了。我找时间跟你们说。"

"但你已经没机会跟爸爸说了。"

"但我可以跟你说。我会分析一下你。你是对我最重要的人。你如果能了解自己哪里错了,认识自己的缺点,你就能活出不一样的人生,就能获得快乐。"她说道,她是把她刚听来的讲话跟我学了一遍。

我们到家后,她冲进卧室,跳到沙发床上,大喊道:"我的老床,我的老娃娃宾巴,我的老架子鼓——我好想你们啊!"

"你在家的时候反倒一刻都待不住。"我说道。

"因为我以前在这里不开心。"她解释说。

我拥抱了她。把她抱得紧紧的。我的小女孩,是什么让你变成这样?我从来都这么爱你啊,我没有别人,除了你之外,我就再没别人了。

我们换衣服的时候,她跟我说她现在才学会感激我接受我,才懂得感激在家的日子。她说话很快,这是她的一贯风格,还有同样的真诚,就像她刚才问我能不能用红缎带不用黑缎带一样。

我们途中接了妈妈。她发现我哭红了双眼,她说这个男人毁了我的人生,不值得我的眼泪。

人生都是自己毁的,但我没说出口。

在火葬场,司仪让我们三个坐在长凳第一排。棺材边上放着三个花圈——棺材是我挑的。一个代表亚娜,一个是他以前任教的学校发来的。第三个花圈的字条卷了起来,我看不见。或许在他临死前终究还是有人爱他的,给他送来了这个花圈。

校长走到讲坛前。我那棺材里的前夫一直在那所学校教书直到最近。校长向灵柩台鞠了一躬,然后慷慨陈词,说这个男人生前如何热爱自己的专业,把他的闲暇时间都奉献给了他的学生,他一直忠厚可靠,从未伤害过任何人。

我的思绪回到了我跟他的最后一次对话。这个我曾经爱过、曾经仰慕过、现在却诡异地躺在我挑选的棺材里的人。对于我们这些承蒙时间的恩赐,能比他多活上帝一眨眼这么久的人,他现在已完全无法了解了。

在生命最后一刻,他有没有发现什么重要的东西想跟我分享,有没有发现什么我可以告诉我们女儿的?时间扮演着上帝的角色,那永恒的、无尽的和无法理解的时间。这是不是表示我们应该向时间祈祷?

不过时间对我们的命运无动于衷。时间很可怕,但它却是世上唯一公正的东西。它让我们能够抵达这样一个最终人人平等的地方。不过在我们抵达之前,我们可以体验各种事物,自行处理自己的生活,而它一直放任我们去做。它随便我们去毁我们喜欢的东西。时间或是上帝,换个叫法有什么区别。

管风琴师正在演奏莱巴的《圣诞弥撒》的序章——我还得自备谱子,因为这不是丧礼的常备曲目。我闭上眼睛,靠在罗兹米塔尔公墓的白墙上。我那唯一一任丈夫活生生地站在我身边,朝我微笑:"克里斯蒂娜,你为什么这么悲伤?"

我不是悲伤,我只是非常疲惫。

二

我人已经躺在床上,不过电话铃响了。妈妈用颤巍巍的声音问是不是吵醒我了。

"妈妈,你怎么了?"

"不知道,"妈妈说,"我又鼻血流个不停了。"

我慌了,我跟她说我这就过去,妈妈用同样颤巍巍的声音说抱歉打扰到我了。

我推开门,血已经在等着我。前厅的地上有血,卧室地毯上有血,妈妈此刻坐在床上,面色煞白。

医生不该给自己的亲戚治病。我在她的后颈上放了些冰块,跟她说我要带她上医院。妈妈说她不要去医院,要死也要死在家里。

"你胡说什么呢,妈妈?流鼻血死不了人的。"

"怎么死的都有。"

"除非你打定了主意要死。"

她说她不是打定主意要死,说她感觉好多了。她是睡着之后鼻血开始流的,看到枕头被单都是血,她慌了。打扰到我她很不好意思。

我知道要劝她上医院很困难,而且看来血似乎是止住了。所以我就去给她泡了杯茶,调了几勺蜂蜜。然后把地上的血刷掉,给她换了床单,帮她换上干净的睡衣。

"我没有拖累你吧?"她担心起来。

"没有,别担心。我反正也没安排。"我在她身边坐下来,抓住她的手。

"连约会都没有?"

"连约会都没有。"

"但我猜你还有工作要做吧。"

"我白天工作已经够多了。我现在只想待在这儿陪你。"

"不用的。我现在好多了。"

"反正我在家也是一个人。"

"我知道,"她说,"但你好歹也该找个像样的人陪着你啊,跟我一起成什么话?"

"妈妈,没有比你更好的人了。"

"你就别跟我装了。但你自己也别老一个人。既然卡雷尔都已经走了。"

"妈,你忘啦?我们都分开好多年了。"

"我没忘。这么久了你一直在等他。"

我不想聊这个,我什么都不想聊。

"那是很久以前的事了。"

"就是这话。你已经一个人很久了。什么都压在你的肩膀上,快把你压垮了。"

"我宁可一个人也不想被什么人牵绊着。"

"你指的是你跟我说过的那个小伙子么?"

"我没有特指任何人。"

"他怎么样了?他爱你么?"

"我不知道。"

"你看不出来?"

"我想他还爱我吧,至少他觉得他爱我,不过他有时候言行不一致。"我说道,"好了,妈,你该休息了,别担心我了。"

"我现在必须替你担心一下了。谁知道我还能活多久?"

"你还能活好久好久呢。"我扬了扬棉被,给她盖好。"好好躺着,别想事情。休息休息吧,你流了很多血。"

"别,先别走。你是不想再婚了,对么?"

"妈,我最不想的事情就是结婚了。被一个人抛弃还不够么?"

"你就是放不下那个人。别人不会离开你的,就是离开了,也会回来的,就像你父亲。"

"什么叫就像我父亲?"

"他死之前求我宽恕他找情妇这件事。"

"他跟你说过他有情妇?"

"反正我知道。我还知道他在外面有个儿子。自会有人跟我说。"

我沉默了。我不知道该说什么。我问她:"你怎么不告诉我们?"

"该告诉你们的是他。或许你不知道更好,反正他一直跟我们在一起,没放下过这个家。"

"或许应该放下这个家的人是你。"

"我想过,但我害怕。你爸爸是个有权力的人,我觉得他能保护我。"

"保护你什么?"

"万一德国人又来怎么办。"

"妈!德国人已经不再是威胁了。来的是俄国人。"

"我倒不怕他们。"

"这就是你没有离开的原因?"

"还因为你们两个。而且,我爱他。他有时候还是不错的。"

我觉得母亲是从来没遇到过一个真正不错的人。我遇到过么?或许好男人只是我们臆想出来的。

"而且,出了我母亲那件事之后,我不想离婚。"

"但是时代不同了。"

"我知道。可是大家本来就应该在一起。其实当初提出离婚的是你的外祖母。至少你外祖父是这么说的。她知道他的事业对他有多重要。她只是假装搬出去了,其实还是跟我们在一起的。"妈妈开始追忆往事,"我还记得他们以前在家用皮子、布料和铁丝做出很漂亮的花来。我那时候坐在妈妈身边,她会跟我讲《圣经》故事。她料到我们在一起时日无多了。毕竟,她是学法律的,她一定知道反犹的《纽伦堡法》。"

我发现妈妈从未谈及她母亲的生平,只说过她的惨死。

"她还跟我讲犹太的节日,比如赎罪日。人们在那一天要宽恕所有人,包括那些对不起他们的人。你看,这么多年了,我还记得。但是在我父亲有生之年我都无法原谅他。然后我对此良心不安。你必须要接受别人本来的样子,包括他们的缺点和自私。如果你做不到,你就会被人留在外面。"

"什么外面?"我问道,虽然我知道她指的是什么。

或许她没听到我的话,她累了。我们都累了。她闭上双眼,有一会儿没说话。我还握着她的手。"于是我宽恕了你爸爸。"她添了一句,"你也应该宽恕他。这样你会感觉好很多,你会明白的。"

三

从妈妈那儿出来往家走,路上我又在恰佩克别墅前流连,虽然我并非有意要走那条路。那里很安静,照例是锁着的,不过在小广场上停了几辆车,雨水开始打在车的引擎盖上。

我想起再过几周就是这个我钟爱的作家的六十周年诞辰了。他是一个勇敢的人,身体一直不好。到我这个岁数时,他只剩下不到四年阳寿了。在我这个年龄，他写下：

> 每个人体内都有一块水晶，光滑、纯洁而坚硬，不与任何事物相融，只让一切从它表面划过。

我想让自己有这样一块坚硬的水晶，让我的所有痛苦、失望、绝望和孤独从它表面一划而过。

我到家的时候，家里没人等我。不会有人等着抱我入怀，抚摸我。就算亚娜回家，她能待多久？我那第一任兼唯一一任丈夫呢？这么多年，我潜意识里一直在等他过来按门铃，说，对不起，克里斯蒂娜，我对不起你，可是没了你我活不了！不过我那第一任兼唯一一任丈夫再也不可能来按门铃了。那扬呢？口口声声爱我，一有机会就背叛我。我是不是该主动跟他和好，接受人生就是这样：背叛，抛弃和原谅，不肯接受的人只能承受苦果？

我给自己倒了点酒，放起了柴可夫斯基的《悲怆》。让音乐替我哭泣吧。虽然我孤独一人，但我不是唯一体验过人生艰辛的人。

我不该喝酒的。很久以前，酒就已不再能让我振奋或改善心情了。它只会让我更疲惫。我该吃去甲替林或其他抗抑郁剂，而不是喝酒。但我就是不想要百忧解带来的安乐感。

我在扶手椅上坐下，睡意让我无法招架：我正躺在草地上，草很高很干燥。头上有云，云的下面有一束烟，一个燃烧中的人影正向我冲过来，太迟了。后面是熊熊烈火。我逃不掉的。末日来了。我没有恐惧。我已经僵住，完全孤立，就像感觉自己要被火焰吞噬却无力逃脱一样。

有人按门铃。

那个着火的疯姑妈的鬼魂来抓我走了。

我不敢开门，我问："谁啊？"

原来是扬；他站在门外，水从他湿淋淋的头发上淌下来。他拿着一个行李箱。

"你来这儿干吗?"

"别赶我走,"他乞求道,"我有话要跟你说。"

"外面还在下雨么?"我问了个蠢问题。

"应该是吧,"他说,"我没注意。"

"你要跟我说什么?"

"我从妈妈那里搬出来了。"

他搬出来了。他妈妈发现他情绪低落,最后她终于问清楚,得知他爱上了我,但我们处得并不好。他还跟她说了亚娜,他妈妈大发雷霆,劈头盖脸说他脑子不清楚,于是他收拾了几样东西就走了。他只想让我知道。

我不知道该怎么回答。他跟家里闹了矛盾,明天就会后悔,但我不想大半夜把他赶回雨中。我去泡了点茶,让他把湿衣服脱下来。我还把我的毛衣给了他,不过他的行李箱里有衣服。我为他感到难过。我感动了。或许他真的爱我,或许他不会再犯了。而且我几乎可以肯定自己还爱着他。

我在亚娜房里给他铺好床。他一脸失望,但温顺地接受了。

我无法入睡。我本该去想我的前任恋人现在就在我的公寓里,去想"前任"二字是否妥当。我只要给他一个拥抱就够了。起身睡到他的床上——就像他的另一个"前任"那样。我本该去揣测他为什么要来,这是否只是他又一场彩排好的游戏,目的是混进我家。我本该想想明天起床后我该怎么做。但我只感到疲惫和无助,还有对背叛的恐惧。

快天亮的时候我睡着了。我梦见我在玛丽祖母的利波瓦农庄。她给了我一杯牛奶和一些黄油面包,让我拿去给姑妈文达。我把食物给她端了过去,正当我要走的时候,我发现原来门的位置现在变成了墙上的一道窄缝。我知道自己钻不过去,只能跟我的疯姑妈永远困在这个房间里,她会让我们俩都烧起来的。我拼命想钻进那条缝里。

这个梦通常被解析为关于自己出生的记忆，但这个梦更关乎我的状况。我困锁在自己的孤独里，我想挣脱出来，但我已经把出口缩小，我出不去了。这可能也是我的自我形象，我正在发胖，穿不下我两年前的衣服了。还有谁愿意看我，更别说愿意跟我做爱了？

　　早上我跟扬共进了早餐。他比我更早出门上班。

　　"你不想让我留下，对么？"他问道。

　　我不知道我想不想让他留下来。我害怕做任何决定。我害怕决定会导致的失望。我连那个比我大了上帝一眨眼这么久、跟我有了孩子的男人我都抓不住。我又怎么可能抓得住这个年轻人？我没跟他怀孩子，也不可能怀孩子。

　　他等着我的回答，于是我跟他说他该回家了。我不想让彼此因为鲁莽行事，过几天就后悔。

　　他说他并非一时冲动。他确定他爱我，他从过去到现在一直相信他有能力让我信服，只要我能原谅他。

　　我没有说话。他说他会先搬到朋友家住一段时间。

　　他提起行李箱，出门的那一刻，我亲了他一下。

　　他可能再也不会回来了。反正即使我跟他说我原谅他，总有一天他再也不会回来。一切都有结束的一天，包括生命本身。

　　我在扶手椅上瘫坐片刻。从我坐的地方，我无法看见街道，我只能看到对面房屋的屋顶，看到天上的云开始聚拢。云很绚丽，就像从浑浊的海水里跃起的海豚。要下雨了。

　　如果雨真的下起来，这个小男生和他的行李箱又要淋湿了。

四

　　晚上我做的梦很压抑。在梦里，我在寻找亚娜，她逃走了，正值暴风雪之际。我滑雪去找她，但是在层层叠叠的雪堆里彻底迷了路。我知道我会活活冻死，但我不在乎；我唯一害怕的是找不到我女儿。

我梦见我的前夫：在梦里他还活着，他还爱我；他把我抱在怀里，郑重其事地说没有我他活不下去，说他太爱我了。在梦里，我喜欢听他说这些话，虽然醒来之后觉得悲凉。甚至那个我只在照片里见过的、被毒气杀害的外祖母也来梦里找我：她很惊讶我竟不认得她。"想象一下，"她说，"他们可怜我，放我回来了。"

回来指的是复活，这我听得懂。

不过那个小天使从来没让任何人复活。

我到底人在何方？

在过去六个月里，我老了五岁。

我很褊狭，而且我不喜欢我自己。我开始在诊所里呵斥埃娃，因为我觉得每次有事儿找她，她都慢条斯理的。

我感觉自己就像我那得了绝症的前夫。或许我的灵魂正在被肿瘤吞噬。

或许我就是我自己的病根。

我给亚娜烘焙了一些心形饼干。模子是从妈妈那儿借来的，我还给女儿写了封长信，说我确信等她回家的时候我们之间会好起来的。我们还要一起探索生命的可贵。

两天后她给我打了个电话："嗨，妈，是我。"

"我知道。"

"你好吗？"

"不错。你呢？"

"妈妈，谢谢你寄来饼干。他们气我，说这心形饼比紫心片①有益身心。不过真的很不错，一点都没烤焦。我们狼吞虎咽吃掉了不少。"

"你喜欢就好。"

"我们有东西都分享的。斯拉韦克说你一定人特好。这里大多数

---

① 紫心片（purple heart），一种用苯齐巨林与巴比妥制成的麻醉药。

人的父母对他们都不闻不问。"

"多谢夸奖。还有什么消息要跟我分享?"

"妈妈。我现在已经很习惯这里了。有时候我们还能玩得挺开心的。真的。比如说,照看一头羊,喝它产的奶,有种特别的感觉,虽然那奶难喝死了。拉德克说他对我也很满意,说你已经可以来看我了。"她又继续说了会儿在日丽园生活的好处,然后猛然发现这通电话已经花掉了不少钱,于是赶紧匆匆祝好,让我去看她,而且还说让我带上我的"小美人",让我吃了一惊。

我答应去看她,但是故意没接她关于"小美人"的话。

我还接到了一通我那异母弟打来的电话。他问能不能来看我,他有东西给我。我说可以,问要不要我开车过去接他。

不用,他说他自己来。他只想知道我住哪层,楼里有没有电梯。

"我住三楼,有电梯,大多数时候还是能用的。"

于是他周六下午出现了,是一位年长的妇女送他来的。我请她进门,但她说她另有安排了。

弟弟在公寓里兜了几圈,仿佛是多年养成的习惯。"这地方不错,"他说,"很宽敞。我喜欢这棵印度榕。看得出你在悉心照料。我猜这套架子鼓是你女儿的吧?"他窥眼看进了亚娜的房间,"你把她藏哪儿去了?"他问道。

"她没在布拉格。"

"真可惜,我还想见她呢。毕竟她也是我外甥女。我妈妈那边没亲戚。我也没见过你妹妹。话说回来,我从来不知道家庭是什么感觉。妈妈老是在外面,回家的时候也不怎么说话。"

我要给他倒点酒,但他说他更想来杯加朗姆酒的茶,要是有香甜热酒就更好了。

我进厨房去做香甜热酒,他跟了进来。"我给你带了样东西,"他说道。他在轮椅上翻找了一番,取出一件用纸包好的大物件。"我给你画了幅画。"他解释说,"你上次来看我的时候,我说了些蠢话,我有时候是挺奇怪的,但我不想让你以为我一直那样。你不想打开看看么?"

是一幅我的肖像——我说不上来像不像,我不懂解读色彩的语言。最吸引我注意的地方是在画中我被火焰包围。

"你给我判了火刑,就像判女巫一样。"

"不,"他说,"完全不是。火焰象征着激情。在我看来你是个富于激情的人——充满能量,能让身边的一切都为你燃烧。"

我的天,就我这个疲惫的老女人?

我谢谢他为我画了这幅画,说挺有意思的。我把热水浇到朗姆酒上,跟他讲了那个自焚而死的姑妈。毕竟,这也是他的姑妈。

后来他跟我讲了他年轻时候的事,说他母亲不屈不挠,坚持爱着我父亲,没有跟别人生活过。我这位异母弟也曾经爱过。她是位实习护士。然后就发生了那次致命潜水事件。她常去医院看他,出院后,她也常去看他。她在他身边守了好几年,直到最后他叫她别再浪费生命了。

弟弟用颤抖的声音跟我讲述了他的那次事故,他肯定跟人讲过不下百遍了,说那一次潜水永远改变了他的命运。然后他问我有没有父亲的照片,他母亲只有一张,而且还是四十年前拍的。

我拿出那盒照片,挑了几张有爸爸在里面的,包括他的单人照和跟我们的合照。爸爸年轻时的照片,爸爸老年的照片;爸爸参加共产主义劳动大队,穿着蓝衬衫系着红围巾,手里挥着镐;爸爸在讲台前;爸爸在庆功仪式上,主席同志为他别上徽章,表彰他在帮助共产党方面做出的贡献;爸爸死前的遗照。

我注视着他,这个爸爸从未公开承认的儿子,他正在细细端详着那一张张静态的脸,我等待看他薄薄的严峻的嘴唇上有什么动作。但他没说什么,把遗照还了给我。

"他就长这样,"我说,"你不必因为不认识他而遗憾。跟他一起并不好过。"

"我完全可以想象。"

"他把他的印记留在了我们所有人身上。还有其他很多人身上。你不是他唯一对不起的人。"

弟弟喝完那杯香甜热酒，他点点头。"他伤害最深的是我母亲。不过世事如此：冤冤相报。这是我发现的，就像一种连锁反应：你伤害我，我伤害回你。"他跟我分享着他的人生哲学，"不报复的人是受伤最重的。"

我回想起他以前如何试图伤害我，但自从那天我拜访过他之后，他就没再给我寄过恐吓信。要伤害从未见过的人是最容易的，虽然我们最常伤害的是我们最亲近的人。但这不是以怨报怨的连锁反应，这只是因为我们的自私——这是在生命面前不知所措的一种表现。

送我弟弟过来的那位女士按响了楼下的门铃。她拒绝上楼，让我送弟弟坐轮椅进电梯，她在楼下等他。

我再次谢谢他的画，谢谢他来看我。我为他打开电梯门，俯身亲吻了他的唇。他的口气有朗姆酒的味道，尽管如此，还是让我想起了爸爸的味道，虽然我不记得他上次亲我是什么时候了。

五

我上星期搬回妈妈那儿了。她表现得就像打了胜仗一样，根本没道理。我不是回来看人脸色的，我只是没别的地方能住罢了。我搬了好些东西去伊尔卡家，在那儿睡了近一个月，但我知道这不是办法。我抱过一丝希望，想着克里斯蒂娜能原谅我，让我搬到她那儿，可是当我看到她有多么迟疑之后，我就知道，这也不是办法。而我赚的钱不够我自己租公寓。

克里斯蒂娜和我见过几次面，吃过几次饭：有一次是在她家吃冷盘，另外三次是我请她到餐厅吃饭。自从那晚我向她承认薇拉进了我帐篷之后，我们就没再做过爱。我觉得这不光是因为我那次优柔寡断做了蠢事。克里斯蒂娜整个人仿佛变了，她仿佛失去了以前对所有事物表现出来的热情，我一开始正是因为那股热情才被她吸引的。她不停说她很疲惫。我让她看开点，休个假，但她说对这个世界感到厌倦，度假也无法摆脱。

她应该知道这种疲惫是由于她的生活方式导致的。

不久之前，我们有一次一起上楼梯，我注意到她喘得厉害。"别大惊小怪，"她说，"我的肺里全是焦油。"她喝酒也过度。我以前偶尔在她家过夜的时候，她早上起来第一件事就是给自己倒杯酒。她不疲惫才怪呢。

我仍然渴望她，但我们的偶尔见面似乎没有进展，约会缺乏高潮：没有拥抱，说话但没有肢体接触，连言语的触碰都没有。我们对彼此越来越冷漠，至少在我是这样，虽然我为此难过。

今天是黑色星期五，我上班时惴惴不安，担心最坏的事情要发生。我的恐惧成真了。早上第一件事就是新所长把我叫进办公室，说要免去我的工作。他接到指示要裁减员工，而我是最年轻的。我不会是唯一被裁的，所以在他拟定免职通知之前达成君子协定是有好处的。

仿佛年轻本身就足以成为被裁员的理由。当然，我们都知道真正的原因。我太想把工作做好，但凡能查清的我都不遗余力去追查。

我跟他说我要考虑一下，但我不打算自愿辞职或悄无声息地离开。我跟他这么说的时候，我就知道我原则上不会让步，虽然我不打算在这个地方度过余生。

我一离开所长的办公室，就跟广播台的伊尔卡打通了电话。

他答应派一名女同事过来见我。她似乎是他们时政方面最精明干练的一员。

她午饭后就给我打来了电话。

我们约好今晚五点在广播大楼附近的一家餐厅吃饭。

她真人比电话里的声音要年轻，她的脸看上去有点眼熟。我们在餐厅一坐下我就这么说,我问她是不是上过电视。

"不是,"她说,"你是在别的场合见过我。不知道你记不记得,那年十一月,九年前了,我们都被派到俄斯特拉发去游说矿工。"

我当然记得。但我们组里人不少,所以我们其实没怎么注意彼此。我连忙因为没认出她而道歉。

"但这都是好久以前的事了。我那时候发型和颜色都不一样,而且我现在更胖,也更老了。"

我跟她说她的发色很合适她,而且一点都不胖,看上去绝不超过二十岁。

"你真是个绅士,"她边说边朝我微笑,仿佛我是她的一位昔日故友。

我很高兴我们之前在那种情况下见过面。我感觉我可以对她敞开说话,如果他们派来年纪大的人我可能就没这么放得开了。

我简短地跟她讲了我所从事的工作,跟她解释为什么一定有很多人不希望我继续去挖他们的底,去揭露他们过去的罪行。

她做了笔记,跟我说他们下周一定请我去演播室做一次采访,讲讲我们这个行当,不过她怀疑这无助于我保住职位,很可能适得其反。

"我不担心我的工作。我从来就喜欢改变。"

"我也是,"她说,"不然人生岂不无聊。"

我们后来就开始闲聊各自人生了。她惊讶于我竟然还单身;她已经成功地结过婚又离过婚了。

我们的谈话开始超出常规界限。她抱怨过往跟男人的不愉快的经历,她觉得他们又自私又粗鄙,我则说了我对空虚的焦虑,因为这种焦虑,我无法真正走近别人。我没有提起克里斯蒂娜。

很久以来,这是第一次我听到远处传来鼓声隆隆,让我热血沸腾。对话期间,有好几次我的手触碰到她的手,但她没有把手移开。

我突然想到要问她,如果我真的被开掉,有没有可能在电台找到工作；我跟她说我并非完全新手一个，我还写文章赚过外快。

她很肯定我能在那儿找到事儿干：她跟我说电台是个大漏斗，收了很多人。要进去不难，要找到一席之地却不容易。她还说我们要是能做同事就太好了。她站起来，很遗憾她还有另一个约会要赴。

约会这个词唤起了我近乎嫉妒般的好奇心，但我只说了句，我们很快就会再见的。

她问我要了电话号码，把她的号码给了我，单位电话和家电话都给了我，以免我打去电台找不到她。她说她期待跟我再次见面，所以我们下周再见应该是没问题了。

很可能她跟每一个要做节目的人都这么说，但我肯定除了采访之外，她对下次见面还另有期待，所以她的话让我兴奋，仿佛我们刚才那次算是约会。

晚上我给克里斯蒂娜打了电话。

我猜她是怕我想去找她，所以她开始抱怨她的疲惫。

我问她明天有什么安排。

她说她要开车出城去见亚娜。

"出去走走有好处。"

"你如果愿意，可以跟我一起去。"她的话让我很意外。

我并没有多想去，不过我们还没试过一起去什么地方，而且这样我也有个机会跟她讲讲我工作上的事儿。我脑中还闪过一个念头，她可能会跟我说我们终究属于彼此，虽然我开始觉得我们永远不可能属于彼此了。

六

我开得很快，一贯如此。扬坐在我身边，看上去很高兴。我不知道自己发什么神经竟然会邀他跟我一起去。我害怕他误会我的意思。但我自己也不能完全肯定自己的意图。这是和解的举动，还是单纯一起去看亚娜？毕竟我们是一起把她送去戒毒所的。

我说不清我到底想要什么。我不想对这个小男生残忍，我不想伤害他，我不想引发那种连锁反应：你伤害我，我伤害回你。我不想伤害他，但我不敢肯定他不会伤害我。我不知道他此刻怎么看待我。我倒是觉得他心不在焉，正离我远去。

没到中午我们就抵达了日丽园。

他们告诉我亚娜跟其他人到森林里去了，大概两小时后才回来。

我们可以到森林里去找她，不过我们决定往反方向走。半小时后，我们来到一群独立住宅前，这些住宅围着一个别有情致的池塘而建，然后我们沿着一条乡间小路朝山顶走。雾气间歇，秋阳似乎有意要让我们温暖一下。路的右边是森林：落叶松已然转黄，在日照下泛着光。左边有一片刚犁过的地，还有新鲜土壤的芬芳。

爬坡对我来说很是折磨，我越发觉得喘不过气来了，但我尽量不表现出来。幸好他也不急。他跟我说好像单位准备解雇他了。他问我是该抗争还是干脆辞职，反正他已经开始觉得那份工作是在浪费时间。一条路是继续读完大学课程，但他还想利用他过去几年查出的东西，写成文章发表。不是为了他自己，至少不全是为了他自己。他觉得忘记过去——大多数国人已然如此——是一个危险的现象。不过如果他辞职，恐怕就找不到待遇这么好的工作了。他还可以尝试给通讯社或电台当自由撰稿人，他有这方面的朋友，他自己也对这类工作感兴趣。

我感觉他告诉我这些事，一定程度上是因为他还在考虑跟我一起生活，所以他觉得有责任要告知我。我跟他说，有机会的话，人还是应该做自己想做或是觉得有意义的事。

或许我比他大，这刚好符合他的需要。我比他更了解人生，他需要有人来首肯他的人生抉择。可能一直是他母亲在扮演这个角色，不过无法摆脱母亲影响的男人往往有种抬不起头的感觉。

谁也不知道自己对别人有多重要，只有别人才知道，但往往连他们自己也无法肯定。

我们终于到了山顶。距离小路不远处矗立着一个小教堂。看上去好像已经弃置，通往教堂的路上杂草丛生，没有被踩踏过的痕迹。

我们轻轻踏草而过。小教堂里面是空的：墙上原本放圣画或雕像的地方现在只留下斑斑的霉迹，不过在一张小小的残破的桌子上立着两尊蓝色花瓶。

两尊蓝色花瓶——我驻足凝视，无比惊讶，仿佛是有人故意为我把它们放在这里的。空荡荡的小教堂，墙上连一幅画都没有，怎么会有两尊空花瓶呢？

一尊盛血，一尊盛泪：我可以听见我旧时的恸哭。

我们一动不动地站了一会儿。没有祈祷，没有说话，只是倾听。我不知道这个地方对他说了什么，但肯定跟它对我说的不同。我突然听见了我父亲的声音，清楚而冷峻，跟我小时候听到的一样，那时候我害怕他，同时又渴望他的爱。我听到他说话，但听不清词句。他很可能是来责问我那时候为什么弄碎了花瓶。或者是过来保护这两个弃置花瓶的？万一他过来是为了让往事随风？

爸爸，你得把话说清楚点。

不过他沉寂了，不会再来，不会再说什么了。

我想至少再听一次我曾经而且是唯一的丈夫的声音，我同样渴望他的爱，但他同样不会再来，不会再说什么了。

其实，你只是渴望听到有人说爱你，不过你通常听不到；听到的很可能也是他们故意说来骗你的。当你意识到这点之后，你要么绝望，要么试图找东西安慰自己。

但没什么能给你安慰。

生命来到终点，时间在一切人和事的背后关上了门。

我的前夫理解这一点，他试图逃避以求逃脱。我比他年轻，因此我的存在时刻提醒着他时间，所以他连我也一起逃避。最终，他在时间这个造物主面前折了腰。他连我都没能逃脱：最后是我来为他合上双眼的。我想起他死的时候有多悲凉多寂寞,在这个僻静一角我想为他哭泣。

我也想为爸爸哭泣。我发现他们俩都不快乐。他们不懂得接受已有的,总追求人生没给他们的东西。他们缺乏谦卑。我也一样:我无法跟他们和解,因而无法跟自己的人生和解。人要有能力与他人和解,哪怕无法接受他们做过的事。

我看着站在我身旁的这个年轻人。在我对人生中的人或事不再有期待的时候,他来到了我面前,一遍一遍地说爱我。他言行不怎么一致,至少有那么一刻他言行不一。他连抵赖都没有尝试,但我无法接受他做过的事。

我不知道他能跟我共度上帝眨一次眼的几分之几,这不重要。我不知道我还能活多久,还能爱多久;也许疲惫会把我击垮,或许我不再有能力靠近他人,没法亲近到一起生活的地步。但现在不是我纠结的时候;我对此刻心存感激,对他可能跟我共度的时光心存感激。

我突然自发地拥抱了他,在这个除了两尊空花瓶外别无一物的小教堂里,我吻了他。我没做别的,也没说什么。然后我们匆匆离开。

"我们下午先去接亚娜。"他看上去很高兴,期待着她与我们共进晚餐。

那天下午,我们开车到城里,亚娜热情洋溢地说她开始明白以前完全走了错路,以及她是怎样误入歧途的,她那种热情我不敢毫无保留地相信。他们上周去某个学校开了一次讨论会,跟孩子们分享他们的痛苦经历。

"孩子们的反应是?"

"他们个个目瞪口呆,"我女儿骄傲地说。她热衷于了解自己和身边所有人。还包括我。

"你觉得你理解我?"

"对,我真的开始理解你了。"

"我怀疑。"

"理解不等于同意。"

"我没说等于。"

"我会分析你,然后教你如何形成对自己的看法。你会吓一跳的。"她保证说,然后她开始讲她的朋友们跟她一样也在学着了解自己,"当他们开始分析自己的时候,他们突然变得如此渺小!"她把拇指和食指捏合起来,留出一道连瓢虫都挤不过去的缝隙,来示意有多渺小。扬笑她,但我还能记得她以前有多叛逆和固执,所以我感觉她真的有起色了。我答应等她跟我讲解如何形成对自己的看法。

我们在一家看上去还行的酒馆里坐下。亚娜思前想后,最后决定点一道东方菜式,配米饭,和用一个细瓶子装着的黑色恶心液体。我们也点了东西。为了跟他们团结一致,我点了苏打水而没有点酒,这是这么多年来第一次。不过反正他们也注意不到,他们玩得很开心。他们的语言几乎没有隔阂。他们喜欢辣妹合唱团,知道有个叫瓦鲁莎还是马鲁莎·梅的电子小提琴手,他们都觉得比约克——我不知道是男是女——唱歌的时候好像满嘴都是干鼻涕。他们还看过相同的电影,都讨厌看电视。扬问他们玩不玩游戏,亚娜说他们平时会下国际象棋,不过她不喜欢,他们还玩跳棋和飞行棋。扬答应会去教他们玩其他游戏。

我看着他们两个,听着他们闲聊。他们很放松,话题跟我和扬聊过的全然不同。

在扬离开餐桌的片刻,亚娜赶快跟我说:"妈,他真的很适合你。"

"为什么这么觉得?"

"你们俩刚好互补。你很悲伤,他很阳光。你长了一双蓝眼睛,他长了一双棕眼睛。"

"而且一老一少。"

"还有你们俩都傻乎乎的。"

意想不到的夸奖。

七

星期天，妈妈就像早起的鸟儿一样，天还没亮就来了，我们还没吃早饭呢。

我很惊讶她是一个人来的，不过她解释说扬前一晚赶回去了，因为他要跟电台做一次访谈，讲讲他身上发生的事。妈妈说她很高兴可以有机会跟我独处一会儿。然后她就找拉德克去了——她说好让我安心吃早餐。我很想知道拉德克都跟她讲了什么关于我的鬼话。

莫妮卡从院子里嚷嚷，说大家养的猪把我那只母鸡给吃了——黑的那只。"首先，那只母鸡不光是我一个人的，是大家的；其次，猪是杂食类动物，放着母鸡干嘛不吃？"我朝她喊回去。其实是松貂干的。我平日负责照看的那只母鸡在院子里只剩下几根黑色的羽毛。太恐怖了。

妈妈突然出现了，看上去酷酷的，我猜拉德克肯定是说我好话了。

我们走出日丽荒冢园的时候，我跟妈妈提议去看一眼那个教堂。"你们在这儿都做礼拜么？"

我们不怎么做礼拜，我只是突发奇想，既然是星期天，而且妈妈又来看我了，何不去一趟。妈妈说："来都来了。我也好久没做礼拜了。"

于是我们去到当地的教堂。那个教堂惨兮兮的，几乎没有挂画，只有天花板上绘着图，画的是几个天使把可怜的魔鬼赶出天堂。只不过那个天堂锈迹斑斑，正是屋顶漏雨滴水的地方。

里面全是人——至少有七个老太太，还有吉卜赛人一家，抱着个孩子。埃娃以前偶尔带我去教堂，我喜欢那里面的唱诗、铃声、焚香，还有那里的辅祭，尤其是耳朵大大的那个。这个教堂的辅祭就一般得很，不过那个牧师一直这么年轻，苍白，而且个头小小的；我猜他上学的时候肯定老被人欺负。看到我们上他的教堂来,他感动得不行,一直没缓过儿劲儿来,说话都不利索了。开始唱诗的时候,他的调都不知道跑哪里去了,不过到后来也听不出来了,因为七个老太太里头至少有六个跑调。我挺喜欢那个牧师的,就是有点为他难过,因为他一个人被困在这个空空的教堂里,不能结婚不能生小孩。我还想象过要是我跟他表白他会怎么样,会不会想让我留下来陪他。

接着他就开始布道,讲圣方济各的故事,说他贫穷、谦卑,有耐心,他湿漉漉、饥寒交迫,好像大家不让他进酒馆还是不让他进修道院,他却狂喜起来①。我可不会因为这个而狂喜,只有嗑药才能让我这样。我真想知道等我出去之后,还有什么能让我狂喜的,如果我真能坚持住的话。

我讨厌布道,因为总觉得讲道人故作聪明,无聊得很。所以我就一直在想我离开之后会怎样。我想象自己重新每天一早赶去学校,虽然说上学也是白上。而且如果因为鲁达和其他人还在嗑药,我就不再跟他们打交道的话,我想象不出还能跟谁找话说。

然后我们一起说"我们在天上的父",就在那一刻我想到了爸爸,不知道他在不在天堂。但他本就不信这套,他信的是大爆炸理论,那时候没有天堂、没有地球,什么都没有,只有那颗蕴含一切的弹珠。而且那可怜的老家伙又怎么可能在天堂?他都被人搁进焚化炉里烧掉了。

葬礼过后妈妈开车送我回来的那天晚上,我才意识到我好像对他很不好,因为我一直觉得他丢下我们俩不管是很卑鄙的。但或许他是情非得已。有时候妈妈会让他很不愉快,她情绪低落的时候,不跟人说话,连微笑都挤不出来,从诊所回家后就坐在扶手椅上抽烟,喝酒。他多次想跟她好好谈谈,家里能做的他都做了。他会说,克里斯蒂娜,给我们点微笑吧,但没用,所以最后他逃走了。我还想象了在

---

① 狂喜,原文为 ecstatic/ecstasy,一种恍惚入迷的宗教体验,佛教称为"法悦"。

焚化炉里，火苗卷着他的身体，不过他们拉上了帘子不让我们看。我突然之间很为他难过，竟然哭了起来。莫妮卡醒来，看到我在哭，她跟我说："你怎么号得跟杀猪似的，你个蠢猪？"

于是我告诉她，我爸爸死了，他们把他火化了，她立刻冷静下来说："哦，你家老爷子死了。可惜我们没法来一针。"我们这儿什么都没有，不过我也决定还是别重蹈覆辙了。

第二天的小组课上，拉德克说我感到悲伤能哭出来，这很好，说我通过这种方式跟爸爸达成了谅解，不会再去做傻事来气他了。所以这也表示我谅解了妈妈，因为我一直恨她老想着爸爸，老自怨自艾而不肯接受生活。

教堂里，妈妈看上去仿佛深受感动，虽然她没有跟着唱也没有划十字，可是当大家跪下的时候，她也跟着跪下低头。妈妈的头颈很美。虽然她青春已逝，但那个姜黄头发的家伙跟她约会，我一点都不惊奇。如果是我，我也会喜欢她。我们昨晚一起聊天的时候，我看出他喜欢我，我们聊得起劲，而且他不时跟我暗送秋波，不过他每次都确保不让妈妈发现。

弥撒一结束，我们就走人了。妈妈说她很高兴我带她来做礼拜，她也要带我去一个地方，有东西要给我看。她开车带我到池塘边：其实说是个大大的脏水坑更合适，我们这里都管它叫臭臭坑。那里有一条步道可以上一座陡得吓人的小山丘。妈妈肯定是心情大好，否则她才不会去爬这样的山。她一路上显得好像有什么要事要跟我说，比如她要嫁给扬之类的，不过她什么都没说。所以我一直东拉西扯，逗她开心。比如说上星期我们这儿下了第一场雪，我都躺床上了，男生们却开始大呼小叫，说外头有极光，非要我出来看不可，不看就没了。于是我鞋都没穿就跑出来，赤脚踩在雪地上，他们开始狂笑我傻，居然会上他们的当。我还跟妈妈讲我如何照料母鸡和鸭子，跟她说等拉德克确定我痊愈之后，我会开开心心去农场干活儿，要是能去帮助有需要的人就更好了——比如像我这样的人，我差点因为嗑药而毁了自己一生。我还说我现在知道以前多让她头痛了,不过我真心讨厌学校,一点都不喜欢。有时候连待在家里都觉得好恐怖。

妈妈问我那时候想不想爸爸,我说我起初还想,但她比我更想他,而且想个没完,把我气坏了。

我们一直往上爬,我们右边就是森林。我们经过的时候,两名采蘑菇的老妇人正从森林里出来。附近有好多致幻蘑菇,我以前从来不知道啃蘑菇也能爽到。不过莫妮卡以前试过,麻痹得一塌糊涂,她都以为自己要死了。

"是,我承认,"妈妈说,"我确实时不时会感到厌烦,但你得知道这是种病,抑郁起来我自己无法克制。而且我有时候抑郁也不是没有原因的。"

于是我跟她解释说她总看到东西的阴暗面。我跟拉德克聊过她这个问题。我跟拉德克说她大概是不懂得正面思考,在我开始让她烦心之前,有爸爸的事让她心烦,再往前是我外祖父的事。他觉得这样很多问题都解释得通了,他说她亲口告诉过他,说她自己毁自己,说她跟她父亲唱反调,跟我一个样。一切都在自我重复,连这些蠢事也一样,太恐怖了。

"看来你们俩讲了我不少'好话'啊。"妈妈说,"不过你们分析得有道理。"她一直显得好像有秘密要跟我说,但最后她只是指着前面一个像废墟一样的地方,说:"看到那座小教堂么?我想让你进去瞧瞧。"

到了之后,我发现这个废墟看上去更凄凉。里面完全是空的,比先前那个教堂还空;里面什么都没有,只有一张弯了腿的小桌子,桌上有两个落了鸟粪的花瓶,里面连花都没有。我不知道妈妈想让我看什么。

"看,"妈妈说,"没有圣人,没有天使,只有两尊花瓶,别的什么都没有。"

这我也看得出来,但我不理解她为什么要让我看这个。大概是因为这里看上去悲凉，被弃置了，还被洗劫过。

不过妈妈说她前一天跟扬来过这里。上次来的时候，她领悟到，人们在自己周围建起什么并不重要。你在这里能感受到的，比在一个满是挂画和雕像的教堂里都多。她现在明白，学会倾听万事万物的诉说，尤其是自己的心声，这全都要靠自己；这才是最重要的东西。她还说她知道自己以前不好，老冲我嚷嚷，其实她是冲她内心的某种东西嚷嚷，因为她无法接受生活是这个样子，无法接受自己是这个样子。

这番话真把我吓住了。而且她看上去酷酷的。我都不习惯了。我不知道她这种酷劲儿能保持多久。

我们在那儿又站了一会儿。我想起了爸爸。要是他这会儿跟我们一起会是什么样子？没准儿他也会酷酷的，因为跟我们在一起而开心，不像他最后一刻那样孤零零的，一无所有，连产生万物——包括看得见的和看不见的——的那颗弹珠都离他而去了。真奇怪，为什么大家就不能好好在一起，非要互相伤害呢。我想告诉妈妈我爱她，不过我看了她一眼，发现她好像沉浸在感动之中，她喃喃自语，像在祷告，不过她从不祷告。或许她唱歌给自己听，比如那首关于小飞虫的歌，其实那首歌唱的根本不是小飞虫，唱的是活着有多美好。我不想打扰她，所以我什么都没说。

"蓝色东欧"译丛（部分书目）

第一辑

- **《石头城纪事》**（小说）
  【阿尔巴尼亚】伊斯梅尔·卡达莱 著　李玉民 译

- **《错宴》**（小说）
  【阿尔巴尼亚】伊斯梅尔·卡达莱 著　余中先 译

- **《谁带回了杜伦迪娜》**（小说）
  【阿尔巴尼亚】伊斯梅尔·卡达莱 著　邹琰 译

- **《石头世界》**（小说）
  【波兰】塔杜施·博罗夫斯基 著　杨德友 译

- **《权力之图的绘制者》**（小说）
  【罗马尼亚】加布里埃尔·基富 著　林亭、周关超 译

- **《罗马尼亚当代抒情诗选》**（诗歌）
  【罗马尼亚】卢齐安·布拉加等 著　高兴 译

第 二 辑

- 《我的疯狂世纪（第一部）》（传记）
  【捷克】伊凡·克里玛 著　刘宏 译

- 《我的疯狂世纪（第二部）》（传记）
  【捷克】伊凡·克里玛 著　袁观 译

- 《我的金饭碗》（小说）
  【捷克】伊凡·克里玛 著　刘星灿 译

- 《一日情人》（小说）
  【捷克】伊凡·克里玛 著　高兴、杜常婧 译

- 《终极亲密》（小说）
  【捷克】伊凡·克里玛 著　徐伟珠 译

- 《等待黑暗，等待光明》（小说）
  【捷克】伊凡·克里玛 著　杜常婧 译

- 《没有圣人，没有天使》（小说）
  【捷克】伊凡·克里玛 著　朱力安 译

- 《花园里的野蛮人》（散文）
  【波兰】兹比格涅夫·赫贝特 著　张振辉 译

- 《带马嚼子的静物画》（散文）
  【波兰】兹比格涅夫·赫贝特 著　易丽君 译

- 《海上迷宫》（散文）
  【波兰】兹比格涅夫·赫贝特 著　赵刚 译

- 《父辈书》（小说）
  【匈牙利】瓦莫什·米克罗什 著　许健 译

第 三 辑

- 《乌尔罗地》（散文）
  【波兰】切斯瓦夫·米沃什 著　　韩新忠、闫文驰 译

- 《路边狗》（散文）
  【波兰】切斯瓦夫·米沃什 著　　赵玮婷 译

- 《第二空间——米沃什诗选》（诗歌）
  【波兰】切斯瓦夫·米沃什 著　　周伟驰 译

- 《无止境——扎加耶夫斯基诗选》（诗歌）
  【波兰】亚当·扎加耶夫斯基 著　　李以亮 译

- 《捍卫热情》（散文）
  【波兰】亚当·扎加耶夫斯基 著　　李以亮 译

- 《索拉里斯星》（小说）
  【波兰】斯塔尼斯瓦夫·莱姆 著　　赵刚 译

- 《遗忘的梦境——查特·盖佐短篇小说精选》（小说）
  【匈牙利】查特·盖佐 著　　舒荪乐 译

- 《流星——卡雷尔·恰佩克哲理小说三部曲》（小说）
  【捷克】卡雷尔·恰佩克 著　　舒荪乐、蒋文惠、程淑娟 译

- 《神殿的基石——布拉加箴言录》（箴言）
  【罗马尼亚】卢齐安·布拉加 著　　陆象淦 译

- 《十亿个流浪汉，或者虚无——托马斯·萨拉蒙诗选》（诗歌）
  【斯洛文尼亚】托马斯·萨拉蒙 著　　高兴 译

第四辑

- **《耻辱龛》**（小说）
  【阿尔巴尼亚】伊斯梅尔·卡达莱 著　吴天楚 译

- **《三孔桥》**（小说）
  【阿尔巴尼亚】伊斯梅尔·卡达莱 著　施雪莹 译

- **《接班人》**（小说）
  【阿尔巴尼亚】伊斯梅尔·卡达莱 著　李玉民 译

- **《绝对恐惧：致杜卞卡》**（小说）
  【捷克】博胡米尔·赫拉巴尔 著　李晖 译

- **《严密监视的列车》**（小说）
  【捷克】博胡米尔·赫拉巴尔 著　徐伟珠 译

- **《雪绒花的庆典》**（小说）
  【捷克】博胡米尔·赫拉巴尔 著　徐伟珠 译

- **《温柔的野蛮人》**（小说）
  【捷克】博胡米尔·赫拉巴尔 著　彭小航 译

- **《无常的夏天》**（小说）
  【捷克】弗拉迪斯拉夫·万楚拉 著　张陟 译

- **《赫贝特诗集（上、下）》**（诗歌）
  【波兰】兹比格涅夫·赫贝特 著　赵刚 译

- **《垃圾日》**（小说）
  【匈牙利】马利亚什·贝拉 著　余泽民 译

第五辑

- 《壁画》（小说）
  【匈牙利】萨博·玛格达 著　舒荪乐 译

- 《鹿》（小说）
  【匈牙利】萨博·玛格达 著　余泽民 译

- 《两座城市：论流亡、历史和想象力》（散文）
  【波兰】亚当·扎加耶夫斯基 著　李以亮 译

- 《另一种美》（散文）
  【波兰】亚当·扎加耶夫斯基 著　李以亮 译

- 《思想的黄昏》（随笔）
  【罗马尼亚】埃米尔·齐奥朗 著　陆象淦 译

- 《着魔的指南》（随笔）
  【罗马尼亚】埃米尔·齐奥朗 著　陆象淦 译

- 《乌村幻影》（小说）
  【罗马尼亚】欧金·乌力卡罗 著　陆象淦 译

- 《裸浴场上的交响音乐会——罗马尼亚20世纪小说精选》（小说）
  【罗马尼亚】诺曼·马内阿等 著　高兴等 译

- 《我行走在你身体的荒漠——立陶宛新生代诗选》（诗歌）
  【立陶宛】阿纳斯·艾利索思卡斯等 著　叶丽贤 译

- 《魔鬼作坊》（小说）
  【捷克】雅辛·托波尔 著　李晖 译

第 六 辑

- **《简短，但完整的故事》**（小说）
  【波兰】斯瓦沃米尔·姆罗热克 著　茅银辉、方晨 译

- **《三个较长的故事》**（小说）
  【波兰】斯瓦沃米尔·姆罗热克 著　茅银辉、林歆、张慧玲 译

- **《挑衅以及其他故事》**（小说）
  【阿尔巴尼亚】伊斯梅尔·卡达莱 著　李焰明 译

- **《娃娃》**（小说）
  【阿尔巴尼亚】伊斯梅尔·卡达莱 著　张雯琴、宋学智 译

- **《天堂超市》**（小说）
  【匈牙利】马利亚什·贝拉 著　余泽民 译

- **《秘密生活》**（小说）
  【匈牙利】马利亚什·贝拉 著　余泽民 译

- **《蓝色阁楼寻梦》**（小说）
  【罗马尼亚】阿德里亚娜·毕特尔 著　陆象淦 译

- **《两天的世界（上、下）》**（小说）
  【罗马尼亚】乔治·伯勒伊泽 著　董希骁、Mara Arion 译

- **《生活边缘的女孩》**（小说）
  【罗马尼亚】米尔恰·格尔特雷斯库 著
  张志鹏、林慧芬、陈进、李昕 译

- **《希特勒金钱》**（小说）
  【捷克】拉德卡·德内玛尔科娃 著　姜蔚茜 译

· 部分书名为暂定，以出版时为准 ·